Carl Amery

Leb wohl geliebtes Volk der Bayern

Carl Amery

Leb wohl geliebtes Volk der Bayern

List Verlag
München · Leipzig

Abbildungsnachweis:
Bayerisches Hauptstaatsarchiv, München (S. 31); Bayerische Staatsbibliothek, München (S. 63); Bildarchiv Preußischer Kulturbesitz, Berlin (S. 97); Süddeutscher Verlag, Bilderdienst, München (S. 179, 225).

ISBN 3-471-77026-7

 Printed in Austria
Lektorat: Hans Dollinger, Wörthsee
Satz: Franzis-Druck GmbH, München
Druck und Bindung: Wiener Verlag, Himberg

Inhalt

II
DIE BEAMTEN

III
PATRIOTEN WEISSBLAU UND SCHWARZWEISSROT

Vorwort und Auskunft

Wer ein Buch schreibt, hat meist den Eindruck, daß er es dem Publikum schuldet. (Selbst der bescheidenste Auftragschreiber glaubt dies.) In erster Linie aber schuldet man jedes Buch zunächst einmal sich selbst, wenn es einen Sinn hat – oder zumindest haben soll.

Seit Jahren ist mir klar, daß ich mir ein Buch über Bayern schulde. Ich bin Bayer, und zwar ein patriotischer (warum es nicht zugeben?). Ich bin in Sorge um die Welt, um die Zukunft. Ich glaube nicht, daß wir die Zukunft aus anderen Bausteinen errichten können als aus denen, die uns jetzt zur Verfügung stehen. Ich räume also auf dem Bauplatz herum, ich versuche festzustellen, welche bayerischen Steine für den notwendigen Bau noch brauchbar sind und welche nicht.

Das Resultat stimmt traurig; aber es macht nicht hoffnungslos. Wenn wir Brauchbares beitragen wollen, wir Bayern, müssen wir uns zunächst darüber klarwerden, was wir sind – und was wir nicht sind. Das wird uns in den letzten Jahren zusehends schwer gemacht: durch die Verengung unseres Gesichtsfeldes, durch die verdammte »Geschlossenheit«, die wir uns in der Politik auferlegen, durch die groteske Gläubigkeit, mit der wir auf den »Fortschritt« hereinfallen, und nicht zuletzt durch die Bayern-Mode selber, die in den letzten Jahren und Jahrzehnten wie ein weißblauer Schimmel die Bundesrepublik zu überziehen droht. Dieser Sintflut des Modischen, diesen dichten Wolken der Selbstbeweihräucherung, die zu einem großen Teil von der freistaatlich-offiziellen Reklamemaschinerie ausgestoßen werden, entsprechen im Reich des Wirklichen wachsende Trockenheit, wachsende Verödung, das

Versickern tatsächlichen, stammlichen wie staatlichen Selbstbewußtseins.

Ist dieses Buch also ein Testament? Eine archäologische Unternehmung? Der Versuch, Ausgestorbenes hinter Vitrinen zu klassifizieren? Oder einfach ein Geschäft mit der Nostalgie?

Dazu bin ich noch zu parteiisch – lies: zu patriotisch. Ich hoffe immer noch, daß aus Sichten und Verstehen Orientierung werden kann; Orientierung für einen sinnvollen Platz Bayerns in einer sinnvollen Zukunft. Aber dazu ist Trauerarbeit nötig.

Trauerarbeit bedeutet, daß man nicht wegschaut, wenn's traurig wird. Es bedeutet, daß man sich Tatsachen stellt, und nicht nur den erfreulichen. Es bedeutet, Geschichte zu verarbeiten; das heißt, auszumachen, was schiefgelaufen ist, wann und warum. Wenn ein Land, das an Einwohnerzahl, an Ausdehnung, an historischer Tradition manchen selbständigen und respektablen Staat von heute übertrifft, und ein Volk, das sich so viel zugute hält auf seine Eigenständigkeit und Liberalität, sich aktiv an der eigenen Gleichschaltung, an zwei Weltkriegen, am zwölfjährigen Reich, am Ausbau einer riesigen weltzerstörenden Wirtschaftsmaschine (und einer ihr bedingungslos hörigen Staatspartei) beteiligt hat und beteiligt, dann ist man gezwungen anzunehmen: Trauerarbeit sei überfällig. Dann bedeutet aber die übliche weißblaue Literatur – die Andachtsbüchlein, die selbstgefällige Schulterklopferei, das G'schichtl-Erzählen und die emotionale Blechmusik jeder Tonart – nichts. Weniger als nichts, denn sie behindert Sicht, Einsicht, Trauerarbeit.

Dies ist die breite, die unfaßbar breite Lücke, in die das vorliegende Buch hineinzustoßen versucht. Die Auseinandersetzung um Bayern verlief bisher in einer höchst unfruchtbaren Dialektik: Anwürfe von außen – einst freisinnige, liberale, nationalistische, dann immer stärker »linke« Anwürfe, pariert durch eine schlecht-parteiliche, da verdrängende, trotzig bis apologetisch oder auch selbstgefällig getönte Apologie. Das ist genau die Dialektik, die geeignet ist, Selbstbewußtsein, und zwar wirkliches Selbstbewußtsein, zu zerstören. Wirkliches Selbstbewußtsein lebt von der selbstkritischen Ausdeutung der eigenen Lage in Raum und Zeit – und der furchtlosen Konsequenz daraus.

An sich ist dies nicht allzu schwierig. Fast jeder Quadratmeter bayerischen Lebens und bayerischer Geschichte ist, dank des alten staatlich-stammlichen Selbstbewußtseins, aufs trefflichste umgepflügt und dokumentiert, es gibt mustergültig Ediertes aus allen Jahrhunderten, sogar aus dem unseren. Aber wenn es einem breiteren Publikum vermittelt wird, hat es immer, buchstäblich immer, den fatalen Apologie-Charakter, auf den wirkliches Selbstbewußtsein nicht angewiesen ist. Dies hindert uns daran, als Subjekt zu handeln. Es hindert uns daran, der Zukunft gerecht zu werden.

Man sieht, dieses Buch wird zutiefst parteilich – anders geht es nicht. Und anders ist es auch nie gegangen. Ein Historiker, der obendrein ein glänzender Schriftsteller war, nämlich der alte Tacitus, hat von sich mit eiserner Stirn behauptet, er schreibe *sine ira et studio* – das heißt unparteiisch, ohne Zorn oder schönfärberische Absicht. In Wirklichkeit hat er aus aristokratischer Parteilichkeit die frühe römische Kaiserzeit so gründlich entstellt, daß wir heute noch nicht wissen, wie sie wirklich genau aussah. Offene Parteinahme ist da richtiger und ehrlicher.

Allerdings: Keine der existierenden Parteiungen wird ihre »Linie« in diesem Buch wiederfinden. Das ist gut so – und ist, wie ich hoffe, schon etwas Bayerisches daran.

Das ist die unumgängliche Parteilichkeit dieses Buchs. Sie ist, unumgänglich, die Parteilichkeit des Ezechiel, der die Gebeine des Volkes auf dunklem Blachfeld verstreut sieht und der angewiesen wird, zum Herrn zu rufen. Der Auferstehung – das heißt der Hoffnung – geht immer der unumgängliche Blick aufs Blachfeld, auf den schon erreichten Zustand der Entropie voraus.

Noch ein Wort zur Methode. Dieses Bayernbuch beansprucht nicht, ein zünftiges Geschichtswerk zu sein. Es will aber zur Erkenntnis der Wurzeln beitragen, und da ist Geschichte nicht auszusparen. Es will, ferner, ein paar schlechte Mythen ausräumen, die ausgeräumt werden müssen; und zwar nicht nur im Interesse Bayerns, sondern im Interesse Deutschlands und Europas. Deshalb wird es sich auf Schwerpunkte beschränken; Schwerpunkte und Blickwinkel. Daß es Widerspruch herausfordern wird, gehört zu seinen Absichten. Ohne diesen Widerspruch werden sich die Gebeine nicht versammeln.

Einige Biographien sollen dazu beitragen, zusätzliches Licht auf die Trauerarbeit zu werfen. Es sind Biographien von bairischen und bayerischen Männern, gelungene und mißlungene, die mir dazu geeignet scheinen.

Schließen wir diese Auskunft mit einem verwandelten Motto des Tacitus:

Sine ira et studio? Quod non! Adsit studium iratum – sive ira studiosa –

Zu deutsch – und auf gut bayerisch: zornige Zuwendung muß her – oder, noch besser: liebend engagierte Wut.

Was ist bayerisch?

Herbert Achternbusch, mein geschätzter Kollege und Landsmann, formulierte es gelegentlich so: »Die Bayern machen, was immer sie machen, wenn sie auch noch so technisiert sind, nämlich Mist aufladen. In Gummistiefeln stehen sie in der Miststatt und legen vom Misthaufen mit der Mistgabel Mist auf den Mistwagen, den sie dann auf beiden Seiten mit dem Mistbrett schrägschlagen. Sie sind stolz auf ihre Oberarmmuskeln, und sie sind stolz, daß ihre Regierung ihren Stolz auf den Stolz ihrer Oberarmmuskeln vertritt und daß sie von ihrer Regierung behandelt werden, wie sie den Mist behandeln, denn keinem soll es besser gehen.«

Der Text, wenn auch für ein Kind geschrieben, reicht weit und ist bei etwas denkerischer Anstrengung auch recht differenziert und brauchbar. Wir könnten also hier jede weitere Nachforschung einstellen. Aber da auch für solche etwas geschehen sollte, die nicht an Achternbusch gewöhnt sind, und weil der Leser ein Recht auf mehr Ausführlichkeit hat, folgen die Seiten dieses Kapitels (und dieses Buchs).

Zunächst gilt es ein- und abzugrenzen. Was meinen wir mit bayerisch? Meinen wir, um einmal eine Unterscheidung anzuwenden, die ihre Vorteile hat, damit das Bayerische oder das Bairische? Meinen wir, mit anderen Worten, den Staat oder den Stamm? Das Vielvölker-Konglomerat des Ministers Montgelas oder das eine Volk der Dialekt-Geeinten (durch Mittel- und Nordbairisch Geeinten, ohne der südbairischen Irredenta gesondert Erwähnung zu tun)?

Wenn man zu Resultaten kommen will, muß man beides meinen – oder keines von beiden.

Wir gehen mit der Zeit; das heißt, wir gehen vom Stamm

aus und nähern uns der gesellschaftlichen, staatlichen Wirklichkeit von heute. Was im Laufe der Annäherung die Baiern den anderen Stämmen, den Franken, Schwaben, Pfälzern, Deutschböhmen antaten und antun (oft zu deren großem Mißvergnügen); was, andererseits, die neubayerischen Stämme den Alt-Baiern antaten und antun (gleichfalls oft zu ihrem großen Mißvergnügen): es wird, hoffentlich, im Laufe unserer Betrachtungen sichtbar werden.

Aber wir gehen von Unbestreitbarem aus: Es gibt etwas Bairisch-Bayerisches, etwas Spezielles, das es von anderen Stämmen und Landschaften unterscheidet. Und zwar stärker unterscheidet als diese Stämme untereinander verschieden sind. Nicht einmal der Begriff des »Süddeutschen« hilft da weiter; die Kluft zwischen Baiern und Alemannen kann nur der übersehen, der ganz oberflächlich hinsieht. Und auch das Österreichische hat sich längst, hat sich ganz, ganz anders entwickelt – trotz der mißverständlichen Gemeinsamkeit, die im Dialekt zu stecken scheint.

Aber was ist nun das spezifisch Bayerisch-Bairische? Was für Merkmale, was für Kriterien können wir heranziehen, damit die Klassifikation einerseits nicht zu weit, andererseits nicht zu eng wird?

Erledigen wir zunächst das Einfachere. Bayerisch ist natürlich nicht identisch mit dem Gebirglerisch-Zünftigen, dem Krachledern-Aufdrahrerischen, dem verwegenen Gemsenjägerblick und den Landschaften, die mit dem Munde gemalt sind (so sagte mir's einmal ein spitzzüngiger Norddeutscher). Es ist im weiteren Sinne auch nicht identisch mit dem, was man mit dem ganzen Stuß von »weißblau und heiter« umschreiben kann: mit Komödienstadl und Gebirgstrachtenerhaltungsvereinen, mit Kammerfensterln und Goaßlschnalzern. Daß Reste jungsteinzeitlicher Lebensart hier und anderswo in Europa (etwa bei den Hochland-Schotten) noch erhalten sind, mag in Grenzen sogar stimmen; und daß sie Geld auf dem tertiären Sektor einbringen, sei nicht bestritten. Aber weder das wirkliche Bayern noch das wirkliche Schottland ereignen sich in solchen Reservaten, haben sich nie in ihnen ereignet – vergessen wir es also.

Aber wie steht's mit der Gleichung bairisch = bäurisch? Erklärt sie nicht wesentlich mehr von der Sonderart dieses Stammes? Seine Verachtung des Abstrakten etwa, seine Überzeugung, daß es vor allem gilt, »das Sach zusammenzuhalten«? Sein Mißtrauen gegen jedwede Ideologie (außer einer solchen, die er nicht als Ideologie erkennt)? Erklärt sie nicht die manchmal erfrischende, manchmal außerordentlich irritierende Grobheit, den Stolz auf die Oberarmmuskeln, von dem Herbert Achternbusch spricht? Das Bekenntnis zum Mist (auch Ludwig Thoma hat es abgelegt, seine Sensibilität muskelbeugend überspielend) als der Prima-facie-Evidenz irdischer Gebundenheit, an der man halb spöttisch, halb ressentimentgeladen jeden Aufschwung der Seele mißt? »Da hast dei' Vision, du Simpl!« wurde der kleine königliche Page Baron Hans von Gumppenberg von einem älteren Semester angeschrien, der in seinem Pult das Konzept eines Gedichts mit der Überschrift »Vision« gefunden hatte, und der es vor den Augen des unglücklichen Knaben zerriß. Ähnliches hat August Graf von Platen schon erlebt, als er in der bayerischen Armee diente...

In der Tat, man kommt der Sache näher; aber nur um den Preis der Versimpelung. Denn erstens gibt es bäurische Seelenlagen solcher Art allenthalben in der Welt, wo es Bauern gibt oder gegeben hat – und zweitens ist bayrisch-bairische Besonderheit beileibe nicht nur auf die einst herrschende Wirtschaftsform zurückzuführen. Es kommen andere Faktoren in die Gleichung hinein. Hier sollen nur zwei genannt werden: die Abkunft – und die spezielle historische Rolle des Landes seit der Reformation.

Zur Abkunft: Daß die Völkischen ausgerechnet in München mit ihrer Agitation begannen (von der Hitler zunächst nur ein kleiner Trommler war), geschieht ihnen, den Völkischen, aber auch ihren bayerischen Förderern recht. Denn von Germanentum kann in Bayern wirklich keine Rede sein – oder doch nur in einer kläglich verdünnten Lösung. Romanisches gibt es mehr (wer die schönen Mädchen an der alten römischen Donaugrenze, zwischen Regensburg und Passau, nicht kennt, ist selber schuld...), Slawisches, Awarisches, aus Böhmen mitgebracht, ganz alte Völkerschaften wie etwa die Narisker, die in der heutigen Oberpfalz saßen (der gelehrte oberpfälzische Arzt Ringseis hatte ein Nariskerprofil, desgleichen, in unseren Tagen, der Literaturprofessor Walter Höllerer aus Sulzbach-Rosenberg). Aber das meiste, das allermeiste in unserem Gen-Bestand wird doch keltisch sein.

Leider sind sie etwas in Mode gekommen, die Kelten; sind »in«, wie man so sagt. Aber die Evidenz ist dennoch erdrückend: Nirgends sonst in deutschen Landen ist ihr Charakter so dominierend. Die Verhandlungen, die Julius Cäsar mit gallischen Häuptlingen führte (im De bello Gallico ist's nachzulesen), könnten heute in bayerischen politischen Hinterzimmern laufen. Wilde, theatralische Kraft, posierendes Mittelpunktgefühl, Lust am Phantasieren, Desinteresse an größeren Zusammenschlüssen und der entsprechende Mangel an kaltem Weitblick, Populismus, Partikularismus bis hin zur Anarchie: Das alles kennen wir schon aus den ältesten Quellen, aus Gallien, Irland, Schottland...

Kommen wir, um uns im Folgenden nicht unnötig damit zu belasten, auf ein bekanntes Beweisstück: die Popularität Ludwig des Zweiten. Im europäischen Raum von heute gibt es dazu eine einzige Parallele, eine keltische: die womöglich noch größere Popularität des Stuartprinzen Charles Edward, genannt Bonnie Prince Charlie, in Schottland. Es liegt auf der Hand, was die beiden Figuren vergleichbar macht: ihre katastrophale Lage in Zeit und Raum, ihre gänzlich unzweckmäßige Einstellung zur sogenannten Realität, ihre entsprechende Erfolglosigkeit – aber ebenso ihre perfekte Erfühlung dessen, was Märchensehnsucht von der Rolle eines Prinzen oder eines Königs erwartet.

Für Nichtspezialisten sei hier kurz das gelebte Märchen des Bonnie Prince Charlie zusammengefaßt: Landung mit sieben Gefährten im Fjord nan Uamh 1745 an der schottischen Westküste; Weihe der Fahne; die Treue der Clans (sie war beileibe nicht komplett, aber was verschlägt's); triumphaler Marsch durch Schottland, Sieg über mehrere englische Heere, Vorstoß Richtung London, erzwungene Umkehr, (selbstverschuldete) totale Niederlage im April 1746 in Culloden bei Inverness, welche den Untergang der gälischen Nation einleitete. Aber dann Monate der romantischen Flucht, des Versecktwerdens durch Getreue, die den Kopfpreis von £30 000 verachteten; Indianerspiel in Grotten und Höhlen, und schließlich die gelungene Rettung durch eine französische Fregatte genau in jenem Loch nan Uamh, ein Jahr nach der Landung. Das Märchen ist perfekt; und sogar sein klägliches Ende ist keltisch: die jahrzehntelange Trunksucht des Prinzen, der als Wanderer durch Europa (besonders das katholische) irrte.

Ludwigs Rolle ist unblutiger, das Desaster, das er mitverursachte, geräuschloser. Keineswegs aber unbedeutend, wie wir sehen werden. Das heißt nicht, daß sie weniger perfekt, weniger romantisch war. Wer die Materialien des großen Sagenzyklus um König Artus kennt, der ist immer wieder verblüfft, mit welcher unbewußten Präzision der Mondkönig, der *Roi Lune*, wie ihn die Franzosen nennen, diese Materialien verwendet hat: überhöhtes, mythisches Königsgefühl in rabenschwarzer Zeit, geheimnisvolle Ohnmacht, Unordnung und Lehensverrat unter den Gefolgsleuten, Rückzug in Grotten und Einsamkeit – all dies gekrönt durch einen unheimlichen, immer noch nicht schlüssig aufgeklärten Tod im See Avalon. Nur das Schwert Excalibur fehlt, das der todeswunde Artus in den Arm des Elfenweibes legt, der sich aus der Tiefe emporreckt. (Andenkenpostkarten haben all dies mit der unbewußten Genialität des Kitsches höchst anschaulich illustriert.) Erfolglosigkeit als Verheißung: Das ist die Formel, die beider Existenz in der Memoria des Volkes wachhält.

Schottland ist, ohne Frage, älter, härter, wilder als Bayern. Seine Geschichte verlief dramatischer, seine Sagenbestände blieben näher am alten Heidentum. Aber die Parallelen sind überzeugend. Die »offizielle« Geschichte interessiert das Volk nicht oder kaum, es berührt sie nicht (woran natürlich wieder eine Menge »Wahrheit« ist). Aus dieser Geschichte werden nur die Parabeln erinnert, die durch die Bedürfnisse der Barden veränderten Spektakel, die es verdienen, ins Reich der Sage einzugehen. Ein wunderschönes Beispiel dafür, wie solche Veränderung funktioniert: Es gibt aus dem Jahre 1866 ein alpenländisches Lied, welches den »Sieg« der Bayern bei Kissingen feiert. Der Barde hatte offensichtlich nur davon gehört, daß da eine Schlacht geschlagen worden war, und er hielt es für überflüssig, die genaueren Nachrichten abzuwarten – wer konnte schon gesiegt haben, wenn nicht die Eigenen?

Eine solche Art, die historischen Dinge, den Schritt der Geschichte zu sehen (oder nicht zu sehen!), eignet sich natürlich sehr schlecht zur Integration in ein hegelianisches oder sonst »fortschrittliches« Weltbild. Hier gilt es, offen zu sprechen. Ich halte die schlichte Ablehnung des »Weltgeistes« durch unser Stammes-Ingenium, die Weigerung, die »Wirklichkeit«, das heißt das zufällig reale Resultat der Makro- oder Mikrogeschichte, als Entscheidung über seine Richtigkeit anzuerkennen, für eine der wenn auch bescheidenen, so doch positiven Besonderheiten meines Stammes. Aber ehe wir das etwas genauer untersuchen, gilt es zuvor noch den zweiten Faktor heranzuziehen, von dem ich sprach: die spezielle Geschichte Bayerns (zunächst Baierns) seit der Reformation.

Details werden dem nächsten Kapitel vorbehalten bleiben. Hier genügt es festzustellen, daß die Gegenreformation in deutschen Landen nirgends so siegreich war wie in Baiern, wo sie das natürliche Mißtrauen gegen jede Weltverbesserei bedeutend verstärkt hat. Reformation, das hieß ja auch, und nicht zuletzt, Verheißung; Wiederbelebung, Verstärkung des Entwurfs christlicher Lebensaufgabe auf das kommende Jerusalem hin. Dem setzte der militante Katholizismus seine Statik entgegen; sein Beharren auf dem hier und heute gegebenen »Apparat« der Heilsverwaltung. Gewiß, auch der Katholizismus, und gerade der sehr fromme Katholizismus der Baiern im 17. und 18. Jahrhundert, wußte, daß die Welt unvollkommen ist, und das Leben war schlimm genug, so schlimm wie in deutschen Landen anderswo auch. Aber – um hier einmal ganz grob zu generalisieren: Rettung suchte man nicht im zukünftigen Heil für alle, sondern im separaten Gnadenerweis, im Mirakel. Das Land war dicht besetzt von Wallfahrten, Gnadenorten, Gelegenheiten, sich zu »verloben« (d. h. Gelübde abzulegen) in jeder Not des Leibes und der Seele. Es ist überliefert, daß sich die Leute im Wirtshaus stritten, wer für dies oder jenes zuständiger, heilkräftiger sei: die Muttergottes von Altötting oder von Tuntenhausen, der heilige Veit da oder der heilige Erasmus dort, der Leonhard von Leonhardspfunzen oder das heilige Kreuz von Tattenhausen... Noch mitten im Zweiten Weltkrieg hatte sich ein bedeutender Münchener Chirurg sowohl nach Altötting wie nach Tuntenhausen »verlobt« (beides Marienwallfahrten), um seine Klinik vor den Brandbomben zu retten. Sein Gebet wurde erhört, und der Chirurg stiftete zwei Votivbilder, eines nach Altötting und eines nach Tuntenhausen. Auf beiden aber waren die zwei Madonnen über dem brennenden Bavariaring zu erblicken: die eine in Weiß, die andere in Schwarz – ein doppeltes Netz der Sicherheit sozusagen...

Es sei festgestellt, daß dies nicht spöttisch gemeint ist. Es ist das logische Resultat einer Religiosität, die sich nicht von den uralten vor- und frühgeschichtlichen Bewußtseinsinhalten lösen kann oder will. Und natürlich war sie auch vor 1800 nicht die einzige Religiosität in Bayern. Natürlich gab es »echtere« Frömmigkeit, tiefe Mystik, gab es Todessehnsucht und – vor allem im 17. Jahrhundert – ständige Wiederholung des Memento mori, der Ausrichtung auf die letzten Dinge. Doch – und das führt uns wieder zum entscheidenden Unterschied! – hinter all dem stand (und steht teilweise noch heute) ein letzten Endes prähistorisches Grundgefühl von der Stetigkeit der Welt, die uns umgibt; das Grundgefühl, das sich, Welten entfernt, in einem Todesgebet der Indianer so ausdrückt: »Menschen kommen und gehen, aber die grünen Berge bleiben.« (Es gab einen bayerischen Pfarrer, der dies auf seine Weise formulierte: Er war ein begeisterter Bergsteiger und erklärte schlankweg, daß er, wenn er in den Himmel komme, damit rechne, daselbst Berge vorzufinden. Ohne dieselben könne er sich eine paradiesische Ewigkeit nicht vorstellen.)

Eine der verblüffendsten Bestätigungen für diese Hypothese, die Hypothese von der letzten Endes statischen Weltfrömmigkeit, ist in Ernst Blochs schwierigem, aber spannendem Büchlein über *Die Lehren von der Materie* zu finden. Er spricht dort über die Materielehre des romantisch-katholischen, bayerischen Philosophen Franz von Baader. Alles Denken und Sein, so führt Bloch aus, hängt für Baader vom Gedachtwerden durch Gott ab; aber daß die Materie besteht, die Welt und ihre Schönheit mitten in der Gefährdung, das verdanken wir dem Mitleid Gottes. Dieses Mitleid schiebt das Gericht auf, dieses Mitleid, diese Barmherzigkeit selbst erschafft die schöne liebliche Außen- und Lichtseite der Natur. Baaders Prosa ist ungeheuer dunkel und pompös; aber der eine Satz verdient zitiert zu werden: »Es ist nur der Mensch, der dem verderbten Wesen offen ist... die äußere Natur kann also betrachtet werden als ein furchtbarer und mächtiger Schild, durch welchen der Schöpfer dem Vater der Lüge immer den Mund verschlossen hält...«

Hier geht es, hoffentlich, nicht nur um eine vergangene Philosophie oder Theologie. Es geht um die wunderschöne Grundidee: um die schöne Welt, die schöne Materie als einen Schutz vor dem Nichts und dem Bösen. Das ist, wenn man so will, das genaue Gegenteil dessen, was eine finstere Spiritualität durch Jahrtausende auch im Christentum angezettelt hat. Das ist, auf der Ebene der hohen Spekulation, die Sehnsucht des bayerischen Leutepriesters nach den höchst wirklichen Paradiesesbergen. Das ist die Kraft – und natürlich auch die Grenze bayerischen Welt- und Selbstgefühls.

Weltverbesserer, im positiven wie im negativen Sinn, haben es deshalb in Bayern schwerer als anderswo. (Hier liegt, meines Erachtens, der grundlegende Unterschied zu den Alemannen: Nirgends in Deutschland gibt es mehr Chiliasten, mehr Weltverbesserer als dort.)

Die Medaille hat natürlich ihre negative Seite – sie sei sofort erwähnt. Ein bäuerisches Volk, jahrhundert-, ja jahrtausendlang an die Wichtigkeit des Besitzes in einer statischen Welt gewöhnt, wird hart, ja hartherzig. Wertbewußtsein, Identitätsgefühl klammern sich an »das Sach«, an den Boden, an das Haus, an den Hausrat. Was von außen dagegen andrängt, wird grundsätzlich als Feind empfunden – ob es das Rentamt oder der Weltverbesserer ist. Wenn's dennoch zuschlägt; wenn die Dinge umstürzen oder umgestürzt werden, wird entweder ein Sündenbock gesucht – oder, was auch sehr bairisch ist, man fällt auf die Überzeugung zurück, daß der Weltlauf letzten Endes absurd, irrational ist. Nirgendwo sonst in deutschen Landen werden Unfälle, Krankheiten, Verderbnis von Mensch und Natur so breit, ja so selbstgefällig erörtert wie in Bayern, speziell in Altbaiern. Alles, so heißt's dann, ist »aufgesetzt«, das heißt vom Schicksal bestimmt, der Autounfall beweist letzten Endes die Dunkelheit der Welt, die Absurdität aller Dinge. Und wenn's ganz schlimm wird, dann wird die Verzweiflung wortlos. Der vornehme Generalbaß der Verzweiflung, der durch die namhafte österreichische Literatur geht, hat durchaus seine bairische Entsprechung. Aber unsere Geschichte hat uns nicht die Werkzeuge geliefert, die im alten Kaiserreich einen Grillparzer, einen Trakl, einen Musil – und, noch in unseren Tagen, eine Ingeborg Bachmann und einen Thomas Bernhard ermöglichten und ermöglichen. Es gibt Dutzende von bairischen Moosbruggers – aber Thoma hat keinen beschrieben, und Franz Xaver Kroetz auch nicht. (Es gibt zwei bairische Schriftsteller, die nahe herankommen: Oskar Maria Graf und – auf seine Weise – Herbert Achternbusch.) Die bairische Verzweiflung hängt in aller Regel wortlos und ohne Abschiedsbrief des Morgens im Heuboden. (Das allerdings hat auch Thoma beschrieben.)

Bedeutet dies, daß der Baier kein Revolutionär, kein Empörer sein kann? Keineswegs. Es zieht sich ein Strang von Rebellion, von Aufsässigkeit durch unsere Geschichte – aber es ist immer die Rebellion gegen ganz konkrete Zwänge. Den Zwang etwa, kein Wildbret schießen zu dürfen. Den Zwang, zuviel Steuern zahlen zu müssen. Den Zwang, zum österreichischen Militär eingezogen zu werden. Den Zwang zu Vorschriften, die man nicht versteht und nicht verstehen will. Einmal in unserer Geschichte – anno 1918 – hat sich dieser Zwang und die Rebellion dagegen zur halbwegs wirklichen Revolution verdichtet. Aber als sie dann stattfand – was sollte durch sie erreicht werden?

Dafür gibt es wieder eine wunderschöne bairische Geschichte, die Oskar Maria Graf mitteilt. In den Novembertagen 1918 – die Erbitterung über den sinnlosen, mörderischen, auspowernden Krieg hatte allenthalben, auch auf dem flachen Land, den Siedepunkt erreicht – fand in München eine sozialdemokratische Versammlung statt. Es ging darum, ob die Mehrheitssozialisten, die sogenannte Basis, dem Appell der Unabhängigen, dem Appell Kurt Eisners folgen solle oder nicht. Eine Schlüsselfigur der Versammlung war ein riesiger Münchener Dreher, von allen als Respektsperson geachtet. Zornig, verbissen redete man auf ihn ein: »Was is? Was sagst? Mach ma mit oder net?« Der Dreher stand auf, atmete tief durch und sprach aus vollem Herzen: »Also dann – mach ma halt Revolution, damit a Ruah is!«

Das ist schon mehr als ein weißblaues Kuriosum, wie es die norddeutsche Publizistik liebt. Da hat einer, der zunächst einmal nur das ständige Zweifeln satt hatte, aus ahnendem Herzen den ältesten Revolutionsbegriff überhaupt formuliert. Hannah Arendt hat darüber sehr scharfsinnig geschrieben: über die Re-Volutio, die (ursprünglich astronomische) Rück-Wälzung des Kosmos in seine richtige Lage. Über die Wiederherstellung der alten Lebensweise, der alten Freiheiten, der alten Gerechtsame. Das war der ideologische Ausgangspunkt für die deutschen Bauernkriege: In ihren Memminger Artikeln forderten sie nichts anderes, die Sprecher der Aufständischen, als die

Wiederherstellung der Freiheiten, welche ihnen die steuergierige Meute der Renaissance-Kleinfürsten entreißen wollten und entrissen. Es war in erster Linie ein politischer, kein sozialer Aufstand (der Vulgärmarxismus hat da fürchterlich herumgepfuscht). Das war auch der ideologische Ausgangspunkt der amerikanischen Revolution: Aufstand gegen eine Londoner Zentralregierung, welche die Kolonisten zur Finanzierung der steigenden Gemeinschaftsaufgaben heranziehen wollte. Ja, selbst 1789 entstand die revolutionäre Situation noch durch einen »Rück-Schritt«: die Wiedereinberufung der Generalstände, der États Généraux, die seit 1614 nicht mehr getagt hatten. (Die Französische Revolution allerdings überschritt diese Ausgangslage fast augenblicklich.) Nichts anderes erwartete der Dreher, der Münchener Sozialdemokrat, von der Revolution – nichts anderes als die Ruhe, die Wiederherstellung der gott- oder naturgewollten Verhältnisse.

Der »normalen« Verhältnisse also? Hier stoßen wir an eine kritische Schwelle. Was erfährt der Mensch hier und heute in unserem turbulenten Jahrhundert als normal? Selten das, was wirklich normal ist, das heißt selten das, was wirklich den natürlichen Normen entspricht. Normalität, das ist für den Bürger selten etwas anderes als die erinnerliche beste Stufe des Status quo. Aber es ist der Status quo selber, der in unserem Jahrhundert unweigerlich in die wahnwitzige Vernichtung jedweder Normalität mündet. 1918 wandte sich der kleine Münchener Tandler, aber auch der geplagte Bauer der Revolution zu, weil er sich an die guten Zeiten vor 1914 erinnerte und diese als normal empfand; aus keinem anderen Grund aber schwenkte er 1920 oder 1922 oder 1923 zu den Rechten um. (Da waren natürlich auch andere, kompliziertere Dinge am Werk, die später abzuhandeln sind.)

Seitdem ist Bayern ein Problem für Deutschland geblieben. Um es gleich zu sagen: Hitler ist nicht der typische Aspekt dieses Problems. Was wir ihm bis 1923 erlaubten, ist schlimm genug; aber wir schreiben 1996, und das Problem ist geblieben. Es ist schwer, es in einem Satz zusammenzufassen; vielleicht können wir es mit Hilfe eines Vergleichs illustrieren, der wie alle Vergleiche hinkt, aber dennoch als Begleiter nützlich sein kann.

Norman Mailer, der sicher brillanteste Reporter der amerikanischen politischen Szene (jedenfalls solange er darüber schrieb), umreißt in einem seiner erschöpfenden Berichte über einen amerikanischen Wahlkongreß in den sechziger Jahren die Stimmung der Delegierten aus den amerikanischen Südstaaten; die Stimmung der verborgenen, letztlich unbewußten Wut über den rettungslosen Untergang eines *way of life*, einer Lebensweise, der es die Geschichte nicht erlaubte, innerhalb ihrer sicherlich vorhandenen Begrenzungen, aber auch mit ihren eigenen Kräften und Mitteln zur Reife zu gelangen. Sicher: Der amerikanische Bürgerkrieg 1861 bis 1865 ist an Härte, an Zerstörungskraft, aber auch in seinen tiefgreifenden Folgen mit dem Krieg von 1866 nicht zu vergleichen; vor allem hat dieser keine nachteiligen wirtschaftlichen Folgen gehabt, während die Okkupation durch den Norden und die darauf folgenden Plünderungen den amerikanischen Süden auf Generationen ruinierten.

Dennoch: Auch in Deutschland ist der Süden unterlegen. Und besonders Bayern ist (neben Österreich) unterlegen. Das alte Land wurde von außen mit einem neuen Lebensstil, einer neuen Art der Existenz überzogen; dies führte, so oder so, zu seiner Sprachlosigkeit, zu seiner Fremdbestimmung. 1918, 1923, aber auch 1933 und 1945 bis in unsere Tage hinein hat das zur Folge, daß die verzweifelten Signale der alten Lebensart nur verzerrt, als klägliche Parodien ihrer selbst sichtbar und hörbar wurden. Gewiß, der Norden hatte längst, hatte schon seit dem 18. Jahrhundert alles für sich: den Geist, das Geld, die Bildung, die Kanonen. Aber das bedeutete nicht, daß Bayern deswegen nicht das Recht gehabt hätte, seine eigenen Strukturen, seine eigenen politischen und gesellschaftlichen Entsprechungen zu seiner Eigenart zu entfalten. Sicher, Bayern machte seine eigenen Fehler; aber sie waren um keinen Deut schlimmer als die des Nordens. Es hatte nur keine Zeit mehr, sich seiner Fehler und seiner Stärken unter den Bedingungen der Moderne bewußt zu werden. Es konnte, seit 1866, nur noch reagieren. Und das tut es bis heute. Während es, im täglichen Leben, nach wie vor ein relativ liberales Land ist, hat es keinen Weg mehr gefunden, von der unter- und unbewußten Wut wegzukommen – von der unfruchtbaren Fixierung auf sein Schicksal. Und selbst die Stichworte, mit der es diese Wut, verzerrt und gefährlich, ins Geschäft der

Gegenwart einbringt, sind unfehlbar von außen bestimmt und geliefert.

Was bleibt, ist dennoch eine eigene Geschichte – bis heute. Die muß also abgeschritten werden, wenigstens in einigen typischen Etappen markiert werden, wenn die Trauerarbeit zu einem Ergebnis gelangen will. Wir beginnen nicht bei Tassilo oder bei der Teilung von 1156–1180. Wir beginnen mit der anhebenden Neuzeit – der Epoche, in der das alte Herzogtum einen typischen Platz im alten Reich suchte und fand. Montgelas wird dann wichtig werden, der wahre Begründer des Königreichs und der bayerischen Staatlichkeit bis heute. Vor allem aber: 1866 bis 1871, der Angelpunkt nicht nur der bayerischen, sondern der deutschen Geschichte. 1914 bis 1923: die letzte, schon halbblinde Suche nach der Möglichkeit, wieder Handelnder, Subjekt der eigenen Geschichte zu werden.

Was daraus entstand, war ein neues inneres Ungleichgewicht – ein Ungleichgewicht, das zur Konstante des Jahrhunderts wurde: die schwarz-nationalliberale Koalition. Sie ist unsere Wirklichkeit seit 1920 – in verschiedenen Ausprägungen und Tönungen. Nach Hitler (der den Staat aus dem er aufstieg, auslöschte) wurde sie erst zur politisch stabilen Macht; wurde (nach mehreren Vorstößen in umkämpfte Schichten) zur unbestrittensten Staatspartei Europas. Der Preis dafür war die endgültige Vermauerung aller historischen Leichen im Keller des Un- und Halbbewußten – and dadurch die Unfähigkeit zur Zukunft. Dann aber wird es höchste Zeit, den Gebeinen auf dem Blachfeld ein erweckendes Wort zuzurufen.

KASPERL AUF DER WELTBÜHNE

KASPERL LARIFARI: Das ist ein bayerischer Archetypus; aber auch er ein Zugereister. Tracht und Physiognomie (wenigstens in den älteren, »echten« Figuren) weisen ihn als Lazzarone aus, als »Strizzi«, wie man in München sagte – als einen der verwegenen, lebensgewandten Einwanderer oder Gastarbeiter aus dem Süden. Abgesunkene Commedia dell'Arte ist er wohl, wenn man literaturgeschichtlich genau sein will.

Physisch ist er tapfer, bis zur Brutalität. Was er mit Tod, Teufel und Polizei anstellt, erfüllt den Tatbestand der Körperverletzung mit Todesfolge. Der bayerische Kammerherr von Pocci (wie der Name ausweist, ein Landsmann des Larifari) hat ihn literarisiert, und zwar angenehm: zu einem Nichtsnutz, Säufer und Fresser, einem notorischen Vaganten mit unwiderstehlichem Charme und permanentem Kalauer-Geschwafel.

Im Grunde ist aber dieser Kasperl unheimlich. Er lebt die Verweigerung nicht nur, er ist sie. Er verweigert sich den Großen, er verweigert sich der Geschichte, er verweigert sich dem Sinn. Dumm ist er keineswegs, aber was er aufschnappt an Signalen von draußen und oben, an dummen Weisheiten und weisen Dummheiten, an moralischen Befehlen und kategorischen Imperativen jeder Art, das dreht er durch den Wolf seines Entertainer-Talents und verwandelt alles in das, was die Masse als einziges liebt und annimmt: in Spektakel. (Die Theorie vom Spektakel als einziger »Sinn«-Gliederung der Massen-Rezeption stammt nicht von mir, sie ist nachzulesen bei Jean Baudrillart.)

Was wird aus der Geschichte im Medium der Kasperliade? Kampf gegen Schandi, Tod und Teufel – begleitet vom schadenfrohen Gelächter der Kinder.

Und so ist Kasperl Larifari eine eminent baierische Figur.

Wir stellen ihn deshalb voran, als erste Kurzbiographie von einigen, die, verstreut im Text, folgen werden. Nicht alle von ihnen sind Kasperliaden; einige sind es teilweise. Sie sind es immer dann, wenn sie dem Weltgeist, dem Prinzip, dem moralischen Gesetz in uns eine Nase drehen. Manchmal gelingt das, manchmal gelingt es gänzlich daneben – bis zum tödlichen Ausgang, wie in der letzten unserer Biographien, der des Dr. Joseph Baumgartner.

Aber die Gegenfigur zum Kasperl, die wahrhafte Ergänzung, ist ohnehin nicht der große Lehrer, der große Sinngeber, die Leute oben im Licht. Die wahre Gegenfigur ist Rachel, deren Stimme zu hören ist in Rama – Rachel, die um ihre Kinder weint und sich nicht trösten lassen will. Wer hat Rachels Kinder getötet? Der Kasperl Larifari bestimmt nicht.

Aus dem Märchenstück »Lilienweiß und Rosenrot«

ERSTER AUFZUG

Wilde, felsige Gegend

(Prinz Rosenrot sitzt erschöpft auf einem Felsblock. Nicht weit von ihm liegt Kasperl auf dem Boden.)

PRINZ ROSENROT: Ich bin ein unglücklicher Prinz. Ein ganzes Jahr lang schon durchziehe ich die Welt, ohne das Ideal zu finden, welches ich erringen möchte, ja erringen muß! Wie viele Gefahren und Abenteuer habe ich schon überstanden und noch bin ich nicht am Ziele! Wie am Himmel ein helles Gestirn, so leuchtet mir das Bild der Prinzessin Lilienweiß von ferne; seine Strahlen dringen bis in das Innerste meines Lebens, aber unerreichbar ist das himmlische Bild, wie mir deucht, und ich werde endlich aus Sehnsucht verschmachten! Ja, ich bin recht unglücklich!

KASPERL: Jetzt hören S' amal auf mit dem Lamentieren! Was soll denn ich nachher sagen? Sie haben alle Tage eine Portion

Sehnsucht zum Verzehren; aber ich hab gar nix als Hunger und Durst und bin alleweil hundsmüd' dabei. Ja, wie wir noch geritten sind, da war's noch passabel zum Aushalten; aber seit sich unsre Rösseln die Füß' abgelaufen haben vor lauter Hetzen und Jagen, und seit wir z'Fuß auf Abenteuer ausgehen, ist's schier nimmer ausz'halten. – Was haben S' denn alleweil mit der Prinzessin? Muß's denn grad die sein? Prinzessinnen gibt's ja genug auf der Welt, reich und schön, die einen Mann brauchen können. Ich tät mir halt so eine holen, und nachher hätt, die arm, Seel an Ruh.

ROSENROT: Kasperl, du bist zwar ein treuer Kerl, aber das verstehst du nicht. – Wenn du nur genug zu essen und zu trinken hast, dann bist du auch zufrieden. Höheres als dies begreifst du nicht.

KASPERL: Jetzt möcht' ich aber doch wissen, ob denn 's Essen und 's Trinken nit a Hauptsach' ist? Das halt' Leib und Seel' zusammen. Schaugen S' Ihna nur in Ihren Rasierspiegel – auweh! Den hab'n wir beim letzten Kampf mit dem Riesen z'brochen! – Sie sehn ja aus wie a Haring, ganz ausg'hungert und abgezehrt; es ist eine wahre Schand für an Prinzen von Geblüt. Und ich geh' auch z'grund nach und nach, als wie ein Jagdhund, der auf seine letzten Füß lauft. Ich halt's nimmer aus und lauf' Ihnen doch nächstens davon; nachher können S' allein herumvagieren; auf d'letzt kommen wir noch mitenand auf'n Schub nach Haus, wenn uns ein Gendarm in dem elenden Zustand antrifft.

ROSENROT: Schweig einmal mit deinem Geschwätz. Ich will dich nicht zurückhalten, wenn du mich verlassen willst.

KASPERL: So, und wer putzt Ihnen dann die Stiefel in der Früh, wenn ich nimma bei Ihnen bin? Und wer macht den Kaffee, wenn wir ein' hab'n? Und wer flickt Ihnen die Panzerhosen?

ROSENROT: Das sind Nebensachen. An derlei Kleinigkeiten des Lebens denkt ein Held nicht, der nach seinem Ideale strebt.

KASPERL: Und alleweil des Lineal da! Wenn S' nur einmal die Ideen aus'n Kopf brächten! (Gähnt.) Auweh, jetzt werd ich schon schläfrig. Nacht wird's auch und alleweil im Freien kampieren! Das gibt wieder ein' Mordskatarrh morgen früh. Nur einmal möcht' ich wieder in – ein – Wirtshaus kommen – – – (Schläft ein.)

Sandizell, Wilhelm von (Ritter)

Der Junker Wilhelm von Sandizell zu Großhausen wurde 1480 geboren. Später hieß er der Dicke Wilhelm. Er starb 1527; nach damaligen Verhältnissen wurde er also ziemlich alt. Außerdem: Zu was hätte er weiterleben sollen nach 1527, nachdem... Aber das gehört schon zu seiner Geschichte.

Seine Biographen, G. A. Reischl und Wigulaeus Hundt, berichten, er sei im ritterlichen Dienst unterwiesen worden. Beim Kaiser Max selber, dem letzten Ritter, dann in Dresden und zuletzt in München. Sein Elternpaar, Heinrich und Felicitas geb. Höchstetterin, vertrug sich nicht: »sind endlich voneinander kommen / doch des Guts halber durch Herzog Wolfgangs Hofmeister & Rat verglichen worden. Anno 1507«; das Sach gilt es zusammenzuhalten, und das hält seinerseits die Ehen zusammen, Sympathie oder Antipathie hin oder her.

Wilhelm richtete seine ritterliche Kunst zunächst gegen seinen Vetter Sigismund. Der hatte von einer gemeinsamen Tante Barbara ein Schloß Tuntzenperg, wahrscheinlich das heutige Tunzenberg in Niederbayern, überschrieben bekommen, und das fand Wilhelm ungerecht. Er überfiel also den Sigismund oder wollte ihn überfallen, die Quellen sind da nicht klar, sie sagen nur, daß er vom Grafen von Haag dafür »nidergelegt« wurde. (Die Neuzeit war angebrochen.) Sigismund löste ihn zwar aus, aber beileibe nicht in die Freiheit, sondern zu interfamiliärer Haft auf sein Schloß Prunn im Altmühltal. Das genügte nicht (warum, wissen wir nicht), und es ging ab in den berüchtigten Falkenturm zu München. Diese Haft war nun herzoglich.

Aber der Wilhelm gab deswegen und so schnell nicht auf. In einer Herbstnacht entwischte er über Wassergräben und durch Gärten, überquerte die Isar, versteckte sich im Siechenhaus am Gasteig. Niemand teilt mit, was er den Einäugigen, den Trübsinnigen, den lebendig Verwesenden versprach, womit er sie bestechen wollte; jedenfalls reichte es nicht, denn die Siechen verpfiffen ihn, lieferten ihn den Bütteln aus, die ihn suchten. Er mußte Urfehde schwören, also lebenslangen Frieden mit der Obrigkeit, und wurde gegen hochnotpeinliche Versicherungen und Bürgschaftsleistungen 1524 aus der Haft entlassen. Dazu wurde er drei Jahre lang aus dem Lande verbannt.

Was tut ein Edelmann der anhebenden Neuzeit, der nicht zu Hause bleiben kann? Er wird Hauptmann eines Fähnleins in fremden Landen – in Wilhelms Fall bei Frundsbergs Landsknechten. Bei der Schlacht von Pavia, am 24. Februar 1525, ist er schon mit von der Partie. Und er bleibt bei dem kaiserlichen Heer, bis dieses, ausgehungert, fiebernd, von der Pest und der Lustseuche angehaucht, sich auf Rom wirft.

Der Sacco di Roma, die schlimmste Plünderung in den zweitausendsiebenhundert Jahren römischer Geschichte, findet durch katholische Christen statt – unter Mitwirkung des dicken bayerischen Rittersmanns. Er und die Seinen stecken ein paar überflüssige Kirchen an und lassen einiges an Ornaten und Paramenten mitgehen, sonst erklärt sich das folgende nicht. Denn jetzt können wir das Wort dem Adam Reißner überlassen, der Anno 1572 die Ritterlichen Kriegsthaten Herrn Georgs von Frundsberg herausgebracht hat, und worin er den Sandizeller und seine Landsknechte beschreibt:

»Die Landsknecht haben die Cardinals Hüt aufgesetzt / die langen roten Röck angetan und sind auf den Eseln in der Stadt herumgeritten; haben also ihr Kurtzweil und Affenspiel gehalten...

Wilhelm von Sandizell ist oftmalen mit seiner Rott / als ein Römischer Papst mit dreien Kronen für die Engelburg kommen.«

In der Engelsburg, dem einzigen uneroberten Stück Erde Roms, lag die ganzen Wochen über Papst Clemens in Furcht und Bangen, während ringsum seine Stadt brannte und schrie. »Da haben die anderen Knecht in Kardinalsröcken ihrem Papst Reverenz getan / ihre langen Röck vornen mit den Händen aufgehebt / den hinteren Schwantz hinten auf der Erd lassen nachschleifen. / Alsdann hat der vermeint Papst mit einem Glas voll Wein den Segen gemacht / und Papst Clementen einen Trunck gebracht.«

Der stand vielleicht oben, hinter einer der Zinnen verborgen, und schaute sich Tag für Tag dieses Konklave an. »Die angelegten Kardinäl sind auf ihren Knien gelegen; haben ein jeder ein Glas Wein austruncken und dem Papst Bescheid getan, dabei geschrien, sie wöllen itzt recht fromme Papst und Kardinäl machen / die dem Kaiser gehorsam und nit / wie die vorigen / widerspenstig Krieg und Blutvergießen anrichten.«

Zuletzt haben sie laut zur Engelsburg geschrien (also im trunkenen Chor zur Engelsburg hinauf): »Wir wöllen den Luther zu Papst machen / Welchem solches gefalle /, der solle seine Hand aufheben. Haben darauf all ihre Händ aufgehebt und geschrien: 'Luther Papst' und viel dergleichen schimpfliche / lächerliche Spottreden getan.«

Wilhelm, der dicke Wilhelm von Sandizell, erlag wenige Wochen später, noch in Rom, der Pest. Was hätte er schon noch erleben können?

I
FROMME UNTERTANEN

Katholischer als der Kaiser

Baiern, das alte Herzogtum, hätte natürlich in der Reformation genauso protestantisch werden können wie das übrige Deutschland auch. Die Schrecksekunde dem aufsteigenden Protestantismus gegenüber dauerte lange, und populär war die neue Lehre allenthalben.

Bis sich die katholischen Kräfte zur Gegenreformation sammelten, bis die Jesuiten, die Speerspitze des neuen, des modernen Katholizismus, ihre Seelsorge und ihr Erziehungswesen ausbauten; bis die Fronten (die politischen nicht minder als die konfessionellen) in Deutschland klar waren, verging eine geraume Zeit. In dieser Zeit war den Kaisern, vor allem dem großen Karl V., daran gelegen, den Bruch nicht zu endgültig werden zu lassen.

In solcher Lage befand sich Baiern zu Beginn der neueren Geschichte. Im Innern war es relativ gefestigt, sein Staatsgebiet war, nach damaligen Verhältnissen, stattlich groß (wenn es auch nur die alten Provinzen Ober- und Niederbayern umfaßte); die Verwaltung, und das heißt vor allem die Gerichtsbarkeit und die Steuereintreibung, war stabil. Aber es gab in dem bunten Fleckerlteppich der Hoheiten, der Lehensherrschaften und Zuständigkeiten genug Konfliktstoff und genug Möglichkeiten für den neuen Glauben, sich da und dort zu etablieren und auch zu einer Zeit, da die Gegenreformation längst angelaufen war, zähen, hinhaltenden Widerstand zu leisten.

Da gab's kleine Herren, wie den Wolf Dietrich von Waldeck und Maxlrain, die Grafen von Ortenburg, die alles taten, um dem Protestantismus eine Heimstatt zu geben; da gab's sogar Wiedertäufer. Noch 1555 wurde dem Jesuiten Petrus Canisius versichert, daß sie im Lande sehr zahlreich seien, und sie agitierten sogar 1559 im Rentamt Burghausen, nahe der Salzburger Grenze – 1570 wurde einer von ihnen in Rosenheim hingerichtet.

Herzogliche Reiter zu Waldeck

Unter solchen Umständen war die Durchsetzung des Katholizismus, also der Gegenreformation, eine langwierige Sache, einem ständigen juristischen, psychologischen, aber auch bewaffneten Kleinkrieg nahe verwandt.

Der genannte Wolf Dietrich von Waldeck zum Beispiel, einer Herrschaft in der Nähe von Aibling, tat alles, um die offizielle baierische Konfessionspolitik zu behindern, und seine Untertanen spielten offenbar mit. Die Gegenreformation konnte dort ohne Anwendung von Gewalt nicht durchgesetzt werden. Die katholischen Geistlichen, die man in die Herrschaft sandte, wurden vom Volk bedroht, ihre Amtshandlungen gestört. Die örtliche Prominenz des Kapitels (wir würden sagen des Landratsamts) Schliersee, die zu Ostern die katholischen Sakramente nicht empfangen hatte, wurde nach München geladen, und siebzehn, die als Rädelsführer galten, in den Falkenturm geworfen. Der zuständige Bischof von Freising verhängt den Kirchenbann, und nun dringen die Reiter des Herzogs in die Herrschaft ein – von Tölz her, von Wolfratshausen, von Aibling und Rosenheim. Nicht nur jeder Gottesdienst unterblieb – der eigentliche Sinn des Kirchenbanns –, sondern die Reiter blockierten auch jeden weltlichen Handel mit den umgebenden Gebieten. Das kleine Ländchen kannte so gut wie keinen Getreidebau, das Embargo war also recht wirksam. Viele Waldecker und Maxlrainer zogen die Verbannung dem Glaubenswechsel vor, wandten sich nach Regensburg oder in die salzburgischen Täler, wo um diese Zeit noch der Protestantismus blühte. (Dort fand die Austreibung erst eine Generation später statt.) Jedenfalls war 1584 das Ziel solcher Politik erreicht, Bann und Blockade konnten aufgehoben werden, und im Mai 1584 meldete der neue Richter bereits, an 330 Köpfe aus dem Waldeckischen seien mit dem Kreuz nach Tuntenhausen gewallfahrtet und »in Summa, die Miesbächer wollen mit Gewalt frumm werden«.

Der Eiserne Kanzler

So war denn auch im Bairischen alles vertreten, was zu den unerfreulicheren Aspekten der Gegenreformation gehörte – in Summa (um das Wort des Richters zu gebrauchen): der Zwang von oben.

Aber er hatte, was zunächst verwundert, nie die verheerenden Folgen wie etwa in Österreich. Dort gibt es noch heute am Ostrand des deutschen Sprachgebiets Gemeinden, wo seit Jahrhunderten kein erwachsener Mann eine katholische Kirche betreten hat. Dort erhoben sich noch kurz vor dem Dreißigjährigen Krieg, also hundert Jahre nach Luther, die »Waldteufel« im Oberösterreichischen gegen die Katholisierungspolitik des Kaisers und konnten nur mit Hilfe passauischer Kriegsvölker blutig niedergeschlagen werden. Dort entwickelte sich sehr früh, aus dem Geist des Widerstands gegen die Gegenreformation, eine kalte, glatte Areligiosität, die unterhalb des offiziellen katholischen Glanzes bis zum Indifferentismus und Antiklerikalismus, ja zur antichristlichen Haltung des 20. Jahrhunderts führte.

Was war in Bayern anders? Warum konnte sich die Gegenreformation, bis in die Zeit der Aufklärung, also bis in die zweite Hälfte des 18. Jahrhunderts hinein, so erfolgreich durchsetzen?

Es lag dies, so ist zu vermuten, an einer sehr frühen Weichenstellung, die nicht konfessionell, sondern politisch war.

Der Mann, der die Weichen stellte, war – neben dem Kurfürsten Maximilian I. im 17. und dem Grafen Montgelas im 19. Jahrhundert – einer der begabtesten bayerischen Staatsmänner überhaupt. Es war der kurfürstliche Kanzler Leonhard von Eck, und er war der maßgebende Mann des Herzogtums während der Lutherzeit.

Zeitgenössische Quellen beschreiben ihn ziemlich genau. Hubert Leodius nennt ihn »Polytropos, id est vafer, astutus«.

Polytropos ist der Beiname des Odysseus bei Homer, es heißt »wendig, verschlagen, vielgewandt«. Ein Sinn für das theologische Anliegen des Protestantismus fehlte ihm völlig. Er war vielmehr die baierische Version des Renaissancemenschen. Besonders irritierte ihn der Anspruch der neuen Lehre, die neue »Brüderlichkeit« einzuführen. Sein persönlicher Einwand gegen sie ist umwerfend: »Ich sähe auch gerne, wenn die Fugger« (die Millionen-Bankiers von Augsburg) »die brüderliche Liebe hätten, mit mir zu teilen...« und, wohl noch bezeichnender: »Der Bauern brüderliche Liebe ist mir ganz zuwider; ich habe mit meinen leiblichen Geschwistern nicht gern geteilt... geschweige der Fremden und Bauern...« Da schlägt das harte Herz des baierischen Grundbesitzers durch, ideologisch verstärkt durch den neuen, den moralinfreien Stil machiavellistischen Denkens.

Dieser Eck nun hatte seine ganz eigenen und ganz präzisen Vorstellungen von dem, was das Herzogtum Baiern in der neuen Zeit sein oder werden konnte. Der Katholizismus, die Erhaltung des reinen Glaubens, war in dieser Vorstellung nur ein willkommener Faktor, nicht mehr.

So war ihm etwa »Reichstreue« ziemlich gleichgültig. Mit dem Kaiser Karl V. verhandelte er hart auf hart, immer darauf bedacht, die Stellung seines Herzogs (Wilhelm IV.) gegenüber dem Habsburger zu festigen. Da schreckte er auch, wenn es darauf ankam, nicht vor handfesten Absprachen mit den protestantischen, im Schmalkaldischen Bund geeinten Reichsfürsten zurück. Bei einer entscheidenden Verhandlung bedrängte er seinen Herrn, sich »umbuelen« zu lassen wie eine schöne Frau, die ihren Wert kennt...

Aber – und das ist wieder ganz typisch für Leonhard Eck – ein Dauerbündnis mit so mächtigen Protestanten wie etwa Moritz von Sachsen war keineswegs nach seinem Geschmack. Er erkannte mit großem Scharfblick, der sich über ein Jahrhundert lang bewähren sollte, die ideale Position Baierns im Konzert der Reichsmächte: eine Position rechts vom Kaiser.

Dieser Kaiser, der große Karl V., war nämlich von Haus aus alles andere als ein entschlossener Feind der Protestanten. Ihm mußte es vielmehr darauf ankommen, die Einheit der Christenheit, wenn irgend möglich, wiederherzustellen. Es gibt dafür ein Datum, das in den bewegten Stürmen jener Jahre viel zu wenig bekannt ist: den Reichstag zu Regensburg 1541.

Karl V. hatte, ganz im Gegensatz zu Eck, eine ziemlich genaue Vorstellung von theologischen Gewichten, die in der Reformation in Bewegung gerieten. Er wußte zum Beispiel, daß Luthers Anliegen uralte Wurzeln in der Geschichte der Christenheit hatte – vor allem in der Gnadenlehre des Kirchenvaters Augustinus.

Er sah auch die keineswegs irreale Möglichkeit, den Dialog wiederaufzunehmen. Er blickte da weiter als das offizielle Rom. Karl zog einen wirklichen Kenner heran (etwas, was vorher, in den ersten Stürmen um Luther, versäumt worden war), den päpstlichen Legaten Contarini, der aus Venedig stammte. Dieser Contarini war ein wirklicher Augustinus-Theologe, er sah das Grundsätzliche an der Auseinandersetzung, das im allgemeinen Geschiebe der Interessen unterzugehen drohte. Und dieser Contarini sollte als päpstlicher Legat auf dem Regensburger Reichstag den Moderator spielen, die unheilvoll verfahrene Lage wieder auf die Ebene der Grundsatz-Diskussion bringen.

Eck sah sofort seine Chance. Er setzte sich mit den »Falken« im Vatikan in Verbindung – der Partei also, die keine andere Alternative sah als »Unterwerfung oder Kampf«. Und es gelang ihm tatsächlich, das Anliegen des Kaisers zu torpedieren – der Reichstag von Regensburg verlief ohne konkretes Ergebnis.

Damit waren die Weichen der baierisch-katholischen Realpolitik gestellt. Die Ereignisse etwa des Dreißigjährigen Krieges sind ohne diese Weichenstellung überhaupt nicht zu begreifen. Baiern machte, von diesem intransigent-katholischen Standpunkt aus, der ihm eine ungeheure Hebelkraft gab, seine eigene Rechnung, die wunderbarerweise immer mit der Vergrößerung des Landes zusammenfiel.

Ecks hervorragende Stellung läßt sich noch durch ein anderes Faktum belegen: die Sonderrolle des Herzogtums im Bauernkrieg.

Es ist – leider – eine unbestreitbare Tatsache: Die baierischen Bauern bildeten eine Insel der Ruhe in dieser allgemeinen süddeutschen Erhebung. Ringsum brandeten die gefährlichsten Ereignisse: Ganz Württemberg war faktisch in den Händen der Bauernheere, die Feste des Bischofs zu Würzburg wurde von den Aufständischen belagert, im Schwäbischen, im Salzburgischen, im Österreichischen formierten sich die Heere der Freiheit und der Brüderlichkeit – aber die baierischen Bauern machten nicht mit.

Man – das heißt, die zünftigen und staatsgelehrten bayerischen Historiker – hat eine Menge von Gründen für diese Abstinenz geliefert. Den brutalsten – wie es seine Art war – hat Eck selber formuliert: »Die Lutherischen und so arm sein, geben den Bauern Recht; die nit lutherisch und lutherisch, aber reich sein, geben den Bauern Unrecht...« Das war ein sauberes Kalkül, sauber machiavellistisch, und jedenfalls verzeihlicher als Luthers eigene Ideologie, die der Sache der Bauern den Todesstoß versetzte. Seine Philippika wider die Bauern wurde damals, absolut folgerichtig, von zehntausenden katholischer Obrigkeits-Kanzeln verlesen.

Aber Ecks Kalkül wäre sicher wirkungslos geblieben, hätte er nicht, innerhalb seines Herzogtums, die Macht des Faktischen auf seiner Seite gehabt. Warum, so stellt sich im nachhinein die skandalöse Frage, haben die freien bayerischen Bauern, die bestimmt ihre eigenen begründeten Einwände gegen die Obrigkeit hatten, den Kampf ihrer Standesgenossen im gesamten süddeutschen Raum nicht unterstützt?

Gut, es gab Anzeichen der Gärung. Im Niederbairischen grantelte man in den Wirtshäusern, führte aufmüpfige Gespräche. Als die Salzburger in Traunstein einrückten, schlossen sich örtliche Rädelsführer an – und wurden wenig später entsprechend hingerichtet. Dennoch: Eck, der Herzog, die Obrigkeit, hatten im großen und ganzen den Rücken frei, brauchten sich um eine Erhebung nicht wirklich zu sorgen.

Der wahre Grund für diese baierische Abstinenz ist immer noch nicht klar. Es lag, vermutlich, einfach daran, daß die baierischen Verhältnisse zwar keineswegs ideal, aber im Vergleich zur Umwelt ziemlich konsolidiert waren. Allenthalben im Deutschland der anhebenden Neuzeit war das »Bauernlegen« im Gange: Die kleinen Fürsten empfanden das Bedürfnis, ihre Einkünfte auf Kosten der Primärproduktion drastisch zu erhöhen – und diese Primärproduktion war eben die bäuerliche. Der Sturz aus den mittelalterlichen in die neuzeitlichen Verhältnisse war in Baiern, das bereits über gefestigte Eintreibungsmechanismen verfügte, unten, an der Basis, nicht oder kaum fühlbar.

Dazu kam die – relativ – hohe Effizienz der Verwaltung. Allenthalben saßen herzogliche Kommissare, Pfleger, Richter, die regelmäßig an die Zentrale berichteten. Einem solchen Bericht verdanken wir die Kenntnis einer der kuriosesten Episoden des Bauernkrieges überhaupt.

Die Bauern am Peißenberg

Am Peißenberg, also an der Grenze zum Schwäbischen (so erfuhren es bayerische Gymnasiasten noch vor einer Generation im Geschichtsunterricht), versammelten sich die getreuen Bauern des Herzogtums, um den Stoß der revolutionären Bauernheere, vor allem des gefährlichen Allgäuer Haufens, auf die Stammlande abzuwehren: Treue zum Haus Wittelsbach allewege.

Worauf beruht diese staatserhaltende Geschichte?

Richtig ist, daß sich in diesem großen Jahr 1525 die Allgäuer rüsteten, über den Lech nach Baiern vorzudringen. Und richtig ist auch, daß sich baierische Bauern am Peißenberg versammelten, um – so oder so – auf diese Möglichkeit zu reagieren.

So – oder so? Wir wissen, daß ein herzoglicher Pfleger, also ein hoher Regionalbeamter, von dieser Versammlung Wind erhielt und daß er sich unverzüglich aufmachte, um an Ort und Stelle nach dem Rechten zu sehen. Tatsächlich, so heißt es in seinem Bericht nach München, habe er an den Hängen des Peißenbergs einen bewaffneten Haufen vorgefunden, der jedoch, wie ihm die Führer einmütig versicherten, nur zusammengetreten sei, um die Gefahr aus dem Allgäu abzuwehren und des Herzogs Land zu verteidigen. Er, der Pfleger, habe die Bauern beruhigt, daß von einer wirklichen Gefahr keine Rede sein könne – und daraufhin habe sich alles friedlich aufgelöst.

Drängt sich da nicht ein Verdacht auf? Lohnt es sich nicht, ihm wenigstens spielerisch nachzugehen?

Entwerfen wir also ein Szenario, wie man heute so schön sagt.

Da leben am Peißenberg und in seiner Nähe die baierischen Bauern, fromme Untertanen gemeinhin, seit Generationen umringt von der Macht des Herzogtums. Es geht ihnen nicht allzuschlecht, und vor allem droht keine Gefahr, daß es ihnen jetzt oder in absehbarer Zeit noch schlechter gehen wird. Die Situation ist also nicht revolutionär.

Aber sie kann revolutionär werden. Jenseits des Lechs stehen unbesiegt die Allgäuer, und sie haben schon damit gedroht, daß sie herüberkommen werden. Gedroht? Das eben ist die Frage. Konnte es nicht auch ein Versprechen sein? War dahinter nicht doch der Wind der evangelischen Freiheit zu spüren, das Versprechen, das fast unglaubliche, von der kommenden Brüderlichkeit aller Christenmenschen – jener Brüderlichkeit, für die der Kanzler Eck nur Hohn und Spott übrig hatte?

Wenn dem so war, dann war es vielleicht nicht schlecht, wenn sich die Bauern des Oberlandes dem Heerzug der neuen Zeit anschlossen. Auf alle Fälle konnte man sich einmal bewaffnet versammeln – konnte man für jede Eventualität bereit sein.

Aber der Nachrichtendienst, der Apparat des Herzogtums funktioniert. Den Hang herauf sehen die Peißenberger Bauern den Pfleger herangaloppieren, den Pfleger und sein Gefolge. Die Würfel mußten fallen. Und die Macht des Herzogs war da, leibhaftig zu Pferde. Die Führer der Bauern zwinkern sich zu: Es wäre doch gelacht, wenn man aus dieser Lage nicht das Beste machen könnte...

Und so tritt man denn demütig, wie sich das gehört, an den Steigbügel des gestrengen Pflegers, blickt treuherzig zu ihm empor und spricht das aus, was er zweifellos gerne hört und lobend nach München berichten wird: Nur zum Schutz des Landesherrn hat man sich hier mit Dreschflegeln, Piken und Morgensternen versammelt.

Brechen wir diese Spekulation ab. Wiederholen wir lediglich: Der Bauernkrieg fand in Bayern nicht statt. Vieles blieb den frommen Untertanen erspart – der Verrat der Großen, die entsetzlichen Blutgerichte, die weitere Verschlechterung ihrer Existenz. Aber einen Orden für Freiheitsliebe haben sich die Bayern beileibe nicht verdient.

Was für die Geschicke des Landes bestimmend wurde, das war die Linie des Kanzlers Eck: die harte gegenreformatorische Linie rechts vom Kaiser, die bis 1648 ihren Kurs beibehalten sollte.

Die Kurwürde und die Katholische Liga

Am Ende dieser Epoche steht wie an ihrem Anfang ein wirklicher baierischer Staatsmann, der Herzog und spätere Kurfürst Maximilian I. Entscheidendes hatte sich in diesem Jahrhundert zwischen den Bauernkriegen und dem Ausbruch des Dreißigjährigen Krieges ereignet: Die Wittelsbacher hatten am Rhein den Katholizismus gerettet oder wiedereingeführt, die Throne der reichen Bistümer dortselbst mit ihren Prinzen besetzt und sich einen Einfluß gesichert, der Ecks Kalkül im nachhinein glänzend rechtfertigte. Und der Baier war zum Führer all jener Fürsten geworden, die sich in der sogenannten Katholischen Liga zusammenschlossen.

Maximilian war ein strenger, ein nüchterner Mann, hager von Angesicht, mit einem scharfen Verstand. Vor allem war er ein guter Rechner. Seine unbestreitbare persönliche Frömmigkeit war spanisch geprägt, nicht ohne Düsternis, immer das große *Memento mori* vor Augen; er verbot den Untertanen das leichtfertige Tanzen und ließ Unzucht strafrechtlich verfolgen. Kurz, er war ein echter Barockfürst, ein Mann jenes Barocks, der noch nicht von dem oberflächlichen und wein- bzw. bierseligen Assoziationen der bayerischen Gegenwart verhunzt war.

Sein politisches Ziel war handfest: Vergrößerung Bayerns nach Norden und der Erwerb der Würde eines Kurfürsten. Beide Ziele hat Maximilian erreicht, allerdings um den grauenvollen Preis des Dreißigjährigen Krieges, der auch sein Land weithin verwüstete.

Mitten in diesen Krieg fällt die Episode, die gleichzeitig Maximilians größte Machtentfaltung und den Anfang vom Ende der kaiserlichen Sache darstellt: der Sturz Wallensteins.

Ins neue europäische Gleichgewicht

Vom Standpunkt des Kurfürsten aus (damals war er noch Herzog) war dieser Sturz des siegreichen Condottiere unumgänglich. Er hätte ja dem Kaiser zu Wien eine Macht gesichert, welche die Fürsten der Katholischen Liga um jede Frucht des katholischen Erfolges gebracht hätte. Die schlimmen Folgen dieses Sturzes ergaben sich nicht aus den deutschen Ereignissen, sondern aus der europäischen Konstellation, die sich in diesen Jahrzehnten grundlegend wandelte. Der neue Faktor hieß mit einem Wort – Frankreich.

Unser Geschichtsunterricht, der heute kaum weniger provinziell ist als im 19. Jahrhundert, pflegt uns diese entscheidende Tatsache in der Regel nicht mitzuteilen. In dem Augenblick, wo sich der wahre Charakter des Dreißigjährigen Krieges herausschälte, wurde klar, daß es ein Krieg zwischen der alten Weltmacht Spanien und der neuen Macht Frankreich war. Deutschland war lediglich Kriegsschauplatz – das Vietnam des 17. Jahrhunderts -, und die Schlachten dortselbst wurden von Hilfsvölkern wie den Deutschen und den Schweden, aber dann in zunehmendem Maße auch von Franzosen und Spaniern selbst geschlagen. Die wichtigste militärische Entscheidung fiel weder durch Gustav Adolf noch durch Tilly oder Wallenstein – sie fiel 1643 in Rocroi, Belgien. Dort wurden zum erstenmal die spanischen Tercios, die bis dahin unbesiegbare Infanterie, von den Franzosen geschlagen.

So bildete sich, abseits von den alten konfessionellen Spannungen, das neue Gleichgewicht Europas heraus. Und Bayern, jetzt nach 1648, nach dem Westfälischen Frieden, ein ansehnlicher Mittelstaat, fand seinen neuen Platz in diesem neuen Gleichgewicht. Aus dem Führer der Katholischen Liga wurde ein Kurfürst, dessen natürlicher Verbündeter das neue große Frankreich war.

Das ungeliebte Land

Eines hatte die Gegenreformation auf Dauer bewirkt: Bayern blieb Roms stärkster Pfeiler nördlich der Alpen, München war und blieb das deutsche Rom, während die Kaiser in Wien immer verdächtig waren, die alte Kaiserherrlichkeit notfalls auch gegen Rom ins Spiel zu bringen. Noch im 20. Jahrhundert sollte das Veto Kaiser Franz Josephs schließlich die Wahl Pius X. bewirken...

Die Politik Bayerns, die Politik seiner wittelsbachischen Landesherrn aber richtete sich genau wie die Politik aller anderen Fürsten nun in der Barockzeit ausschließlich nach den dynastischen Interessen. Sehr zum Nachteil für die frommen Untertanen waren sie leider nicht so geschickt und so gescheit wie Maximilian I. Ihr Ehrgeiz stürzte sie und damit das Land in Abenteuer, aus denen sie allerdings immer wieder wie durch ein Wunder ohne schlimmere Blessuren hervorgingen. Die Hingeschlachteten, die Gedemütigten, in ihrer Treue schändlich mißbrauchten Untertanen konnten das gleiche von sich leider nicht behaupten.

Der Drang nach Westen

Eine der neuen Konstanten wittelsbachischer Politik war der Drang nach Westen. Schon die gegenreformatorische Eroberung des Rheinlandes hatte diesen Drang begründet. In einem Zeitalter absolutistischen Länderschachers und hoher Steuerbedürfnisse war er absolut zwingend.

Bedenken wir folgendes: Das Kurfürstentum war in jener Zeit fast ausschließlich auf die Renten aus der Landwirtschaft angewiesen. Diese Landwirtschaft basierte nicht, wie etwa in Preußen, auf großen Gütern, sondern auf einem System von Freibauern, Halb- und Hintersassen (die unzähligen bayerischen Huber und Maier bezeugen dies noch heute). Im Prinzip handelte es sich also um eine sogenannte Subsistenzwirtschaft: Der Bauer, oder das Dorf, erzeugen, was sie benötigen, im wesentlichen selbst, Bargeld ist notorisch knapp. Die sogenannte Öffentliche Hand bedarf jedoch des Bargeldes, und zwar in steigendem Maße – in dem Maße, das das wahnwitzige französische Vorbild der Hofhaltung vorschrieb. Entweder mußte man an die Substanz gehen, das heißt die Bauern in immer unerträglicherer Weise ausbeuten, oder man mußte versuchen, sich in günstigeren Breiten reichere Steuerquellen zu erschließen.

Dabei war immer klar, wo diese reicheren Quellen sprudelten: an der Rheinachse, die von Holland bis nach Oberitalien reicht. Hier fand sich die unerhörte Bevölkerungsdichte von 60 Einwohnern auf den Quadratkilometer; hier gab es Dutzende von Städten, von denen jede größer war als das damalige Paris oder London. Hier blühte das Gewerbe und damit der Umsatz, der als Steuerquelle hundertmal interessanter ist als die bäuerliche Subsistenzwirtschaft. Folgerichtig wurden denn auch die blutigsten Kriege jener Zeit in Holland und Flandern geführt.

Und so waren denn auch die Sprossen unseres angestammten Herrscherhauses jederzeit darum bemüht, an diesen Rhein zu gelangen – wenn notwendig, unter Zurücklassung ihrer weißblauen Untertanen. Hier genügen ein paar Glanzlichter, um diese traurige und groteske Geschichte zu illustrieren.

Das spanische Roulette

Eine der unseligsten Figuren bayerischer Geschichte überhaupt ist der Kurfürst Max Emanuel. (Der Tradition des Untertanen-Masochismus folgend, hat ihm deshalb auch der moderne Freistaat eine liebedienerische Jubiläumsausstellung gewidmet.) Er verfügte über eine einzige Eigenschaft, die ihn berühmt machte, die jedoch zu den unwichtigsten Eigenschaften eines Fürsten gehört: über persönliche Tapferkeit. Er und seine Blauen Teufel holten sich Lorbeeren im Türkenkrieg, und wenn es noch eines zusätzlichen Impulses für seinen unseligen Ehrgeiz bedurft hätte, so sind es diese Lorbeeren gewesen. In den Labyrinthen der europäischen Erbfolge stöberte er das Recht auf den spanischen Thron für seinen kleinen Sohn auf, und der Rest seines Lebens war dem Dienst an dieser Chimäre geweiht. Zwar starb der Kleine (man spricht wohl nicht unbegründet von Gift), aber der Kurfürst war von seinem hohen Roß nicht mehr herunterzubekommen. Die Folgen waren die Schlacht von Höchstädt und andere Katastrophen des Spanischen Erbfolgekrieges, war vor allem die unselige Okkupation Bayerns durch die Österreicher und die verbündeten Reichstruppen. In diese Zeit fällt denn auch eines der kläglichsten und traurigsten Ereignisse der bayerischen Geschichte überhaupt: die Mordweihnacht von Sendling 1705.

Von Prinzen und Hoflieferanten

Der Marsch einiger Schützen des Oberlandes auf München, schlecht vorbereitet, kaum geheimgehalten, war nur eine Episode in einem Aufstand, dessen eigentliche Erfolge in Niederbayern lagen. Dort gab es im Winter 1705 weite Gebiete, in denen die Aufständischen bereits selbständig regierten. Es scheint, daß gewisse Münchner Hoflieferanten in der Angst lebten, der vertriebene Kurfürst werde nach seiner Rückkehr seine Gunst von München ab- und den erfolgreicheren Niederbayern zuwenden. Um auch so etwas wie eine patriotische Tat vorweisen zu können, fabrizierte man eine plumpe Fälschung: einen angeblichen österreichischen Plan, die Kurprinzen, die in München zurückgeblieben waren, als Geiseln nach Wien zu entführen. Diese Fälschung war die Grundlage für den Aufstand im Oberland, den von Anfang an verratenen Marsch und das Massaker, ein Massaker an bereits teilweise Entwaffneten, welches wahrscheinlich durch die Nervosität der umstellenden Truppe ausgelöst wurde. Diese Truppe war übrigens nicht nur österreichisch, sondern auch aus fränkischen Reichskontingenten gebildet.

Die Version für die bayerischen Schulbücher war also im Sinne eines obrigkeitsfrommen Lehrkörpers für erbauliche Zwecke zurechtgemacht. Nicht der heldische Schmied von Kochel, sondern der waffenlose Bauernbursch im Schnee, der den Schlächtern jammernd den Rosenkranz vorweist, ist die wahre Symbolfigur dieses bayerischen Widerstandsmythos.

Im übrigen war der Kurfürst ziemlich indigniert über die ganze Affäre. Ein Fürst brauchte damals nicht besonders gescheit zu sein, um zu ahnen, daß selbständige Waffentaten der Untertanen auch dann verdächtig sind, wenn sie aus reiner Treue zum Herrscherhaus entstehen. Der Kurfürst soll geäußert haben, man werde wohl demnächst die Ochsen fragen müssen, ob sie geschlachtet werden wollten...

Immerhin verdankt Bayern diesem blutigen Abenteuer einen bleibenden Gewinn. Bei einem Bankett in Brüssel wurde eine enorme Pastete aufgetragen, der nach dem Anschnitt ein Zwerglein in Frack und Degen entstieg und sich zierlich vor dem Kurfürsten verbeugte. Zu den liebenswürdigen Eigenschaften des Jahrhunderts gehörte die physische Vorurteilslosigkeit: Der Kurfürst fand Gefallen an dem Zwerg, entdeckte seine hohe Begabung und ließ ihn ausbilden. Sein Name war François de Cuvilliés, der größte Architekt des Rokoko.

Beim zweiten Mal wird's nicht besser

Eine gute Generation später, 1745, versucht wieder ein Wittelsbacher den Ausbruch aus München, wieder im Bündnis mit Frankreich, wieder zum Unglück seines Landes: Karl Albrecht. Mit Frankreichs Unterstützung läßt er sich zum deutschen Kaiser wählen – gegen Maria Theresia, deren Thronfolge man nicht anerkannte und die man kraß unterschätzte. Erneut wurde München von Österreichern okkupiert, und dem bayerischen General Törring, der nach Kriegslorbeer dürstete, gelang nach den Worten des boshaften Franzosen Montesquieu das seltene Bravourstück, in jeder Schlacht, die er schlug, besiegt zu werden.

In beiden Fällen – dem des Max Emanuel und dem des Karl Albrecht – erwies sich jedoch das System, trotz der schlechten Vorkämpfer, als erstaunlich stabil: das System des bayerischen Bündnisses mit Frankreich, in Konfrontation mit dem wieder erstaunlich starken Habsburg. Der Faktor, der das System allerdings völlig verändern sollte, war durch Karl Albrechts unseliges Abenteuer ausgelöst worden: der Faktor Preußen. Friedrich II. schlug den ersten Schlesischen Krieg als Verbündeter des wittelsbachischen Kaisers, und er schlug ihn erfolgreich. Von da an war Europa wieder verändert.

Stärker als die politische Veränderung sollte sich die neue geistige Kraft auswirken, die vom Westen her über Mitteleuropa heraufzog: die Kraft der Aufklärung.

Krummer Gang in die Aufklärung

Die kleinen Biographien, die folgen, haben einiges gemeinsam, aber beileibe nicht alles. Sie markieren einen schmerzhaften Weg, einen Weg durch das geistlich-weltliche Gelände des alten Kurfürstentums in das moderne Königreich. Eine dieser Viten ist eigentlich gar nicht bairisch: die des Mönches Bronner, dessen Heimat im heutigen Schwaben liegt. Und nur einer der drei Männer, nämlich Johann Michael Sailer, hat den Weg ohne wesentliche Charakterbeschädigung durchschritten. Dafür ist die Verfolgung, der er ausgesetzt war, für die Zukunft typischer als die Zopfstilschikanen gegen Weishaupt und Bronner. Den Zeitgenossen seien jedoch alle drei zur aktuellen Meditation empfohlen.

Adam Weishaupt oder: Der Sympathisantensumpf

Ein Intellektueller, aber beileibe kein wurzelloser, dieser Adam Weishaupt: in Ingolstadt ist er 1748 geboren, in Ingolstadt besucht er das Jesuitengymnasium, und an der Universität Ingolstadt studiert er, wird 1772 außerordentlicher Professor daselbst, 1773 juristischer Ordinarius. Er hat sich also nicht viel Zeit gelassen, und die gestrenge Regierung schien zu wissen, was sie an ihm hatte.

Als Wissenschaftler hat er sich keinen großen Namen gemacht, wenn er auch ein interessierter Kritiker Kants war. Sein Renommee beruht auf dem, was man heute wohl Wissenschaftspolitik nennen würde. Er selbst beschreibt sein Programm in einem monumentalen Satz: »Mon but est faire valoir la raison« – Mein Ziel ist es, die Ratio aufzuwerten und durchzusetzen. Aber mit welchen Mitteln hat er für diese Ratio gekämpft!

Das wichtigste Datum in seinem Leben, und das Datum, welches ihm ein ganzes Leben lang zu schaffen machen sollte, war der 1. Mai 1776. An diesem Tag wurde der Orden der Illuminaten gegründet, der einem ganzen Zeitalter den Namen und einem Dutzend besorgter Obrigkeiten Gründe zur Intellektuellenverfolgung gab.

Wer waren die Illuminaten, was wollten sie? Daß es ihnen nur um Licht und Aufklärung ging, glaubte so gut wie niemand, wohl auch die meisten Illuminaten selber nicht. Das Programm war weniger wichtig als das Drumherum, das aus der Freimaurerei abgeleitet war. Es verzichtete auf eine Menge Mummenschanz, aber leider nicht auf jeden. Es blieb der Hang zum Geheimnis, es blieb das vertrackte Spiel mit Chiffren und Kennworten, es blieben die Klassen der Einweihung mit welchen beide, Freimaurer wie Illuminaten, den Eindruck altehrwürdigen Geheimnisses, das Aroma eines erfundenen Altägypten oder auch des Mithraskults vermitteln wollten. Der Orden der Illuminaten kannte Klassen der Minervalen und der Areopagiten, der Illuminati minores und maiores und was der Schmuckgegenstände mehr waren. In einem Zeitalter, in dem das Postgeheimnis so gut wie nicht existierte, schrieb man sich Brieflein, in denen es von griechischen Decknamen wimmelte – jeder Illuminat trug einen solchen, und jede Stadt der Adressaten gleichfalls. Zu durchschauen war das alles kinderleicht: daß zum Beispiel mit »Athen« München gemeint war, sollte keiner Behörde zu viele Schwierigkeiten gemacht haben.

Intellektuelle Verschwörungen in Deutschland haben kindlich zu sein, haben aber auch die Pflicht, den Außenstehenden, vor allem aber den Behörden, den Eindruck der Gefahr zu vermitteln. Wie immer geht es dann ums »Umfeld«, um den Sympathisantensumpf.

Zwar wurde Weishaupt schon 1777 von einer Art Radikalenerlaß bedroht, aber die wirkliche Verfolgung in Bayern setzte später ein. Und es gab dafür besondere Gründe. Der eine war auf die typische Schwäche der Konstruktion zurückzuführen: auf die Geheimnistuerei. Man legte Wert darauf, der Öffentlichkeit eine Mitgliederzahl und einen gesellschaftlichen Einfluß des Bundes vorzumachen, die in Wirklichkeit nie existierten.

Dazu kam, daß sich der Bund 1780 einen außerbayerischen Organisator zulegte, der gefährliche Tüchtigkeit entfaltete: den Freiherrn von Knigge – eben den Knigge, der als unfehlbarer Manierenpapst berühmt geworden ist. Er war ein positiver, ein energischer, ein unermüdlicher Aufklärer, er operierte unter dem Decknamen Philo, er organisierte so etwas wie eine Massenbasis unter den willigeren und helleren Köpfen der Nation.

Die Verfolgung setzte offiziell 1784 ein. Man verbot generell alle heimlichen Verbindungen. Und am 2. März 1785 wurde klargestellt, daß damit ausdrücklich die Illuminaten gemeint waren. Weishaupt selbst ist fair in seiner eigenen Darstellung dieser Verfolgung: Er schreibt die Hauptschuld den rivalisierenden Rosenkreuzern und anderen esoterischen Clubs zu, die sich offenbar in lebhafter Konkurrenz um die wenigen möglichen Kandidaten für solche Intelligenzlerclubs befanden. Aber natürlich beschuldigte die damalige Linke in erster Linie die Jesuiten, die trotz ihres offiziellen Verbots eisern zusammenhielten und großen Einfluß ausübten.

Wie dem auch sei: In Bayern gab es ganz spezielle Gründe zur Verfolgung. Der Kurfürst Karl Theodor hatte ja vorgehabt, sein Bayern gegen Belgien auszutauschen, das ihm Kaiser Josef II. angeboten hatte. Karl Theodor hatte natürlich handfeste Gründe: In Flandern rotierte der Wirtschaftsmotor ganz anders als im agrarischen Bayern, wo die Rentämter ihre liebe Not hatten, den Subsistenzbauern die notwendigen Kreuzer aus der Tasche zu holen. Aber die Freimaurer und die Illuminaten waren natürlich als Sympathisanten des gekrönten Aufklärers in Wien bekannt oder doch verdächtig; zumindest das geistige Umfeld war klar, und so mußte der Orden unter dem besonderen Argwohn der Erben geraten, die den Tausch in letzter Stunde vereitelt hatten.

1786 wurde Weishaupt entlassen. Er ging zunächst als Privatmann nach Regensburg, dann unter dem Schutz eines wohlwollenden Landesherrn nach Gotha in Thüringen. Krumme Wege, die ihre Narben hinterließen. Er hatte sich gegen lächerliche persönliche Vorwürfe zu verteidigen, die allerdings nicht grundlos waren – er hatte sich in seine Schwägerin verliebt und sie geschwängert. Er verteidigt sich nicht ohne Verve, er ruft das Recht auf Glück an, auf das bißchen Winkelglück, welches das 18. Jahrhundert dem deutschen katholischen Intellektuellen zu bieten hatte. Aber ein bißchen krumm ist er schon selber geworden, der entlassene Professor Adam Weishaupt.

Einer der Illuminaten, die damals, 1786, außer Landes gehen mußten, war kurfürstlicher Bücherzensor in München gewesen. Er schwor sich zurückzukommen, und er hat dies auch sehr gründlich getan. Sein Name war Graf Montgelas.

Johann Michael Sailer oder: Arten geistlicher Verfolgung

Als Max Graf Montgelas nach München zurückkam, war er Premierminister. Es hatte sich ausgezahlt, zu dem kleinen, seit Frankreichs Vorrücken landlosen Zweibrücker Wittelsbacher gehalten zu haben, der nun als Max IV. Joseph als Kurfürst einzog. Montgelas und seine Männer wußten genau, was sie wollten – und sie setzten es in die Tat um.

Eine der ersten Taten des neuen Regimes war die Berufung des Priesters Johann Michael Sailer, Frühmessers zu Aislingen, und seiner beiden geistlichen Freunde Weber und Zimmer an die Landesuniversität zu Ingolstadt – die ehemalige Wirkungs- und Leidensstätte Weishaupts. Es war eine Kampfansage.

Sailer selbst hat sich nicht an dieser Schlacht beteiligt. Ihm gefiel es in Aislingen; er las die Messe, er schrieb an seinen Hunderten von Briefen und erhielt solche aus dem ganzen deutschsprachigen Raum, von Katholiken und Protestanten, er war ein Genie der Freundschaft. Es war nicht seine Schuld, daß die Dunkelmänner ein Talent wie das seine auf den Komposthaufen warfen, seinerzeit, als sie ihn aus der kleinen Universität Dillingen drängten. Aber beginnen wir von vorn.

Er stammte aus dem bairisch-schwäbischen Grenzgebiet um Aichach, kam aus kleinsten Verhältnissen. Er hatte, wie damals fast jedermann im katholischen Deutschland, bei den Jesuiten studiert, war selbst ein paar Jahre Jesuit, ehe der Orden aufgehoben wurde. (Es gab unerbittliche Aufklärer, darunter F. X. Bronner, die ihn als lebenslangen Geheimagenten der Jesuiten betrachteten – aber das ist wohl nicht haltbar, wie wir sehen werden.) Sein jugendlicher weltlicher und geistlicher Fürst, Clemens Wenzeslaus aus dem Hause Wettin, wurde auf ihn aufmerksam, und Sailer wurde sein Berater. Clemens Wenzeslaus regierte nicht nur die Diözese Augsburg, sondern auch Trier, woher seine meisten Einkünfte kamen – darüber sollte es später zum Konflikt kommen, Clemens Wenzeslaus neigte dem Febronianismus zu. Das war eine Bewegung im katholischen Deutschland, die innerkirchliche Kritik übte, die zentralistische römische Entwicklung seit Kaiser Konstantin als Deformation kritisierte, den nationalen Einzelkirchen mehr Rechte einräumen wollte – eine wichtige Bewegung in einem aufgeklärten Jahrhundert.

War Sailer selbst ein Febronianer? Seine Hauptsorge galt nicht der kirchlichen Innenpolitik, sondern dem geistig-geistlichen Zustand; und der wiederum hatte seine Wurzeln in der Pädagogik – beziehungsweise ihrem Fehlen. Die Volksfrömmigkeit wucherte und trieb die krausesten Blüten und Früchte, ein Dschungel barocker Magie. Die Gelehrsamkeit an den sogenannten Hohen Schulen aber war festgerannt in dürrer, pseudoscholastischer Rechtgläubigkeit, im moralischen Geometerwesen der Kasuistik, im Memorieren langer Texte, in der sorgfältigen Vermeidung jedes eigenschöpferischen Gedankens.

Sailer, der Bauernsohn, vertrat demgegenüber eine sehr einfache Idee. Die Idee nämlich, daß Theologie und gelehrte Spekulation nicht von der Seelsorge getrennt werden dürfen. Mit anderen Worten: die Idee, daß das Christentum kein Lehrfach ist. Zeit seines Lebens war er auf Menschenbildung aus – auf die Bildung von Studenten, die seine Freunde waren. Sein amerikanischer Zeitgenosse, der Neuengländer Ralph Waldo Emerson, definierte einmal die ideale Universität so: »Universität, das ist ein Baumstamm, auf dem ein Lehrer neben seinem Schüler sitzt.« Und das verwirklichte der junge Professor Sailer in Dillingen – fast wörtlich.

Nun muß man allerdings ein besonderer Mensch und ein besonderer Lehrer sein, wenn es ein guter, das heißt ein kritisch begabter und vitaler Student auf einem Baumstamm, auf dem sein Lehrer am anderen Ende sitzt, auch nur eine Stunde aushalten soll. Mit Sailer hielten sie es länger aus: Spaziergänge in Gottes freier Natur, Diskurse über Gott und die Welt, Teenachmittage. Sailers Kollegen an der kleinen Universität waren da entschieden im Nachteil. Und selbstverständlich findet der Neid immer einen Verbündeten, wenn's drauf ankommt – an erster Stelle die sogenannte Rechtgläubigkeit und die sogenannte Disziplin.

Man muß einmal auszugsweise (mehr hält man ohnehin nicht aus) die offene und geheime Korrespondenz lesen, die damals zwischen den alten Knochenbenagern von Dillingen und der vorgesetzten Behörde in Augsburg gegen Sailer lief. Sie ist der Tiefpunkt, aber gerade dadurch auch der Prototyp der akademischen und geistlichen Intrige. Fast zehn Jahre lang dauerten diese Querelen, unübertreffliche Selbstzeugnisse geistiger, charakterlicher, spiritueller Impotenz, aber auch Zeugnisse jahrhundertealter Routine im Fertigmachen. Was wurde da alles ins Gefecht geführt oder vielmehr gewälzt:

– item, daß der Sailer deutsch statt lateinisch dozierte;

– item, daß ebenderselbe seine Vorlesungen so ansetzte, daß sie sich mit (langweiligen) anderen zeitlich überkreuzten;

– item, daß er wirtschaftlich schwer ringenden Pedellen, welche Schanklizenz hatten, durch seine dekadenten Teenachmittage das Bier-Einkommen schmälerte;

– item, daß er seine Pastoralvorlesung so ungebührlich attraktiv machte, daß er das Interesse der Studenten von den wichtigen Fächern Kanonisches Recht und Kasuistik abzog;

– und item und ganz besonders, daß er mit dem damals berühmten protestantischen Publizisten Lavater in der Schweiz Brieffreundschaft hielt.

Ging daraus nicht klar, glasklar hervor, daß es mit Sailers Rechtgläubigkeit nicht zum besten stehen konnte? War ein solcher Mann tragbar?

Clemens Wenzeslaus zögerte lang, seinen Schützling fallen zu lassen, die Ratten wurden immer wieder zurückgescheucht. Aber dann, in den neunziger Jahren, den Jahren der Revolution, kam die Chance der Erzfeinde. Sie kam nicht im Überbau, sondern drunten, an der materiellen Basis.

In Frankreich war ja die Aufklärung entschieden zu weit gegangen – so weit, daß sie die erste deutsche Koalition gegen die Revolution besiegte und das linke Rheinufer einkassierte – samt den reichlichen Einnahmen des Bischofs aus dem Hochstift Trier. Es blieb ihm nur mehr Augsburg – und das war für einen relativ jungen Mann, der den Lebenszuschnitt des Rokokofürsten gewohnt war, entschieden zu wenig. Clemens Wenzeslaus brauchte also Geld, und zwar viel und bald. Das Bankhaus Obwexer zu Augsburg war bereit vorzuschießen; aber Obwexer hatte einen Verwandten, einen Ex-Jesuiten, der zu Sailers Intimfeinden gehörte. Das akademische Ende des Neuerers wurde sozusagen in den Zinsendienst einbezogen, wurde zur Bedingung gemacht. Clemens Wenzeslaus ging auf sie ein – auch für ihn galt eben die Priorität in Sachen Fressen und Moral, die ein späterer Augsburger so präzis formulieren sollte. Sailer ging als Privatmann nach München, sollte dort Hofprediger werden, aber die allgemeine Jagd war freigegeben, und der Nuntius verhinderte das. Es endete also – oder schien zu enden – mit dem Frühmesser-Benefiz zu Aislingen.

Bis dann, 1799, Montgelas kam und Sailer an die Universität von Ingolstadt berief. Augsburg fühlte sich blamiert, wehrte sich; aber München war natürlich stärker. (Auch diese Korrespondenz sei den Liebhabern sumpfigen Bodenlebens ausdrücklich zur Lektüre empfohlen.) Sailer ging nach Ingolstadt, und seine Freunde kamen auch. Und das zweite Mißverständnis begann sehr bald.

Die Aufklärer hatten angenommen, Sailer sei ihr Mann, weil seine Feinde auch die ihren waren. Das stimmte jedoch nicht. Sailer war, so würde man das heute nennen, ein Mann des *aggiornamento* – es ging ihm darum, katholisches Bewußtsein in die Hauptströmungen der Zeit einzubringen. Und die verliefen, was Montgelas nicht wußte oder ahnte, bereits kräftig in eine andere Richtung: in die Richtung von Fichte und Schelling.

Sailer und noch mehr seine Freunde und Schüler wurden Förderer der neuen Erweckungsbewegung, der christlich-katholischen, die mit Romantik und Nazarenertum eng zusammenhing. Rom war darüber gar nicht glücklich, aber die aufgeklärte, dennoch tyrannische Obrigkeit ebensowenig. Sailer und die Seinen gerieten in die »beobachtende Fahndung« von beiden. »Mystik« warf man ihnen jetzt vor. Mystik, das hieß, daß möglicherweise einige Gläubige (oder Untertanen) den behördlichen Kategorien entzogen wurden. Und so lesen sich denn die Rapporte, welche die Ingolstädter und, nach Verlegung der Universität, die Landshuter Polizei nach München lieferte, kaum erleuchteter als, zehn oder zwanzig Jahre früher, die Dillinger Denunziationen.

Freilich, bald hatte er einen mächtigeren Schützer, als dies der kleine Clemens Wenzeslaus gewesen war. Es war Kronprinz Ludwig. Die Aufklärung des Westens war nie Ludwigs Sache gewesen, er war von romantisch-deutschen Ideen, von dem Bienensummen der neuen Restauration erfüllt, und außerdem verehrte er Sailer einfach als Lehrer: Er hatte seine Vorlesungen gehört und war begeistert. Er sorgt dafür, daß er noch im hohen Alter Weihbischof in Regensburg wird – und dann, gleich nach seiner Thronbesteigung, soll er auch Bischof werden.

Aber da erwachten in Rom die alten Akten zum Leben. Sailer: als Bischof untragbar. Mochte er alt geworden, mochte er eine Stütze von Thron und Altar geworden sein: es lagen Erkenntnisse vor, behördliche Erkenntnisse. Und die reichten immer noch zum Berufsverbot.

Was ihn auf den Bischofsstuhl brachte, war die beträchtliche Härte seines königlichen Freundes. Ludwig war im Grunde seines Herzens ein mittelalterlicher Katholik, er wollte als König seine eigenen Bischöfe haben, punktum, und wenn Rom nicht wollte, dann blieb der Regensburger Sitz eben leer. So einfach war das in der guten alten Zeit. Rom mußte nachgeben.

Bischof war er nicht lange, der lange verfolgte Greis. Er starb in gesegnetem Alter. Der letzte Hirtenbrief, den er hinaussandte, betraf die Verwerflichkeit geheimer Gesellschaften.

Was hat er hinterlassen? Freunde, Schüler – und eine neue Art von Frömmigkeit. Uns ist das fernegerückt; aber vielleicht kann eine kleine Geschichte zeigen, wie neu sie damals war.

Einer von Sailers Schülern mußte in einer anderen Diözese als Amtskandidat ein Examen durchmachen. Er wurde unter anderem gefragt, von welcher Summe ab Diebstahl als Todsünde zu bezeichnen sei. Der Kandidat antwortete, dies hänge von »Geist, Herz und Not des Diebes« ab. Er fiel prompt durch. Dergleichen war zu existentialistisch, man erwartete einen exakten moralischen Budgetansatz.

Franz Xaver Bronner oder: Das unabwaschbare Zeichen

1785 floh ein P. Bonifaz aus der Benediktinerabtei Donauwörth. Er gehörte nicht zu den Unterdrückten dort; er galt als gelehrtes Haus, wenn auch mit Anwandlungen von Hochmut und Einzelgängerei; und er besaß das besondere Vertrauen seines adeligen Prälaten, mit dem er an und ab sogar verreisen durfte. Von diesem Prälaten hatte er einen Blanko-Paß, den er nun benutzte, um die Grenzkontrollen des Hochstifts Augsburg zu täuschen. Er ließ einen Bauern einen Brief schreiben, der ihm ein Alibi verschaffte; er machte Inventur, schickte seine wichtigsten Besitztümer (Bücher vor allem) nach Basel voraus, dem Ziel seiner Sehnsucht. Am 25. August täuschte er Ertrinken vor, ließ seine Kutte am Ufer der Donau liegen und entrann in der Kleidung eines Laien. Er kam in die Schweiz – auch wenn sein klägliches Täuschungsmanöver keine zwölf Stunden geglaubt wurde.

Mit seinem weltlichen Namen hieß dieser Pater Franz Xaver Bronner. Er hat uns eine zweibändige Autobiographie unter dem Titel *Ein Mönchsleben* hinterlassen; eine Quelle zur Sozialgeschichte, wie man sie selten in solcher Ausführlichkeit findet. Und ohne daß der Autor dessen gewahr wird, ist sie auch das Dokument für eine Seele, deren Krummheit nicht von ihr selbst verschuldet ist, sondern von krummer Zeit, die Seelen in Untertanen krümmte. Von fern glaubte er das Licht zu gewahren – ganz erreicht hat er es nicht.

Er war ein gescheiter Bub aus kleinen Verhältnissen. Er kam im kleinen Höchstädt zur Welt, anno 1785. Sein Vater war ein wandernder Ziegler und Musikant, seine Mutter Heimarbeiterin – Elend, Hunger, geduckte Seelen. Seine Mutter, die ihn liebte und die er liebte, versprach ihm Straflosigkeit, wenn er Lausbübereien gestehe, auch solche, die er gar nicht begangen hatte, und verriet ihn dann doch an den Vater, der ihn prügelte.

Er durfte dann zum Kantor, er durfte Noten stechen, durfte singen, erhielt ein Stipendium für das Gymnasium zu Dillingen – ein geistliches Gymnasium, versteht sich. Der Leistungsdruck war da: »Xaverl, sei fromm und fleißig! Sieh! Wenn du als braves Studentlein zurückkommst, machst du mir viel Freude; wenn du dich aber übel aufführst und davongejagt wirst, so komm nur nimmer zu mir, ich schlage dich tot.« So sprach der Vater.

Er wurde ein Streber, er schaffte im Sommer 1770 den Ersten *in principia* und den Winter darauf eine Prämie *ex graeco*, also im Griechischen. In den Ferien ging's täglich zu den Kapuzinern in die Messe, im Konvikt sowieso. Die unterdrückte Motorik des Buben mußte irgendwo heraus – schon in der Volksschule hatten sie ein Drama um das Leiden Christi improvisiert, »da kratzten wir dann aus christlicher Rache den Juden die Augen aus und schlugen sie mit Fäusten, daß der Tisch erzitterte«. Hatte man nicht selber Angst vor jungen Juden: Hieß es nicht, die Judenweiber brauchten Christenblut, um gebären zu können? –

1773 wurde der Jesuitenorden aufgehoben; es ging also in ein anderes Konvikt, zu Neuburg an der Donau. Da ging es auch streng zu: Die kleinen Seminaristen wurden völlig isoliert und mit Vorschriften jeder Art umstellt. Immerhin: Zu einer nahen Hinrichtung bekamen sie schulfrei – so grausam war wohl kein Prinzipal, den Buben solches Spektakel nicht zu gönnen.

Er strebte weiter, kam in den Ruf eines hartnäckigen und geschickten Dialektikers – und dann trat er als Novize bei den Benediktinern ein. Ohne Berufung, allein auf das hartnäckig-sentimentale Drängen der Mutter.

So hielt er es sein ganzes Leben: unlustiges Nachgeben, jähe Fluchten; mit den Fäusten antrommeln gegen die Enge seines Lebens, dann wieder sich einpassen in die wunderlichen Formen und Formeln dieser geistlichen Gesellschaft...

Wenn alles stimmt, was Bronner mitteilt, war das ein famoses Noviziat. Man trank, ja man trank viel (»Wollt ihr den Heiligen die Zehen abbeißen? Oh, man kann ein guter Religiose sein und doch eine gute Haut!«), man hatte Besuchstage, wo die Mädchen aus der Gegend kamen, man spielte an Fastnacht Katzenmusik, und am Profeßtag, also dem Tag der ewigen Gelübde, gab es Pfänderspiele mit Damen, bei denen Schühchen gesucht und Waden nachgemessen wurden. Nur eines war (immer laut Bronner) gefährlich: Bibliotheksbesuche. Glücklicherweise war P. Beda, der Bibliothekar, sein Komplize...

Manchmal kam der Abt, ein Prälat in Rokokoperücke und Seidenfrack, er kam samt Hofstaat nebst Damen, nickte huldvoll, wenn man ihm ein lateinisches Theaterstück vorspielte, und verschwand wieder. Die Aufklärung rüttelte an die Pforten, und zwar durchaus die innerkirchliche: P. Beda, der Bibliothekar, geriet selbst in den üblichen Abweichler-Geruch, und P. Bonifaz alias F. X. Bronner wurde 1782, beim Weiterstudium in Eichstätt, Illuminat.

Er glaubte nichts mehr um diese Zeit; jedenfalls nichts von dem, was sein Orden oder seine Kirche ihn zu glauben lehrten. Er war Deist nach Art der Zeit, er trug den Decknamen Aristoteles bei den Illuminaten, wurde Minervale, 1783 war er Illuminatus minor. Im gleichen Jahr empfing er die Priesterweihe. Von Sakramenten verstand er nichts, vom Wesen der Liturgie und damit seines Ordens noch weniger. Psalmengebet war ihm dumpfes Geplapper und verhaßte Fron, beim Messelesen, das er umging, wo und wie er nur konnte, hatte er zeit seines Lebens ein schlechtes Gewissen – was ihn ehrt.

Er wird recht weltläufig, seine Illuminatenverbindungen kommen ihm zustatten. Im Kloster regen sich Neid und Scheelsucht gegen ihn – wohl nicht ganz zu Unrecht: Er ist ein Angeber geworden, der P. Bonifaz, eine Art Neureicher des Geistes. Der Plan zur Flucht reift...

In Etappen geht es über Höchstätt, Günzburg, Leipheim, Ulm, Erbach, Meßkirchen. Erst nach Schaffhausen wagt er, einen Postwagen zu nehmen. Er trifft in Basel ein – eine halbe Stunde vor ihm aber eine rachsüchtige Anzeige wegen Diebstahls, die Geheimhaltung hat nicht geklappt. Man rät ihm, nach Zürich zu gehen, er hat Empfehlungen an den Rat Füßli bei sich – und vor allem an Lavater, den Freund aller Freien. Er lernt den Idyllendichter Geßner kennen, dessen Sohn Heinrich bei Bronner selbst ein artiges Dichter-Talent entdeckt. Er bringt sich durch mit der Kunst seiner frühesten Jugend: dem Notenstechen.

Aber dann strecken sich die Arme des Systems aus, das er verlassen hat: warme, schmeichelnde Arme. Man will ihm die Rückkehr ermöglichen, als Weltpriester. Bronners innerste Schwäche überwältigt ihn, er gibt nach.

In Augsburg wird er von den Ordensgelübden entbunden; ein Credo wird ihm nicht abverlangt: »Ich hätte es nicht gegeben.« Die Existenz unter der Maske geht weiter, in gedrückter Cameralisten-Stellung, eingezwängt in die Intrigen der Lehrstühle und Ordinariate. Er bleibt mißtrauisch, zudem seine eigene Sache nicht vorankommt. Wieder kommt er ins Konvikt – diesmal nach Dillingen. Er lernt Sailer kennen, er mag ihn nicht, »so freundlich er mich immer empfing, so lächelnd er mir entgegenhüpfte, wenn ich in sein Zimmer trat...«. Der Freund der Studenten ist für ihn ganz einfach ein verkappter Jesuit wie alle anderen, und noch seinen Sturz wird er so interpretieren: »Bei den Jesuiten trat nun der Fall ein, die Magd der Geliebten aufopfern zu müssen. Sie ließen den einzelnen aufgeklärten Ordensbruder Sailer fallen, um dem Ganzen und der Orthodoxie einen vollständigern Sieg zu sichern.«

Das konnte nicht gutgehen – auf die Dauer.

In sein Leben trat Frankreich, seine Revolution. »Der Gedanke, in einem so freien glücklichen Lande mein Leben zu beschließen, ward bald zum Vorsatze und zum Lieblingsgedanken.« Die Vorbereitungen zur zweiten Flucht beginnen. Und die Etappe, der Fluchtpunkt, soll wieder Zürich sein. 1793 ist es so weit, er erreicht das alte Asyl.

Und nun hebt die vielleicht merkwürdigste Episode in diesem Leben an. Er versteift sich darauf, wieder Priester zu spielen – aber den Priester der Revolution, den Priester, der auf die Constitution der Republik vereidigt ist. Lange korrespondiert er mit einem solchen »konstitutionellen« Bischof, Arbogast Martin, in Colmar – und schließlich wagt er den Sprung.

Die Reise nach Colmar wird jedoch ein Hereinfall. Die Jakobiner nehmen ihn nicht ernst, Martin, so stellt sich heraus, ist eine armselige, gedrückte Kreatur. Für die Radikalen, die Schreckensmänner, die am Ruder sind, stellen die verfassungstreuen Bischöfe und Priester bestenfalls nützliche Idioten dar. Die Reise ist eine Kette von Demütigungen, wobei sich Bronner in seiner grundsätzlichen Sympathie für die Revolution nicht beirren läßt. Angesichts einer vandalisch zerstörten Kapelle zu Ensisheim im Elsaß meditiert er: ». . . und ich fürchtete wahrlich, am Ende möchte die gute Sache der Vernunft und der Freiheit durch übertriebenes, allzu hitziges Losstürmen auf diejenigen Vorurteile des Volkes, die ihm am teuersten sind, alles verlieren, statt durch Mäßigung alles zu gewinnen.« O uraltes Problem der Linksliberalen!

Ernüchtert kehrt er in die Schweiz zurück, mit Louisdor in den ausgehöhlten Schuhabsätzen, die er der gründlichen Grenzinspektion entziehen konnte.

Als Angestellter des Geßnerschen Naturalienkabinetts findet er die Muße, sein Mönchsleben zu schreiben.

Übrigens: Die Autobiographie ist durchzogen von Amouren, empfindsamen, im Stil der Zeit. Das heimatliche Minchen, das einen guten Mann findet; die Ratstochter zu Eichstätt, eine Leonore hier, ein Hannchen dort – höchst pubertär dies alles, mit Seufzern, Tränen, gelegentlichem keuschem Kuß. Man ist versucht zu hoffen, daß Bronner da den Leser täuscht – so anständig-lüstern wagt man sich den Mann kaum vorzustellen.

Doch er ist so offen, als er das vermag. Auf seiner zweiten Flucht in der Schweiz, so teilt er mit, wurde er trotz seiner Kleidung und seines Auftretens überall als Priester angesprochen: ». . . es mußte also nicht im Kleide, sondern im Betragen, im Haare, in den Manieren stecken. Da war nicht leicht zu helfen.«

Der letzte Satz ist wahrhaftig. Er fordert das Mitleid heraus.

II
DIE BEAMTEN

Der Staatshämorrhoidarius

Von

F. P.

München.

Verlag von Braun & Schneider.

Staatsgründung als Revolution

Im Grunde fand in Bayern eine einzige komplette und erfolgreiche Revolution statt. Sie fiel mit der Gründung des heutigen Bayern zusammen, mit der Errichtung des Königreiches in seinen neuen erweiterten Grenzen.

Es war, wie die Papstrevolution des Mittelalters, eine Revolution von oben. Und es war, letzten Endes, die Revolution eines einzigen Mannes: des Grafen Max von Montgelas. Das bedeutet jedoch nicht, daß diese Revolution nicht im Schoße der Zeit ausgetragen worden wäre. Sonst hätte sie sich ja auch nicht durchgesetzt.

Der Motor dieser Revolution war die Aufklärung. Aber was das Montgelas-System aus dieser Aufklärung machte, war nicht eine behutsame Fortsetzung des Begonnenen, sondern ein gewaltsamer Schritt in eine neue Richtung.

Das Erbe der Hochstifte

Im 18. Jahrhundert, das heißt in seiner zweiten Hälfte, hatte die Aufklärung bereits großen Einfluß im gesamten katholischen Deutschland. Natürlich gab es überall die alten Zwänge, an denen eine knöcherne Orthodoxie festhielt. (Die Biographien Sailers, Bronners, Weishaupts legen Zeugnis ab, wie dieser Kleinkrieg ablief, natürlich immer auf Kosten der Betroffenen.) Dennoch: Im Grunde war das, was man die öffentliche Meinung nennen kann, davon überzeugt, daß es ohne Aufklärung nicht mehr ging. Sie war überzeugt davon, daß man die alten statischen Verhältnisse verändern mußte.

Wo sich die Geister schieden, das war die Frage der Möglichkeit oder Unmöglichkeit einer fruchtbaren Aufklärung innerhalb der bestehenden Verhältnisse. Mit anderen Worten: Es war der alte Streit zwischen Revolutionären und Reformisten. Aber die Revolutionäre waren keine Revolutionäre gegen die staatliche Obrigkeit, sondern gegen die kirchlichen Mächte. Und das wird für Bayern noch Folgen haben – im wesentlichen unheilvolle.

Mächtiger als die Revolutionäre waren im späten 18. Jahrhundert die Reformisten. Viele von ihnen waren Ordensangehörige; vor allem die Benediktiner legten Wert darauf, ihren alten Ruf der Wissenschaftlichkeit auch unter den Bedingungen des neuen Zeitalters aufrechtzuhalten. Die Münchner wissenschaftliche Akademie, der Versuch einer literarischen Aktivität im sogenannten *Parnassus Boicus*, all das war ohne benediktinische Teilnahme nicht vorstellbar.

Aber wichtiger für das neue, das größere Bayern sollten die Traditionen der Hochstifte werden, also der Fürstentümer, die rings um das alte Kurfürstentum herum von aufgeklärten adeligen Bischöfen regiert wurden. Namen wie Schönborn, Dahlberg, Colloredo mögen da für eine ganze Tendenz stehen, für die Tendenz nämlich, aus dem Inneren des bedrohten Kirchensystems die notwendige Reform einzuleiten – sie von oben einzuleiten.

Die Nachfahren, stolz im Besitz eines säkularistischen, demokratischen Staatsverhältnisses, mögen über diese Versuche lächeln. Sie zu denunzieren besteht kein Grund, ja es wäre ausgesprochen undialektisch. Bedenken wir: Zum erstenmal in der Geschichte überhaupt kümmerten sich Obrigkeiten um die Wohlfahrt größerer Mengen von Untertanen, erfaßten sie die Zusammenhänge zwischen Investitionen und Wirtschaftskraft des Gemeinwesens, leiteten aktive Programme zur Verbesserung des Lebensstandards ein.

Bezeichnend ist, daß das süddeutsche Rokoko (von Touristenführern fälschlicherweise als Barock bezeichnet) der eigentliche Stil dieses Aufklärungszeitalters war. Das 19. Jahrhundert hat hier die Dinge beträchtlich durcheinandergebracht, hat das Rokokotheater der bayerischen, der fränkischen, der oberschwäbischen Kirchen und Klöster als abergläubischen Tand verachtet, während in Wahrheit die neue, raffiniert arrangierte Lichtflut dieser Hallen dem ideologischen Programm der reformistischen Aufklärung entsprach. Vergessen wir nicht, daß das wahre Barock entweder ein Spiel mit der Todessehnsucht oder einen kalten machtvollen Imperialstil darstellt: Melk oder Versailles.

Das gewaltigste Werk dieser katholischen Aufklärung ist vermutlich die Krönungsmesse von Mozart. Der Salzburger Fürstbischof Colloredo machte die Auflage, daß die Messe nicht im ausladenden und wiederholungsreichen Stil der Zeit, sondern in knapper, für die Gläubigen erträglicher Form gehalten sein müsse. Zudem wissen wir, daß Mozart selbst der Freimaurerei zuneigte (viele katholische Prälaten gehörten damals auch der Loge an) und dem dumpfen alten Kirchenwesen kritisch gegenüberstand. Was er uns in der Krönungsmesse hinterließ, ist wohl die glücklichste Bewältigung der inneren Spannungen, welche durch das katholische Mitteleuropa des 18. Jahrhunderts gingen.

Joseph der Zweite

Dieses Rokoko war freilich nicht der Stil Kaiser Josephs II. von Österreich. Es ist wichtig, das festzuhalten. In der allgemeinen Palette der Aufklärung stellen er und sein System einen Übergang dar; einen Übergang, der gerade für Bayern bedeutungsvoll werden soll.

Joseph II. war, das kann man ohne Übertreibung sagen, ein echter Antiklerikaler. Sicher, er dachte nicht daran, den Apparat der katholischen Kirche in seinen Landen aufzuheben – dazu war er viel zu wichtig als Transmissionsriemen des Landesherrn. Eine der bezeichnendsten Anweisungen an den Klerus, dem der Kaiser unbekümmert vorschrieb, was er zu predigen hatte, war ein Ukas gegen die Schwärzer, das heißt die Schmuggler. In dieser Verordnung wird ausgeführt, die Geistlichkeit habe sich möglichst drastisch gegen diese steuerfeindliche Sitte der Bevölkerung zu wenden – schon deshalb, heißt es machiavellistisch-naiv, weil »der Busen des Schwärzers gänzlich unchristliche Gefühle gegen die Obrigkeit hege«. Ziemlich konkret ist hier niedergelegt, was ein aufgeklärter Monarch unter dem Bündnis von Thron und Altar verstand. Im übrigen war Joseph II. das Licht und die Hoffnung der radikaleren katholischen Aufklärung des Südens. Zahlreiche Freigeister, wie etwa der erfolgreiche niederbayerische Journalist Pezzl, zogen die Luft Wiens dem weihrauchhaltigen Klima ihrer Heimat vor. Vergessen wir auch nicht, daß der Mißerfolg des Kaisers nicht in der Zaghaftigkeit, sondern in seiner Radikalität begründet lag: Die zweite Hälfte seiner Regierungszeit war mit der vorsichtigen Zurücknahme von Maßnahmen ausgefüllt, die auf den Widerstand der alten Mächte gestoßen waren.

Das bayerische Projekt und die Aufklärung

Josephs Pläne stießen an einem entscheidenden Punkt mit der Lage in Bayern zusammen und bestimmten das künftige Schicksal des Landes.

Durch den Verlust Schlesiens war Österreichs Position innerhalb Deutschlands sehr geschwächt worden. Der Kaiser war entschlossen, jeden Versuch zu unternehmen, sie wieder zu stärken. Dabei stieß er auf eine Möglichkeit, die äußerst erfolgversprechend war: die Arrondierung der österreichischen Lande durch die Einverleibung des Kurfürstentums auf friedlichem Wege.

Sein Angebot an den alternden und ratlosen Kurfürsten Karl Theodor läßt sich in drei Worten zusammenfassen: Belgien gegen Bayern.

Das Angebot hatte alle Kennzeichen des erfolgreichen diplomatischen Geschäfts – eines Geschäfts, das für beide Seiten nur Vorteile brachte. In einem Zeitalter, in dem Fürsten über ihre Länder wie über Waren disponierten, konnte man den emotionalen oder nationalen Aspekt ruhig vergessen. Dieser Aspekt wurde erst von einer späteren Geschichtsschreibung dem josephinischen Handel umgehängt. Dem rheinischen Wittelsbacher (Karl Theodor war aus Mannheim gekommen) wurde die Rückkehr in seine weitere Heimat angeboten – und die Erwerbung eines Landes, das wirtschaftlich dem Agrarstaat zwischen Alpen und Donau um ein vielfaches überlegen war. Der alte Drang des Hauses Wittelsbach an die europäische Machtachse zwischen Holland und Oberitalien wurde reaktiviert, die Träume von Karl Albrecht und Max Emanuel konnten wieder geträumt werden. Andererseits erwarb das deutschsprachige Österreich eine stammesverwandte Bevölkerung, stärkte seine Position im alten Reiche und schnitt obendrein seine ungünstige Grenze durch den sanften Bogen der bayerischen Donau- und Lechlinie ab.

Bekanntlich scheiterte der Plan; vordergründig an dem Einspruch der eifersüchtigen Wittelsbacher Erben in der Pfalz, in Wahrheit aber an der Macht ihres Protektors, des preußischen Friedrich. Es bestand wieder einmal Kriegsgefahr, und der Kaiser mußte sich mit dem Erwerb des Innviertels zufrieden geben.

Äußerst negativ waren die Folgen für die Aufklärung in Bayern. Der bevorstehende josephinische Tausch hatte alles alarmiert, was gegen diese Aufklärung war: Man fürchtete schon den Vormarsch des Klosterfeindes und des Papstgegners ins Kernland der Gegenreformation. Die bayerischen Aufklärer aber, die Illuminaten und die »Freymäurer«, beschuldigte man wohl nicht ganz zu Unrecht der Sympathie für und der aktiven Unterstützung der Pläne des Kaisers.

Die Illuminatenverfolgung setzte deshalb nun in voller Stärke ein. Der Sympathisantensumpf wurde ausgetrocknet. Einer der Sympathisanten war, wie schon erwähnt, der junge Max Graf Montgelas, der damals in München das Amt eines kurfürstlichen Bücherzensors ausübte. Er mußte in die Verbannung gehen. Selten liefert uns die Muse der Geschichtsschreibung so stimmige biographische Illustrationen wie dieses persönliche Schicksal des Staatsgründers.

Im Grunde war dieses Exil die notwendige Voraussetzung für den späteren Triumph des Montgelas-Systems. Der Graf attachierte sich bewußt an den späteren Erben des Kurfürstentums, den jovialen, landlosen Offizier Max Joseph, der sein kleines Land Zweibrücken an die siegreiche französische Republik verloren hatte. Eine Clique von Exilierten also, mitten in den Umbrüchen, die das Jahr 1789 auslöste: Da konnte man planen, ohne auf tausend alte Rücksichten eingehen zu müssen. Und die Voraussetzungen, von denen Montgelas ausging, waren radikal genug.

Die erste und wichtigste: das Ende des Gottesgnadentums. So schrieb darüber der Revolutionär Montgelas: »Das göttliche Recht der Souveräne wird heute als das erkannt, was es wirklich ist, ein vom Klerus erfundenes Gespenst (*une chimère inventée par le clergé*), welches durch den Despotismus zum Unglück des Menschengeschlechts aufrechterhalten wird. Jede Autorität ruht ursprünglich im Körper der Nation. Sie allein konnte sich, kann sich legitimerweise einen Herrn geben, eine Regierungsform etablieren.«

Das klingt jakobinisch, nach den Piken der Freiheitsmänner. Aber das System des Montgelas wäre damit ganz falsch beschrieben. Sein Erfolg und seine unheilvolle Auswirkung bis zur Gegenwart beruht auf dem Hinzutreten eines ganz anderen Elements: des Bonapartismus.

Dem Grafen Montgelas ging es ja keineswegs darum, das souveräne Volk zum wirklichen Meister seines Geschickes oder gar zum ständigen Kontrolleur der Obrigkeit zu machen. »Alles für das Volk, nichts durch das Volk!« Diese Devise Napoleons war ganz im Sinne des Grafen. Er erkannte den ungeheueren Vorteil für eine geordnete und moderne Staatsführung, der sich aus dem neuen Mann der europäischen Politik ergab. Mit Napoleon teilte er auch das abgrundtiefe Mißtrauen gegen die »Ideologen« (ein Begriff, den der Korse in die europäische Debatte einbrachte). Ideologen, das waren für beide, für den Kaiser wie für seinen besten deutschen Mitarbeiter, Leute, welche mit Ideen den Gang der Staatsmaschinerie durcheinanderbrachten.

Staatsmaschinerie: Der Ausdruck ist vor 1798 in Bayern sinnlos. Vorher gab es einen üppigen Garten, ja einen Dschungel von Zuständigkeiten, Privilegien, großenteils privatrechtlichen Vertrags- und Verwaltungsverhältnissen. Es gab, kurz gesagt, jenen »buntscheckigen Teppich« von Beziehungen zwischen Herrscher, Adel, Kirche und Volk, als den Karl Marx im Kommunistischen Manifest die Wirklichkeit des Feudalzeitalters beschreibt.

Mit all diesen Dingen räumte Montgelas gründlich auf. Er konnte es, weil er aus dem napoleonischen Nichts kam – und weil er Napoleon wohl besser verstand als sonst irgendein deutscher Politiker der damaligen Zeit.

Was die Revolution in Frankreich bewirkt hatte, das erledigte Montgelas von oben: die rücksichtslose Enteignung der eigenberechtigten Gewalten im Innern des Staates. Es sollte keine Götter mehr neben ihm geben; aber der Eine Gott, der Staat, war nun ein Abstraktum, sicher nicht der populäre Kurfürst und seit 1806 König Max Joseph.

Erleichtert wurde diese Enteignung durch die Usurpation gewaltiger Gebiete, welche die Ausdehnung des alten Staates nahezu verdoppelten. Nicht nur unmittelbare Enklaven wie etwa das Hochstift Freising, sondern geistliche und weltliche Nachbarn wie die Hochstifte Bamberg, Würzburg, Regensburg, Passau und Augsburg, das hohenzollersche und protestantische Territorium von Ansbach-Bayreuth wurden vom bayerischen Expansionismus geschluckt, zusammen mit Dutzenden von Reichsstädten, Reichsdörfern, Ritterschaften. Deren altes Herkommen verschwand – und die Annexion gab auch dem Nivellierungsprozeß im Altbayerischen eine zumindest oberflächliche Legitimation.

Der Prozeß war gewalttätig; jedenfalls im Sinne einer bis zum äußersten eingesetzten strukturellen Gewalt. Bekannt sind die Vorgänge um die Säkularisation, die aberwitzige Versteigerung reicher alter Klöster, die Verschleuderung ihrer Kulturschätze, soweit sie nicht in München, etwa in der neugeschaffenen Staatsbibliothek, konzentriert wurden. Aber grotesker als diese schwarzen Kasperliaden war die faktische Übernahme der Administration in den bislang sehr gut verwalteten hohenzollerschen Landen.

Wir kennen Einzelheiten aus den Erinnerungen des Ritters

von Lang, eines höchst sarkastischen Herrn. Er schildert, wie tabakschnupfende, lethargische bayerische Herren ihren schlampigen Stil in die neuen Territorien mitbrachten – in Langs boshafter Sichtweise liest sich das wie etwa die Übernahme Englands durch den öffentlichen Dienst der Karibik.

Wird Bayern von Nichtbaiern regiert? Eine Streitfrage

Allerdings dachte Montgelas nicht daran, irgendeinem Stamm innerhalb der neuen bayerischen Grenzen eine Vorzugsbehandlung angedeihen zu lassen. Selbst der Sohn eines savoyardischen Vaters und einer bayerischen Mutter, war ihm jedes Stammesdenken fremd. Er sah im Gegenteil die Chance für sein System gerade darin, daß es ohne Rücksicht auf bisherige Loyalitäten die Talente der Franken, der Schwaben, der Pfälzer und der Baiern zum Staatsbau heranziehen konnte.

Argwöhnische altbayerische Beobachter wollen seit Jahrzehnten, ja seit Generationen wissen, daß die Herrschaft der Franken und Pfälzer in den höheren Rängen der Beamtenhierarchie eine feste Größe ist. Auch Ludwig Thoma hat zu dieser Überzeugung beigetragen (siehe die pointierte Figur des unterfränkischen Ministerialbeamten in seinem Einakter *Erster Klasse*).

Eine statistische Auswertung der Minister und der Oberbeamten durch das ganze 19. Jahrhundert kann diese Überzeugung nur sehr bedingt erhärten. Von den Ministern waren 43,4 Prozent Franken (ein leichtes, aber bemerkbares Übergewicht), 35,5 Prozent Altbayern. Der Rest verteilt sich gleichmäßig auf Pfälzer und Schwaben. Interessant wird diese Statistik dann, wenn man die unverhältnismäßig hohe Zahl von Oberpfälzern im altbayerischen Kontingent berücksichtigt – die Oberpfalz ist immerhin bei weitem der volksärmste der drei alten Regierungsbezirke – und wenn man die Verteilung der hohen Beamten auf die einzelnen Ressorts prüft: dann steht einer stattlichen Gruppe von altbayerischen Adeligen im Kriegs-Ressort eine noch stattlichere, aber innenpolitisch entscheidende Gruppe von Franken im Justizministerium gegenüber. Die Juristen aber wurden und blieben das eigentliche Rückgrat, das eigentliche Machtzentrum des neuen bayerischen Staates.

Bezeichnender ist, daß von den Ministern im Untersuchungszeitraum 40,8 Prozent Adelige, aber 59,2 Prozent Bürgerliche und Nobilitierte waren – eine für deutsche Verhältnisse recht fortschrittliche Proportion. Das System bot Platz für »Aufsteiger«, einen Platz allerdings, der die restlose Übernahme des Wertekatalogs des Staates mehr oder weniger stillschweigend voraussetzte.

Der Wertekatalog des Montgelas-Systems

Das System, vom Erfolg gekrönt und bestätigt, hat diesen Wertekatalog ziemlich unbeschädigt durch das ganze Jahrhundert getragen. Bayern wurde zum Beamtenstaat par excellence, die beamteten Juristen seine eigentlichen Herren. Effizienz, Übersichtlichkeit wurde, wenn nicht überall erreicht, doch immer angestrebt. Lokale Selbstverwaltungen wurden zerstört und haben sich bis zum heutigen Tage nicht davon erholt. Vom neuen Frankreich wurden übernommen: die Gleichheit vor dem Gesetz, die (relative) Gewerbefreiheit, die religiöse Toleranz, ja Indifferenz, die straffe Zentralverwaltung. Bayerns Provinzen wurden von Montgelas sogar, nach französischem Departement-Vorbild, nach den jeweiligen Flüssen benannt; erst Ludwig I. stellte die alten Bezeichnungen wieder her. Der Untertan war, per definitionem, von beschränktem Verstand. Er mußte von oben zu seinem Glück veranlaßt werden. Die Konstitutionen von 1808 und von 1818, von patriotischen Bayern als Wahrzeichen früher Freiheit gepriesen, werden von Doeberl, einem bestimmt wohlwollenden Historiker, nüchtern so interpretiert: »Die Bedeutung der Konstitution... liegt überhaupt mehr auf organisatorischem Gebiet.«

Was einer solchen Aufklärer-Revolution von oben völlig fehlte, fehlen mußte, war das Verständnis für die älteste Wurzel der Demokratie auf germanisch-keltischem Boden: die Gemeinfreiheit. Und der historische Vorsprung der Verwaltung vor der Legislative bestimmt bis heute das innere Gesicht Bayerns – wer etwas anderes zu sehen glaubt, erliegt holden Illusionen.

Innerhalb der Grenzen des Systems sollte die bayerische Staatlichkeit im kommenden, im 19. Jahrhundert Bedeutendes leisten. Sein positivstes innerbayerisches Symbol sollte, ein halbes Jahrhundert nach Montgelas, das Maximilianeum werden, eine für die Zeit außerordentlich fortschrittliche Idee: Ohne Rücksicht auf Herkunft faßte diese Stiftung begabte Abiturienten aus allen Landesteilen in eine Pflanzstätte zusammen, die – jedenfalls der ursprünglichen Intention des Stifterkönigs Max II. nach – nicht nur durch ihr Studium an der Universität (natürlich ein juristisches), sondern auch durch den Erwerb von gesellschaftlichen Fertigkeiten auf das Leben in den oberen Rängen der Gesellschaft vorbereitet werden sollten. Klarer als anderswo liegt hier der Mechanismus zutage, mit der aufgeklärte deutsche Fürsten der marxschen Zwangsläufigkeit bürgerlicher Revolution begegnen wollten (und, leugnen wir's nicht, mit Erfolg begegneten): der Mechanismus der Selektion von Begabten und Erfolgreichen nicht über die Wirtschaft, sondern über den Staatsdienst.

Das Maximilianeum grünt und blüht noch heute. Wie der Verfasser bezeugen kann, ist es für den Zögling, den »Maximilianeer«, eine äußerst positive Erfahrung. Allerdings: Die Jurastudenten sind heute in der Minderheit.

Der Widerstand gegen verordnetes Glück: Tirol

Innerhalb Bayerns war der Widerstand gegen die Revolution von oben äußerst schwach. Wenn man heute die demütigen Petitionen liest, mit denen die Untertanen den Untergang alter Freiheiten und Gewohnheiten wenn nicht verhindern, so doch hinausschieben wollten, kann man sich nur wundern, wie hartnäckig sich die Fabel von der speziellen bayerischen Freiheitsliebe erhalten hat und erhält. Die Untertanen blieben fromme Untertanen – organisierter Widerstand blieb aus. Oder er zog und zieht sich in Formen zurück, die politisch unwirksam bleiben.

Der blutigste Test für das Montgelas-System wurde eine Provinz, die allerdings nicht lange im bayerischen Staatsverband bleiben sollte: die Provinz Tirol.

Deutsche wie österreichische Historiker sind längst zu dem Schluß gelangt, daß der über alles Erwarten brillante und erfolgreiche Aufstand der Tiroler Bauern in erster Linie nicht ein patriotischer, sondern ein ideologischer, exakter: ein religiöser Aufstand war. Er war demnach auch ganz folgerichtig kein Aufstand des ganzen tirolischen Volkes: Der städtische Freisinn, soweit vorhanden, favorisierte auch in Innsbruck und anderswo das bayerische System. Belege dafür gibt es in Fülle.

Was sich erhob, war die »Rückständigkeit«; war der alte populäre und populistische Bestand an Werten in der bäuerlichen Bevölkerung, die über uralte Strukturen, vor allem Wehr-Strukturen, verfügte. Die Propaganda des Aufstands war eindeutig religiös: Lieder über Kirchenschändung und Hostienfrevel, Gerüchte über Gottlosigkeiten jeder Art, begangen von Franzosen und »Boarfack'n« (=bayerischen Schweinen). Dahinter stand die skandalöse Überzeugung der beschränkten Untertanen, daß sie selber am besten wußten, was gut für sie war. Aber (und ein Tiroler Diplomat hat mich darauf aufmerksam gemacht) nur einer religiösen Motivation konnte das gelingen, was in Tirol Ereignis wurde: daß nämlich eine Bauernmiliz auf das Einbringen der Ernte verzichtete. (Im amerikanischen Unabhängigkeitskrieg war das nicht gelungen – er war ein Sieg der Regulären.) Der Wirt mit den langen Stiefeln und dem Sombrero als Landesregent in der Innsbrucker Hofburg: Das ist ein ewiges Ärgernis für jede rechts- oder linkshegelianische Überzeugung vom regelrechten Gang der Weltenuhr. (Die noch eindringlichere Parallele: Spaniens todverachtende Guerilleros im Kampf gegen das weit überlegene französische System.)

Der Widerstand gegen verordnetes Glück: Bayern

Aber wie stand das mit Bayern – speziell mit Altbayern? Hat es sich wirklich so willig in das System gefügt, wie der schwache Widerstand gegen die Reformen anzudeuten scheint?

Vergessen wir nicht: Das System operierte unter dem Schutzmantel eines angestammten Königs. Es operierte ferner unter dem Zeichen einer beträchtlichen Sympathie für Napoleon, den man durchaus als den Beschützer bayerischer Selbstständigkeit gegen den Erbfeind Österreich betrachtete. Und die alten Gemeinfreiheiten waren in Bayern zudem bereits im 18. Jahrhundert weitgehend zersetzt worden.

Aber was dem Altbayern an kaltem Weitblick, an Fanatismus fehlt, das ersetzt er manchmal leicht durch Hartnäckigkeit. Und diese Hartnäckigkeit konnte sich wenigstens auf eines stützen: auf die vorläufig unbesieglichen Strukturen der Kirche.

Dabei ging es beileibe nicht ausschließlich um jenseitigen Trost. Es ging auch nicht nur um altes Brauchtum, das – wer wollte es leugnen – teilweise schon recht heruntergekommen war. Um die meisten der alten Passionsspiele, die das System abschaffte, war es sicher nicht schade: Sie waren zu Possenreißereien, ja zum Kanal für kleingesellschaftliche Aggressionen geworden – indem man etwa den Judas oder ähnliche konfliktträchtige Rollen den jeweils unbeliebtesten Nachbarn aufbürdete... Worum es ging, waren, ganz nüchtern gesprochen, soziale Besitzstände.

So schaffte etwa die Aufklärung schon im 18. Jahrhundert auf einen Schlag fünfzig katholische Feiertage im Jahreslauf ab; und zwar, wie die Obrigkeit mit schöner Offenheit zugab, nicht aus Gründen der reineren Lehre, sondern um die Untertanen zum Gewerbefleiß zu zwingen. Wenn man sich vor Augen hält, mit welcher Erbitterung die Arbeiterbewegung um Urlaubstage kämpfte und kämpft und um wie vieles vernünftiger, gerade in einer Zeit geringerer Beweglichkeit, der sanft verteilte Rhythmus dieser Erholungstage im Grunde gewesen ist, kann man ermessen, was dem gemeinen Volk mit diesen Feiertagen verlorenging. Wallfahrten waren für viele die einzige Gelegenheit, den Horizont des Dorfes zu verlassen. Und trotz aller Wucherungen war die Poesie katholischer Kirchlichkeit, in der Gegenreformation und der Zeit des Rokoko fast zu einer Wissenschaft der Menschenführung entwickelt, nicht durch die dürre Staatsraison zu ersetzen.

Aber das ist nicht alles. In der katholischen Restauration des 19. Jahrhunderts steckt von Anfang an ein Element der Prophetie, ja der Prognostik: die – meist unzulänglich begründete

– instinktive Erkenntnis von der Zwieschlächtigkeit des Fortschritts. Und diese Erkenntnis hat ihre Wurzeln in einer vorwiegend bäuerlichen Gesellschaft, die schließlich mit den Konstanten menschlicher Existenz – mit dem, was man heute »Öko-Stabilität« nennen würde – leidlich zurechtkam – und zwar ohne jeden Theorie-Bedarf. (Das geht wiederum bis zu Ludwig Thoma: was da der Abgeordnete Filser und sein Freund im bereits erwähnten Einakter *Erster Klasse* dem forschen norddeutschen Kunstdünger-Fritzen entgegenhalten, wäre ohne große Schwierigkeiten in die Argumente des biologisch-dynamischen Landbaus zu übersetzen.)

Hartnäckigkeit kann, wie wir sagten, den Fanatismus oft recht gut ersetzen. In Bayern bildete sich, praktisch mit dem Anbruch des Königreichs, eine Konstellation, welche die Innenpolitik des Landes bis 1914 bestimmen sollte: hier eine freisinnige, antiklerikale, nach 1866 nationalliberale (schwarzweißrote) Beamtenschaft, teilweise unterstützt durch den Freisinn Mittelfrankens und der Städte – dort ein Populismus, der immer nach Möglichkeiten ausspähte, den eingebildeten und letzten Endes untertanenverachtenden »Großkopfeten« eins auszuwischen. Diese Polarisierung führte zu Feindschaften und Allianzen, die in keinem anderen deutschen Land feststellbar sind – jedenfalls nicht in dieser Ausprägung. Erst die Ereignisse zwischen 1918 und 1923 sollten diese Konstellation endgültig ruinieren. Aber noch im Jahre 1910 (ich weiß es aus sicherster Quelle) war es ein Axiom bayerischer Staatlichkeit, daß ein »Schwarzer« in den innersten Kammern bayerischer Macht, das heißt des hohen bayerischen Beamtentums, nichts zu suchen hatte.

Nach Tirol: Griechenland

Der Vollständigkeit halber sei festgestellt: Ludwig I., Bayerns begabtester König, hat versucht, das System zu verändern. Er war schon als Kronprinz ein Intimfeind von Montgelas, und er bewirkte schließlich den Sturz des Ministers. Aber er ging ihm mit unzulänglichen Mitteln zuleibe: mit den Waffen der Ästhetik – und mit der Hilfe einer katholischen Restauration. Beides genügte nicht. Und ausgerechnet in seine Regierungszeit fällt der gleichzeitig groteskeste und interessanteste Testfall für das bayerische System: das bayerische Intermezzo in Griechenland.

Bavarokratia

Ludwig I. ist – als Person und als König – im Grunde viel interessanter als sein sagenumwobener Enkel. An der Wiege seines Königtums stand ein fundamentaler, ein skandalöser Konflikt: Er war der erste »wirkliche« König von Bayern, sein Vater Max Joseph war es erst durch Napoleons Gnaden geworden; und er war sich sehr lebhaft bewußt, daß er seine Krone ebendiesem schnöden, undeutschen Arrangement verdankte. Seine älteste Schwester Auguste war dem Stiefsohn Napoleons, dem äußerst sympathischen Eugène Beauharnais, ins Ehebett gelegt worden (was natürlich in keinem Staatsvertrag stand). Die Prinzessin hatte zunächst, wie sich das gehörte, tränenreichen Widerstand geleistet, aber allen war klar, daß der Korse, mit dem irren Familiensinn des Mittelmeeranwohners begabt, auf diesem Junktim bestehen würde. Natürlich gab Auguste schließlich nach, und Eugene erhielt in Italien die lakonische Botschaft seines Herrn und Stiefvaters:

> »Du wirst die Prinzessin Auguste von Bayern heiraten. Anbei eine Tasse mit ihrem Bildnis, in Wirklichkeit sieht sie hübscher aus.
> N.«

Was aber für Ludwig noch peinlicher war: Nach dem Sturz Napoleons dachte Auguste nicht daran, sich von ihrem Eugène zu trennen, der jetzt Fürst zu Leuchtenberg geworden war, sondern hielt durch dick und dünn zu ihrem sympathischen Gemahl. Eugène, ein lebendiges Denkmal deutscher Schmach, residierte geschmackvoll mitten in seinem neuen München, im Leuchtenberg-Palais – vergleichbar, auf neuere Verhältnisse übertragen, einem urbanen DDR-Gesandten im Bonn Adenauers. (Ludwig versuchte es auch mit Nicht-Anerkennungs-Tricks – etwa, indem er Eugènes Betstuhl bei der Fronleichnamsprozession einige Schritte hinter die der königlichen Familie zurücksetzen ließ...)

Im übrigen war Ludwig der Erste kein schlechter Politiker. Nachdem Montgelas die organisatorische Integration der neubayerischen Untertanen, Franken, Schwaben, Pfälzer vorweggenommen hatte, ergänzte sie Ludwig durch eine systematische Goodwill-Politik – sie ist bis heute noch nicht übertroffen worden.

Seine eigene Herrschaft stellte er mit seltener Wucht und Entschlossenheit unter die Herrschaft der Musen. Er hatte ein leicht entflammbares Herz – auch Damen gegenüber, er dichtete ebenso hartnäckig wie schlecht, wobei der persönliche Schwung oft die Unzulänglichkeit des Metiers überspielte:

»Wenn des Guten Saat, die er gesäet,
Aufgegangen nun der König sieht...«

Er war gewillt, die Welt unter dem Aspekt des Schönen zu sehen – und es traf sich, daß in seine Regierungszeit der große Befreiungskampf der Hellenen fiel.

Das hellenische Mißverständnis

Die Griechen verdienten, daß er ihnen sein Herz zuwandte. Was sie unter türkischer Herrschaft erlitten, war grauenvoll – und was die europäischen Mächte taten oder vielmehr nicht taten, um ihr Schicksal zu wenden oder doch zu erleichtern, war schändlich. Ludwig, der bayerische König, war von den geopolitischen Sandkastenspielen der Großen (schon damals spielte die Angst Englands vor einem Vordringen der Russen ins Mittelmeer eine Rolle) glücklicherweise exempt. Er war der eine europäische Souverän, der sich voll mit Außenseitern identifizieren konnte: mit dem flammenden Engagement des Lord Byron, der sein Leben vor Missolunghi beendete, mit Cochran, dem idealistischen Schotten. (Ihre Namen sind, zusammen mit denen der führenden griechischen Widerstands-Geschlechter, in den Münchener Propyläen verewigt.)

Was er nie begriff, war die Tatsache, daß die Griechen des 19. Jahrhunderts mit den Schulbuch-Hellenen des deutschen Humanismus herzlich wenig zu tun hatten.

Damals tobte in München eine herrliche Gelehrten-Schlacht: Thiersch kontra Fallmerayer. Es war die Schlacht zwischen »offiziellen« Philhellenen und bärbeißigen Realisten. Während Thiersch die geradlinige Abkunft und kulturelle Kontinuität von Perikles bis zur Gegenwart verteidigte, biß Fallmerayer ohne Rücksicht auf die Gefühle seines Königs mit der Versicherung um sich, daß die »modernen« Griechen, mit Albanern, Zingaren, Slawen durchsetzt, mit den Gesprächspartnern des Sokrates, den Besuchern der sophokleischen oder euripidischen Stücke überhaupt nichts mehr gemeinsam hätten.

(Die Fehde hat natürlich bis in unsere Gegenwart ihre innergriechischen Entsprechungen. So favorisierte die Junta der Obersten das künstliche Schrift-Griechisch, welches kein Mensch wirklich spricht, gegen das als »links« verdächtigte Demotische...)

Wichtig für uns ist dabei eines: Ludwig war in Griechenland, war von den Freiheitskämpfern als ihr bedeutendster Freund in Mitteleuropa anerkannt, und als der Tag der – teilweisen – Befreiung endlich schlug, boten sich die Wittelsbacher, weil unberührt von den Querelen der Großmächte, als die idealen Lieferanten für den neuen hellenischen Thron an. Ludwigs jüngerer Sohn Otto wurde ihr erster König, die Farben Griechenlands sind seitdem weiß und blau (blaues Kreuz auf weißem Grund), und in vieltausend bayerischen Wohnzimmern hing (oder hängt) der lange, schmale Stich vom Einzug des blutjungen Wittelsbachers in Nauplia: *Eisodos autou Megaleiotetos Othonos Basileos eis Nauplian.*

So begann eines der komischsten – und traurigsten – Beglückungsmanöver aller Zeiten.

Man täte den Bayern von damals unrecht, wenn man annähme, daß sie ohne jedes Konzept in das griechische Abenteuer gestolpert wären. Der Fehler lag eher in der anderen Richtung: Sie hatten zu genaue Vorstellungen von dem, was sie den befreiten Hellenen an Fortschritt und Beglückung schuldeten.

Sie kamen, sagen wir's modern, mit einem Entwicklungs-Konzept. Sie hatten es sogar in einem Stichwort zusammengefaßt, das den Vergleich mit den modernsten Formeln der sogenannten Entwicklungshilfe nicht zu scheuen braucht – es lautete: »Weite Institutionen.«

Die Idee war, kurz gesagt, folgende: Der komplette Raster des seit Montgelas bewährten Beamten-Apparats wurde in Bayern reproduziert und geschlossen auf Griechenland übertragen. Da man wußte, was sich gehörte, wurden sämtliche Titel der fraglichen Hierarchie vorsorglich von Schulmeistern ins Griechische (das heißt ins Altgriechische) übertragen: nomo-epitheoretis für »Kreisinspektor«, nomo-hyperetis für »Kreisdiener« und so weiter. Man überließ es dem Genie der Nachkommen von Demosthenes und Sappho, diese Titel mit Leben auszufüllen.

Ein solcher Apparat, über das Volk gestülpt, konnte, das war die Theorie, auf die Dauer seine segensreiche Wirkung nicht verfehlen. Die gesellschaftliche Wirklichkeit würde allmählich, aber todsicher, in dieses bürokratische Gehäuse hineinwachsen.

Sie tat es natürlich nicht.

Was sich ergab, war eine kuriose, wenn auch prä-industrielle Parallele zu Phänomenen wie dem amerikanisch betreuten Vietnam. Nur redete man damals noch nicht von »Beraterstäben«, sondern ganz offiziell von Ministerien. In Athen, einer recht unbedeutenden Siedlung, die durch den Architekten des ludovizianischen München, Klenze, mit klassizistischen Bauten geschmückt wurde, bildete sich das, was man heute einen *westernized sector* nennt: eine von der griechischen Wirklichkeit abgedichtete Kolonie, in der munter der Aktenbetrieb nach einheimischem bayerischem Muster aufgezogen wurde. Zwar war das offizielle Ziel die »Verschmelzung« (der bayerische Premier Rudhard, der im Winter 1837 sein Amt antrat, wurde von den witzigen Athenern *archi-synchoneutikós*, der »Erz-Verschmelzer«, genannt), aber in Wahrheit fand noch nicht einmal eine Emulsion statt. Es gab drei Amtssprachen, von denen Griechisch die drittrangige war; das Strafgesetzbuch war französisch verfaßt, und speziell im Kriegsministerium herrschte das schönste bayerische Amts-Hochdeutsch. Ein Zeitgenosse berichtet: »Die Federn des Kriegsministeriums waren besonders täthig!« Erquickend und salbungsvoll waren die »allerunmaßgeblichsten«, »allerunvorgreiflichsten« und »allerunzielsetzlichsten« Berichte und Entwürfe, die in der erhabensten Kanzleisprache verfaßt und in »allertiefster, ersterbender Ehrfurcht allergehorsamst unterbreitet« wurden. Und er erwähnt, daß ein verzweifelter junger Grieche mit einem praktischen Sinn für Humor eine chemische Substanz in die Tintengläser goß, die Dehydrierung bewirkte: Sabotage an den Betriebsmitteln...

Unterhalb dieser Zentrale aber war ein pyramidaler Apparat für die Provinzen vorgesehen: Dreißig »Gouverneure«, also Landräte, standen bereit.

Für die Betroffenen aber, das griechische Volk, war dies alles andere als komisch. Seine Tragödie entsprach durchaus den Szenarios, die wir heute in den Entwicklungsländern erleben – mit dem einzigen mildernden Umstand, daß es sich nicht um einen *transfer of technology*, sondern um einen *transfer of bureaucracy* handelte.

Klephthen, Pallikaren, Hydrioten

Bitterarm, geistig äußerst beweglich, seit Jahrzehnten auf die Art Selbsthilfe angewiesen, die sich in einer unterdrückten, im Befreiungskampf befindlichen Bevölkerung entwickelt: so erwartete dieses Griechenland seine Beglücker. Die harten Freiheitskämpfer, das waren die Clans der Klephthen in den Bergen, das waren die fast besitzlosen wandernden Krieger, die Pallikaren, das waren die Flottillen der berühmten Inselboote, etwa die der Hydrioten. Als Otto in Nauplia anlegte, empfing ihn eine sehr renommierte Truppe von gemischter Kavallerie zu Pferd und zu Kamel, die meisten von ihnen Bulgaren – ihr Kommandant trug einen Namen, den man nicht zu erfinden wagt: Hadschi Christos. Die Uniform der meisten dieser Kämpfer – soweit überhaupt vorhanden – war identisch mit der kleidsamen Tracht der Landesbewohner (heute noch trägt sie das malerische Evzonen-Regiment). Mechanismen zur Steuereintreibung identifizierte man ganz logisch mit dem verhaßten türkischen Herrschaftssystem.

Eine solche Gesellschaft konnte in die geplanten »Weiten Institutionen« schlechterdings nicht hineinwachsen. Das erste, was die Bayern taten, nach ihrem Konzept tun mußten, war die Zerstörung der vorgefundenen Selbsthilfe-Kompetenzen.

Die irregulären Truppen wurden abgemustert, verschwanden entweder über die Grenzen oder wurden in den wenigen Städten zu Bettlerschwärmen – soweit sie nicht zu den Klephthen in die Berge gingen und ein neues Widerstands-Potential bildeten. Die flinken Flotten wurden der Verrottung überlassen, statt dessen kaufte man ein Dampfschiff, das die meiste Zeit nicht funktionierte. Die regulären Truppen, die man aufstellte (tausend Offiziere, darunter siebzig Generale, auf achttausend Mann!), steckte man in ordentliche Uniformen. Die Partisanen-Schulen, die einen hohen Standard hatten, wurden geschlossen, weil man an einem geschlossenen Bildungsplan arbeitete: Gott sei Dank hielten sich die Griechen nicht daran, sondern arbeiteten weiter, so gut es ging. Da die vorgesehene bürokratische Steuereintreibung nicht klappte, griff man auf das älteste Übel der Antike zurück: die Steuerpächter. Das ganze System erhielt den griechischen Namen Bavarokratia: bürokratische Tyrannei, gemildert durch Inkompetenz.

Die Griechen sind von Haus aus ein äußerst höfliches und verbindliches Volk. Soweit sie sich mit den neuen Herren aussprachen – und es gab, zu unserer Ehre sei es gesagt, genug helle Bayern, die mit Griechen Freundschaft schlossen, kleideten sie ihre Kritik in sehr freundliche Worte: »Wir haben gewiß eine sehr gute Staatseinrichtung aus Bayern erhalten, die aber zu künstlich ist für unsere Einfachheit...« Oder: »Von der 60-Millionen-Anleihe soll man doch einen Theil für den Unterricht des Volkes verwenden... denn sonst geht es mit allen Räthen und militärischen Fräcken nicht vorwärts zu dem Ziele, wonach unser König und sein philhellenischer Vater streben...«

Aber es wäre vielleicht besser gewesen, wenn sie ihre Kritik von vornherein etwas härter formuliert hätten. Schließlich entstand genug Scheußlichkeit aus dieser Fehlplanung – Scheußlichkeit, die nicht nur von ferne an die düstersten Aspekte unserer Gegenwart erinnert.

Strafrecht und Praxis vor Ort

Denn natürlich bildete sich – es sei wiederholt – in den Bergen ein neues Widerstandspotential. Früh erklangen trotzige Klephthenlieder gegen die Bavarokratie. Der Apparat der Weiten Institutionen war unfähig, mit diesem neuen Widerstand vor allem der Klephthen fertig zu werden. Die traurige »Lösung« liegt auf der Hand: So wie man die Steuern verpachtete, so verpachtete man auch das Recht.

König Otto, der allenfalls ziemlich langsam, aber im Grunde ein guter Mensch war, trat schon bald eine Visitationsreise an, um Mißstände vor Ort zu überprüfen. Das französisch verfaßte Strafrecht war ja mustergültig, enthielt alle modernen Sicherungen, etwa gegen tyrannische Willkür oder inhumane Vernehmungspraxis. Aber Tatsache war, daß vor Ort (etwa in Lamia) gefoltert wurde; und zwar von den örtlichen Machthabern, die es aus persönlichen Machtgründen mit dem Athener Regiment hielten. Sie erledigten die Dreckarbeit gegen die Klephthen, und es verstand sich, daß sie nicht mit allzuviel Einmischung zu rechnen hatten: »Alle Berichte des Justizbeamten [des Procureur du Roi], welche an das Justizministerium kamen, wurden dem Kriegsministerium zugeschickt und blieben dort liegen – ad acta.«

Das Muster ist klar – und bedrückend vertraut. Die große Mehrheit der Griechen war durchaus gewillt, es mit den Bayern zu versuchen, aber es wurde ihnen nicht leicht gemacht. Als König Ludwig, ihr großer Freund, auf Besuch kam, umringten sie seinen Wagen und riefen: »Warum bist nicht du unser Basileus geworden?« Unter der Hand aber wurde die Kritik schärfer und bitterer, ein Pamphletist schrieb: »Europa hat seine neun Chöre Schreiber in den Orient geschickt, um mit Hülfe einiger Tonnen Kostenaufwand-Berechnungs-Überschlags-Tabellen in provisorisch abgekürzter Form das Byzantinische Reich zu rekonstruieren« – und mehr und mehr trat im Volksmund an die Stelle der Bezeichnung für die Bayern *Bavaresi*, ein älteres, aus antiken Zeiten bekanntes Wort: *Barbaresi*.

Zum Grünen Baum

Daß die ursprünglich so engen und herzlichen Beziehungen zwischen den Griechen und den Bayern nicht noch mehr litten, als dies der Fall war, verdanken wir drei Umständen.

Der erste war die enorme Beliebtheit des Vaters, des Philhellenen Ludwig.

Der zweite war die Tatsache, daß die Tyrannen eben im Grunde ihres bayerischen Herzens und Gemütes alles andere als Zwingherrn waren. Es gibt einen sehr hübschen Bericht unseres Gewährsmannes, des jungen Freiherrn von Ow, der mit dem designierten Premierminister Rudhard (einem Passauer) die Schiffsreise antrat: »Der neue Premier-Minister ging von Passau nach Athen, um den verwickelten Knoten neuhellenischer Dinge zu lösen... Ein Faß bairisches Bier hatte er an Bord gebracht und bewirthete uns alle mit dem vaterländischen Nektar. Abends saß er wie gewöhnlich oben auf der Brüstung und sang fröhliche Alpenlieder in das Meer hinaus!... Wenn ich mich nicht irre, wiederholte er das schwermüthige Lied:

»'s Lieserl geht außi, geht nunter a'n Bach –
der Hans Jörgl der siehts – und der geht ihr glei' nach...«

Noch typischer ist ein Stimmungsbild aus dem *westernized sector*, das, mutatis mutandis, genauso aus dem heutigen Kuwait oder Peru stammen könnte – überallher, wo eine kleine bayerische Kolonie von Baufachleuten, Röhrenlegern, Landwirtschafts-Experten in der Fremde weilt: »Die bairischen Landsleute haben Gesellschaft unter sich. Ein Bräuhaus ist in Athen seit zwei Jahren im Betriebe und wird stark benützt... Eine

›Gesellschaft zum Grünen Baum‹ (mit Garten, Kegelbahn, steinernen Bierkrügen, Gesang und lauten Gesprächen) erinnert an das ferne Ufer der Isar...«

(Der »Grüne Baum« war ein berühmtes und beliebtes Lokal an der Isar-Floßgasse.)

»...Als von ›München ein Staats-Bote hieher kam, ich glaube der geheime Ministerial-Kanzlei-Konzipist von Wastlhuber, wurde er zum auswärtigen Ehrenmitgliede der Gesellschaft ›Zum Grünen Baum‹ durch Stimmeneinheit ernannt, und von den lieben Landsleuten herzlich aufgenommen! Des Umarmens und Küssens war kein Ende! Wastlhuber war bis zu Thränen gerührt, und betheuerte, daß Athen eine Vorstadt Münchens geworden sei...«

Der dritte Umstand: die Bavarokratia dauerte nicht lange.

Immer diese bayerische Übereilung

Der Anfang vom Ende war eine griechische Offiziersverschwörung vom 15. September 1843. Ihr Ziel: eine Verfassung. Ihr Schlachtruf: »Es lebe die Verfassung – Tod den Bayern!«

Schlüsselfigur der Verschwörung war der General Kallergis. Er ließ die Truppen auf dem Platz aufmarschieren, der heute noch den Namen »Syntagma«, Verfassung, trägt. Als Otto begriff, was auf ihn zukam, fragte er aufgebracht, ob denn die Truppen meuterten. Die Antwort von Kallergis ist klassisch-verbindlich: »Die getreue Armee erwartet nur die Befehle Eurer Majestät – aber sie erwartet sie durch meinen Mund.« Deutlicher brauchte er es wohl nicht zu sagen.

Zweieinhalb Stunden ließ sich Otto Zeit, die Lage zu analysieren. In der wartenden Menge riß man Witze: »Wie lange wird er sich besinnen? Er handelt wieder mit bayerischer Übereilung!« Die Lage ließ aber keinen Zweifel zu: Die Bavarokratia war untragbar geworden, die Fremden mußten gehen. Man faßte das ganze zu einem wieder sehr höflich formulierten Beschluß zusammen: dem Beschluß über die »Heterochthonen«, also die auswärts Gebürtigen. Sie hatten zu verschwinden.

Den König selber beließen die Griechen noch bis 1862. Die 18 Jahre können nicht sehr fröhlich gewesen sein; unter der Fahne des Kampfes gegen Zentralisation und Bürokratie agitierten die Helden des Widerstands, der alte Seefahrer Kanaris und der Pallikarenhäuptling Griwas. Am 23.10.1862 war es dann soweit: Otto stand auf der Reede des Piräus, er verließ das Land, dem er einige schöne Klenzebauten, eine solide Brauerei, die Farben Weißblau – und das schöne Wort Bavarokratia hinterließ. Ein fairer Historiker faßt sein Urteil über ihn so zusammen:

»Otto war kein Tyrann und kein Blutmensch. Er war ein achtbarer und wohldenkender deutscher Mann, der sich in die schwierigen griechischen Verhältnisse... einzuleben suchte und der den redlichen Willen hatte, sein griechisches Adoptiv-Vaterland zu beglücken. Allein er hatte seine Aufgabe in Griechenland nicht besser begriffen, als ein für sichere und gemüthliche Verhältnisse auferzogener deutscher Prinz es tun konnte...«

Man muß diesem Historiker dankbar sein. Er stellt ja, unter anderem, die Frage, was Achtbarkeit und Wohldenken, was sichere und gemütliche Verhältnisse für diejenigen bedeuten können, welche dann aus solchem Blickwinkel mit Beglückungsabsichten überzogen werden. Sowohl Eichmann wie Leutnant Calley stammten aus recht gemütlichen Verhältnissen. Aber man sollte wohl gar nicht so kraß ansetzen. Außerordentlich sinnvoll wäre es jedenfalls gewesen, wenn die Entwicklungshilfe-Instanzen der Gegenwart (alle voll redlichen Willens, sicher) die genauen Berichte über Bayerns Versuche in Griechenland als Pflichtlektüre aufbekommen hätten.

Auf sicherem Boden

Wäre Griechenland besser gefahren, wenn, statt des langsamen Sohnes, der philhellenische Vater sein König geworden wäre?

Auch das ist zweifelhaft. Sicher, Ludwig I. hatte Schwung, er zauderte nicht, auch dann nicht, wenn Gefahr bestand, daß er sich lächerlich machte – und er hätte vermutlich mehr Sinn entwickelt für die innere Ästhetik der armen, beweglichen, höchst kommunikationsreichen griechischen Gesellschaft. Aber er hat daheim, auf sicherem bayerischen Boden, bewiesen, daß er dem Kern des bürokratischen Systems auch nicht beikam – und wohl auch gar nicht beikommen wollte.

Sicher, er hatte den alten Chef-Minister immer gehaßt. Er liebte, auf seine Weise, die Freiheit: Auf seiner berühmten Italienreise als Kronprinz hatte er mit deutschen Jungmalern die Becher geschwungen und mit ihnen angestoßen auf die Kunst, die Freiheit, hatte mit ihnen den alten Zopf und Stiefel, das ewige deutsche Philisterium in die Hölle gewünscht. Aber als er den Thron bestieg, tat er das sehr gerne. Das System, das er anstrebte, sah vor, daß der König wieder zur Person wurde, daß das abstrakte Souveränitätsprinzip des Savoyarden durch ein wirkliches Herrschertum abgelöst wurde. Sicher, seine Bayern liebten das Schöne wie er (wenn auch auf ihre Weise); aber für einen wirklichen Systemwechsel genügte das alles nicht. Auch ein König, der regieren wollte, brauchte dazu im 19. Jahrhundert die Bürokratie, und das hieß, in Bayern, die solide Grundlage des zentralistischen Beamtentums à la Montgelas. Auch der Schwenk in die katholische Restauration, den Ludwig in der zweiten Hälfte seiner Regierungszeit vollzog, änderte daran nichts Wesentliches. Sicher, er war ein Förderer der Verfassung gewesen – aber der Verfassung von 1818, die alles andere als eine radikale oder demokratische war. Die einzige wirkliche Alternative zum System – nämlich den Aufbau der Gemeinfreiheit von unten nach oben – konnte er ebensowenig ins Auge fassen wie sein alter Feind Montgelas.

Die Revolution 1848 fällte ihn – aber unter Umständen, die sich völlig von denen in anderen deutschen Landen unterschieden. Seine späte Liebe, die schottische Sängerin und Tänzerin Lola Montez, hatte ihn zu einem Schwenk ins Liberale bewogen – ins Liberale, was damals auch nicht mit der Entscheidungsfreiheit vieler, sondern mit dem größeren Bewegungsspielraum der Bourgeoisie zu tun hatte – und vor allem mit einem Angriff auf den Klerus. Hinter den kleinkarierten Attacken auf die Gräfin Landsfeld (wie Lola dank königlicher Gunst hieß), hinter dem muffigen Mißtrauen gegen die schöne Zugereiste standen also wieder populistische Instinkte, die seit Beginn des Montgelas-Systems nicht abgebaut werden konnten und die auch die zweite Hälfte des Jahrhunderts bestimmen sollten.

Ludwig dankte ab – er wollte sich nicht beschränken lassen, so oder so nicht. Sein Sohn Max II. trat die Regierung an – unter der Auflage, daß hinkünftig jede Verordnung des Königs durch den jeweils zuständigen Minister gegenzuzeichnen sei. Die Herrschaft der Minister war endgültig gefestigt.

Der Kampf gegen den Weltgeist

Von der Paulskirche zum Separatismus: Georg Friedrich Kolb

Das ist kein altbayerischer Kopf, dieser Kolb. Das ist ein Rheinpfälzer: liberal bis in die Knochen, wach in das Jahrhundert hinein witternd, eifersüchtig bedacht auf die französischen Errungenschaften aus der Zeit vor 1815, die die Pfalz vor dem rechtsrheinischen Bayern auszeichneten (Code Napoléon, Gewerbe- und Niederlassungsfreiheit und andere), ständig darauf bedacht, sie auszudehnen, sie dem ganzen Deutschland zukommen zu lassen. Ein gerissener freisinniger Journalist auch: Mit neunzehn Jahren schon übernimmt er, im Geist und in der Nachfolge des verstorbenen Vaters, die *Neue Speyerer Volkszeitung* und macht sie zu der führenden Meinungsbildnerin der bayerischen Pfalz.

Vater wie Sohn waren Künstler im Umgang mit der Zensur. Diese liebenswürdige Muse, gezeugt vom Geist der Reaktion aus den sogenannten Karlsbader Beschlüssen, welche als Akte des Deutschen Bundes auch Bayern banden, spornte den wahren Freiheitsmann zu Höchstleistungen der verbalen Diplomatie an; aber es ist erstaunlich, wie wenig die Kolbs auf die staatlich gezogenen Grenzen achteten. Immer wieder treffen Ministerialreskripte in der Pfalz ein, ermahnen den Generalcommissär der Krone, »dem Redakteur der *Speyerer Zeitung* begreiflich zu machen, daß in den Zeitungsblättern alles dasjenige zu vermeiden sei, was den einzelnen deutschen Regierungen oder der Bundesversammlung selbst in Ansehung der inneren Ruhe Besorgnis einflößen könnte« (die Sprache, man merkt es, ist landesväterlich).

Aber die *Neue Speyerer Zeitung* agitierte weiter: gegen Katholizismus, Pietismus und Mystizismus; 1837 für die preußischen Katholiken gegen die preußische Krone; gegen die alten Zöpfe im Schulwesen, für eine industriefreundliche Allgemeinbildung; gegen Binnenzölle und alte Zollgrenzen für den Freihandel; gegen das stehende Heer und für ein Milizsystem; für den Nationalreichtum, aber auch für die »Besserung des physischen und moralischen Zustandes der zahlreichsten und unglücklichsten Klasse der Gesellschaft«; gegen die Todesstrafe und für das mündliche und öffentliche Gerichtsverfahren in ganz Deutschland (die Pfalz hatte es, dank Napoleon).

Kolb war englandfreundlich, versteht sich – und er teilte nicht die wachsende Identifikation der deutsch-liberalen Stimmung mit der Franzosenfeindschaft. Zeit seines Lebens blieb er ein Freund Frankreichs – nicht seiner Regierungen, sondern seines Volkes.

Daneben veröffentlichte Kolb Bücher und Broschüren, er wurde ein zünftiger Statistiker und Topograph von wissenschaftlicher Gründlichkeit. Er schrieb über die französische Gesetzgebung 1787–1815, um die Kenntnis freiheitlicher Gesetzgebung im Volk zu verbreiten. Und er schrieb ein kurzes, sachliches Leben Napoleons. Sein Geschichtsbild war fortschrittlich-optimistisch, wie es sich damals für einen Liberalen gehörte: »Das Los der Menschheit liegt fast unbedingt in ihren eigenen Händen.«

1846 schrieb er die Broschüre »Die Steuerüberbürdung der Pfalz gegenüber der Besteuerung der übrigen bayerischen Kreise«. Wer die Wichtigkeit von Steuerfragen für den Ausbruch historischer Revolutionen kennt, wird es für wahrscheinlich halten, daß diese Broschüre viel zum Pfälzer Sturm von 1849 beigetragen hat...

Mit Liberalen anderer deutscher Staaten, vor allem mit Journalisten und Schriftstellern, stand er in reger Verbindung. Und diese Verbindungen führten ihn 1848 geradewegs in die Paulskirche.

März 1848! Alles schien möglich damals, die Regierungen waren paralysiert, die Woge des Optimismus, die Woge des Weltgeistes ging übers Land. In der *Neuen Speyerer Zeitung* wurden Forderungen der Pfalz veröffentlicht: »Volle Preßfreiheit – Volksbewaffnung – Revision der Verfassungen auf gesetzlichem

Wege – Beseitigung der Zehnten, Fronde und sonstigen Feudallasten – volle und unbedingte Amnestie für alle früheren politischen Vergehen – Schwurgerichte und wahre Unabhängigkeit der Gerichte in allen Ländern – Vertretungen der deutschen Volksstämme bei der Zentralgewalt des Bundes – volle Gewissensfreiheit – freie Gemeindeverfassungen – Aufhebung der Flußzölle und der Ausgleichsteuern...«

Es war unvermeidlich, daß er als Abgeordneter nach Frankfurt in die Paulskirche ging. Argwöhnisch wachte er über die Kompetenzen der Nationalversammlung, kämpfte gegen die Verschleppungstaktik der Regierungen. Die Pfälzer saßen ausnahmslos auf der Linken. Es gab drei davon: das »linke Zentrum«, die »eigentliche Linke« (sie sammelte sich im Deutschen Hof) und die »äußerste Linke«. Kolb gehörte der »eigentlichen« Linken an, war also kein wirklicher Radikaler. Die Beibehaltung der Monarchie schien ihm zum Beispiel unumgänglich – wenigstens vorläufig... »Die Redaktion der *Neuen Speyerer Zeitung* huldigt insofern einer, wie sie glaubt, gerechten Mitte, als sie die Reaktion auf der einen, die Anarchie auf der anderen Seite bekämpft und darum namentlich den Bestrebungen des Absolutismus und des Kommunismus gleichmäßig entgegenzuwirken sucht.« Er war unversöhnlich antipreußisch, kämpfte mit allen Mitteln gegen die Idee, den preußischen König Friedrich Wilhelm IV. zum deutschen Kaiser zu machen. (In diesem einen Punkt war er sich mit seiner offiziellen Regierung in München einig...)

Sogar Österreich schien ihm da noch vorzuziehen, »da es doch wenigstens äußerlich die Eigentümlichkeit der verschiedenen unter seiner Herrschaft stehenden Volksstämme respektiere, während Preußen solche durch Uniformierung und Zentralisation vernichte und Polen, Preußen, Märker, Schlesier, Sachsen, Westfalen und Rheinländer alle nach dem preußischen Korporalstocke regiere«. (Da wird der rote Faden sichtbar, an dem sich Kolb in den kommenden Jahrzehnten durch die politische Finsternis tasten wird...)

Es ging, wie wir wissen, nicht gut mit der Nationalversammlung. Die Reaktion siegte. Kolb ging mit dem Rumpfparlament nach Stuttgart, dann kehrte er in die Pfalz zurück – gerade rechtzeitig, um in die wilden Nachwehen der Revolution zu geraten. Er identifizierte sich nicht mit der provisorischen

Regierung, die sich dort aus eigener Machtvollkommenheit 1849 etablierte – die ganz linken Freiheitsmänner warfen ihm Verrat vor, aber als die Reaktion kam (in Gestalt des Generals Thurn und Taxis), wurde Kolb trotz seiner Eigenschaft als bayerischer Landtagsabgeordneter ins Gefängnis geworfen – wohl aus keinem anderen Grund, als um ihn an der Teilnahme an den Landtagssitzungen zu hindern.

Die Reaktion machte ihn nun fertig. Bis 1853 kämpfte er gegen den durch ständige Zensureinmischung bedingten Ruin seines Blattes, dann gab er auf, verkaufte den Titel, ging als Emigrant in die Schweiz.

Lang hielt er das nicht aus. 1859 bot sich eine neue, nicht ganz trügerische Chance: die Mitarbeit an der *Neuen Frankfurter Zeitung*. Sieben Jahre konnte er in Frankfurt arbeiten: liberal wie stets, gesamtdeutsch, antipreußisch, gegen die einsetzende Annexionspolitik Bismarcks.

Am 15. Juni 1866 brach der Bundeskrieg aus, der Krieg zwischen Preußen, dem österreichischen Kaiser und den Bundesstaaten, die zu Österreich hielten. Der Krieg dauerte sieben Wochen, aber schon am 17. Juli versiegelten preußische Truppen die Redaktion. Kolb war rechtzeitig, mit einigen Setzern und Druckern, nach Stuttgart geflohen, brachte dort vorübergehend das Emigrationsblatt *Deutsche Zeitung* heraus. Als die Redaktion im Herbst 1866 wieder nach Frankfurt durfte, ging er nicht mit – in einem preußischen Frankfurt wollte er nicht arbeiten.

Er siedelte nach München über, konzentrierte sich auf den Landtag – und der letzte Schritt stand bevor, der endgültige Schritt in eine Allianz mit den Feinden von einst.

Kolb, der alte Liberale, der Gegner von Kirchen und der glühende Gesamtdeutsche, wird zum Verbündeten der radikalen, der ultramontanen Patriotenpartei. Seine Ideen beeinflussen ihren zunächst unbestimmten Populismus. Kolb ist ein Befürworter des allgemeinen und direkten Wahlrechts, ein Kämpfer für das Milizsystem nach Schweizer Vorbild – und diese seine Ideen scheinen in die Köpfe der »Schwarzen«, wie sie damals schon hießen, einzudringen. Das bayerische Establishment, das militärische wie das juristische, ist aufs höchste beunruhigt, der Endkampf der Patrioten um die Rettung der Selbständigkeit Bayerns vor dem andrängenden Preußen scheint sich radikaldemokratischer Methoden bedienen zu wollen. 1869, auf der Höhe des patriotischen Widerstands, erzwingt die Landtagsmehrheit im Bunde mit den Großdeutschen in der Adeligenkammer, dem sogenannten Reichsrat, den Sturz des kleindeutsch gesinnten Ministeriums Hohenlohe.

1870 verändert alles. In der Woge des Nationalkriegs gegen Frankreich geht die Mehrheit der Patrioten zur Sache Bismarcks über. Das Zweite Reich triumphiert. Ein letzter verlorener Haufe sagt weiterhin nein – unter der Führung des katholisch-großdeutschen Publizisten Edmund Jörg. Kolb gehört zu den Neinsagern. Es ist sein historischer Auftrag, in dieser Landtagssitzung vom 21. Januar 1871 den Etikettenschwindel der sogenannten Nationalliberalen, der Überläufer zum preußischen Kaisertum, zu entlarven: »Es wurde bemerkt, der Wunsch wäre nun erfüllt, den viele Männer schon vor 20 und mehr Jahren im Busen getragen hätten. Verstand ich die Hinweisungen recht, so gelten sie den Männern vom deutschen Parlamente vom Jahre 1848 und 1849. Nun, meine Herren, wenn damals den Männern vom deutschen Parlamente eine Verfassung wie diese geboten worden wäre, ich will nicht schildern, in welcher Weise man sie zurückgewiesen hätte, aber zurückgewiesen wäre sie worden; sie wäre nicht bloß von uns auf der linken Seite, sondern auch vom Centrum und weit hinüber auf die Rechte zurückgewiesen worden...«

Und Kolb bezeugt, daß ihm die gute alte bayerische Reaktion immer noch lieber ist als die zentralgesteuerte und wahrscheinlich leistungsstärkere des Zweiten Reiches: »Ich sehe in dem Militarismus, der in dieser neuen Verfassung fest begründet ist, die Entscheidung über Freiheit oder Absolutismus, über Volkswohlstand oder Wohlstandsverkümmerung. Ich kann überdies in dem neuen Kaiser nicht das Prinzip des Friedens sehen; ich fürchte von dem Kaiserthume, daß es auch bei uns den Krieg bedeute. Ich sehe überdies diesen Kaiser begleitet von der Entwicklung einer starken Reaction.«

Sein Nein und das Nein seiner ultramontanen Kampfgenossen nützte nichts. Aber Kolb, die aktive Politik verlassend, kämpfte weiter als Journalist, als freier Mitarbeiter für die *Frankfurter Zeitung*. Dort schlug er sich auch für seine neuen Freunde, das unterprivilegierte katholische Volk des Zweiten Reiches, im sogenannten Kulturkampf (dessen ›aufklärerische‹

Komponente er als Alibi betrachtete). Aktivster Streiter auf der Gegenseite war der bayerische Minister Lutz, einer von den Männern, die man in Bayern die Liberalen nannte, weil sie antiklerikal waren. So viele Grenzmarken waren überschritten, so viele Steine neu gesetzt worden im Laufe eines politischen Lebens von 1808 bis 1884.

III
PATRIOTEN
weißblau
und
schwarzweißrot

Vorbemerkung

Das staatsrechtliche Ende eines selbständigen Bayern, das sich von 1866 bis 1871 hinzieht, soll das Hauptstück der geschichtlichen Überlegungen bilden. Das ist deshalb notwendig, weil sowohl die gesamtdeutsche Geschichtsschreibung (rechte wie linke) als auch die offizielle bayerische Historie einige der erschütterndsten Aspekte und Tatsachen dieser Epoche unter den Teppich gekehrt hat, wo sie bis heute erfolgreich verborgen bleiben konnten.

Montgelas hat die bayerische Geschichte einmal eine »Geschichte der versäumten Gelegenheiten« genannt; das trifft zu, wenn auch nicht ganz in seinem Sinne. Die versäumten Gelegenheiten sind nirgend dicker anzutreffen als in diesen entscheidenden fünf Jahren. Natürlich sind die Versäumnisse nicht erst da entstanden; ihre Ursachen reichen weit zurück – und weit hinaus ins deutsche Umland. Und deshalb sind die Versäumnisse auch nicht nur bayerische Versäumnisse, sondern deutsche, mitteleuropäische – Versäumnisse auf Kosten der Freiheit und der Zukunft.

Anspruch auf Vollständigkeit wird nicht erhoben. Es kommt – wie auch sonst in dieser Trauerarbeit – darauf an, den Blickwinkel zu verändern, Konturen anders zu ziehen – mit anderen Worten: aus der bequemen Sicht deutscher Geschichte zu entkommen, die man uns (von rechts oder von links) angewöhnt hat.

Zur Einstimmung ein paar kurze Hinweise. Die Regierungszeit Max II. war kurz, zu kurz: von 1848 bis 1864. Er förderte die Künste und Wissenschaften, war seiner Neigung nach ein Gelehrter, dabei ehrlich von der Überlegenheit norddeutscher Geistesbildung überzeugt. Es war sein achtbares Ziel, diesen

Nachteil aufzuholen. In der deutschen Politik (die immer rascher zur deutschen Innenpolitik wurde) spielte er mit dem sogenannten Trias-Gedanken; das heißt mit der Idee, die deutschen Staaten, die weder Preußen noch Österreich hießen, zu einer »dritten Kraft« unter Führung Bayerns zusammenzuschließen. Wie viele solche dritte Wege war auch dieser zur Unfruchtbarkeit verurteilt.

König Bayerns wird nach ihm der blutjunge Ludwig II. Was immer er an sonderbaren Anlagen mitbrachte, wurde durch eine gänzlich unzweckmäßige Erziehung verstärkt; aber das wußte das Volk zunächst nicht. (Auch die öffentliche Meinung im übrigen Deutschland wußte es nicht.) Er war jung, strahlend schön, körperlich stark und gewandt – und nachweisbar hochintelligent. Seine erste Tat war die Berufung Richard Wagners nach München; mehr als alle politischen Umwälzungen erregte diese platonische Liebesaffäre Regierungsapparat und Volk von Bayern. Aber das, was sie an der Person Wagners irritierte (seine Zukunftsmusik, seine Vergangenheit als Barrikadenkämpfer und Genosse Bakunins im Sachsen von 1848), stellte nicht die eigentliche Gefahr dar. Die eigentliche Gefahr bestand in der Beschlagnahme aller königlichen Fähigkeiten durch den Abenteurer – und in dessen wachsender Hinwendung zu einer Ideologen-Rolle deutscher Größe, die er dem König, sich selbst und einer gänzlich unwilligen bayerischen Öffentlichkeit als Heilsbotschaft anbot.

Bayern war 1866 in seiner Mehrheit noch bäuerlich. Das heißt, daß die Bevölkerung noch in übersichtlichen Produktions-Konsum-Verhältnissen lebte, oft unter Einbeziehung der Klein- und Mittelstädte. Das Bauerntum hatte sich seit Beginn des 19. Jahrhunderts sogar gefestigt, die Betriebsgrößen hatten sich auf einem mittleren Niveau eingespielt, viele ehemalige Dorfhandwerker und Taglöhner hatten es zu selbständigen bäuerlichen Existenzen gebracht. Der Lebensstandard war im großen und ganzen nicht hoch: In Nordfranken, der Oberpfalz, Teilen des bayerischen Oberlandes grenzte er an das dörfliche Elend, das uns heute aus den Entwicklungsländern bekannt ist. Dafür gab es in Niederbayern und in Teilen von Unterfranken schwerreiche Anwesen. Im Vergleich zu Norddeutschland waren die sozialen Trennmauern niedrig, die Sippenverbindung zu den ländlichen Verwandten war überall gegeben, Klassenunterschiede in diesem Milieu nicht im Lebensstil markiert.

Nur in München, in der Pfalz und in Teilen von Franken, insbesondere im ehemals preußischen Mittelfranken, drängte bürgerlicher Freisinn ungestüm zu neuen Lösungen, größeren Zusammenschlüssen, wachsender Aufklärung. Er stand im Bunde mit der Tradition des Montgelasschen Beamtenstaates – und, unter Max II., wohl auch mit den pädagogischen Tendenzen des Königs.

Die größte Erziehungsmacht des Landes aber war nach wie vor die katholische Kirche.

Langsamen Schrittes vom Schlachtfeld

Etwas quälend Traumhaftes ist um diesen Krieg von 1866 – den Sieben-Wochen-Krieg, wie ihn angelsächsische Militärschriftsteller nennen. Es ist, als seien die Bewegungen der einen Seite – der preußischen – rasch, fast in überhöhtem Tempo aufgenommen, die Bewegungen der anderen aber – der Österreicher und der mit ihnen verbündeten deutschen Staaten, darunter Bayern – in Zeitlupen-Abläufen fixiert.

Preußen ist von vornherein in der Offensive. Sachsen wird in vier Tagen okkupiert, das sächsische Corps zieht sich nach Böhmen zurück. Die Österreicher denken keinen Augenblick daran, offensiv über das Erzgebirge vorzugehen.

Preußen fallen in Hannover ein. Die Hannoveraner sind tapfer genug: Bei Langensalza werfen sie sogar den überlegenen Feind. Aber zwei Tage später sind sie ausmanövriert und müssen kapitulieren.

Wie steht es um die südlichen und westlichen Bundesstaaten – um Hessen, Baden, Württemberg, Bayern?

Unwillige Verbündete

Zahlenmäßig stellten sie eine stattliche militärische Macht dar: das VII. und das VIII. Bundescorps, die zusammen über hunderttausend Mann zählten. Aber nirgends war die Lähmung der geschichtlichen Stunde so fühlbar wie hier.

Kein Zweifel, Preußen war der Angreifer in diesem Krieg, kein Zweifel, nach der Verfassung des losen Deutschen Bundes hatte es das Recht verletzt. Aber da war Baden, dessen Herrscherhaus noch jetzt, 1866, dem damaligen Prinzen und jetzigen preußischen König Wilhelm dafür dankbar war, daß er 1849 die letzten wilden Revolutionäre Badens in der Festung Rastatt niederkartätscht hatte:

Das war Wilhelm, der Kartätschenprinz,
Die Kanone von Gottes Gnaden –
Er hat niederkartätscht das Weib und das Kind
Zu Rastatt im Festungsgraben –

– so sangen noch in den siebziger Jahren die organisierten deutschen Arbeiter über den Mann, der um diese Zeit schon ihr Kaiser war...

Baden also fiel praktisch aus, es hatte ziemlich klar angekündigt, daß es sich mit Preußen nicht schlagen werde.

Hessen war ein anderes Problem. Der dortige Kurfürst war so unbeliebt, seine private Bereicherungswirtschaft so skandalös, daß eigentlich jedermann, jedenfalls die erdrückende Mehrheit, in der Hoffnung lebte, ihn irgendwie loszuwerden – notfalls durch preußische Annexion.

Württemberg stand stabil, in sich gefestigt, relativ demokratisch – aber sein Mißtrauen galt eher den Wittelsbachern als den Preußen. Berlin war weit weg, aber die alte Gefahr der Trias-Idee (das heißt des bayerischen Übergewichts unter den Mittelstaaten) war noch verhältnismäßig nahe.

Bayern stand in der Mitte zwischen diesen Staaten und Österreich – nicht nur, was seine Geographie und seine Größe, sondern auch, was seine Motivation in diesem deutschen Bruderkrieg betraf. Es stellte eine stattliche Armee ins Feld, die in etwa die Stärken und Schwächen der Österreicher teilte: gute Artillerie, prachtvolle Kavallerie, altertümliche Infanteriebewaffnung. Am guten Willen, diese Waffen einzusetzen, bestand kein Zweifel. Dennoch: Auch Bayern opferte dem Geist des Partikularismus – und hat so wahrscheinlich zur österreichischen Niederlage beigetragen.

Seine besseren Generäle (insbesondere von der Tann, von dem nun öfter die Rede sein muß) hatten längst erkannt, daß eine herzhafte und konsequente Kriegführung den Transport der bayerischen Armee nach Böhmen und ihre Vereinigung mit der österreichischen Hauptarmee forderte. Zeitlich und technisch wäre dies nicht sehr schwierig gewesen: Man hatte den Vorteil der inneren Linie, man hatte die Eisenbahn nach Prag. Und wer sich einmal die Karte der Schlacht von Königgrätz (3. Juli 1866) ansieht, der kann sich leicht vorstellen, daß ein zusätzliches bayerisches Bundescorps, komplett mit Artillerie und Reiterregimentern, schon das Zünglein an der Waage hätte sein können.

Politische, das heißt Motive des Mißtrauens siegten. Man zog es in München vor, nicht allzuviel zu riskieren, und schob die eigene Armee an die Mainlinie vor. Zwar traf man Absprachen mit den Österreichern, aber die waren in sich widersprüchlich: einerseits hieß es, die Bayern sollten gestaffelt in der Gegend von Hof abwarten, ob sich das Kriegsglück Preußen oder Österreich zuwenden würde – je nachdem sollten sie zur offensiven Unterstützung nach Sachsen einrücken oder den Schutz des eigenen Bodens übernehmen. Andererseits aber gab es einen Beschluß, daß sich die Bayern mit dem VIII. Bundescorps (also den Hessen, Badenern und Württembergern) im Raum Fulda vereinigen sollten, um gemeinsam nach Nordwesten vorzustoßen und den Hannoveranern zu helfen. (Als es dann zum Krieg kam, behielt das bayerische Kommando jeweils die schlechteste Möglichkeit aus diesen beiden Beschlüssen bei.)

Aber was die gegen Preußen kämpfenden Bundesstaaten lähmte, war gar nicht so sehr die Unvollkommenheit der militärischen Planung oder der Organisation. Es war das Bewußtsein, daß dieser Krieg bereits so etwas wie ein Bürgerkrieg mit kreuz- und querlaufenden Fronten war.

Fortschritt und Patriotismus

In ganz Deutschland (mit Ausnahme Österreichs) ging der schwer faßbare, aber höchst wirksame Glaube um, daß die Sache Preußens irgendwie auch die Sache des Fortschritts sei. Dies war vor allem der Um-Orientierung des deutschen Freisinns, der Liberalen, zu verdanken, die oft gegen ihren eigenen Geschmack, aber immer unwiderstehlicher von den Vorteilen der kleindeutschen Einigung angezogen wurden. Sicher,

Bismarcks System war alles andere als freiheitlich-parlamentarisch, der Korporalsstock war nicht zu übersehen – aber da gab es den Zollverein, der den Handel und Wandel so mächtig aufblühen ließ, und die allgemeine, vulgärhegelianische Überzeugung, daß der Weg zu den hehren Menschheitszielen, was Deutschland betraf, eben durch das Fegefeuer der Einigung unter Preußens Vorherrschaft führen müsse. So gab man den Geist der Paulskirche auf, steuerte von den alten Farben und Idealen Schwarzrotgold auf eine neue Realität zu, die sich in wenigen Jahren die schwarzweißrote Fahne zulegen würde...

Diese innenpolitische, diese Klassen-Front durchzog alle deutschen Staaten. In Hannover sprach sich eine starke liberale öffentliche Meinung wenigstens für Neutralität aus. Die Misere in Hessen haben wir schon erwähnt. Württemberg hatte zwar respektable demokratische Traditionen, aber der Staat war mehrheitlich protestantisch und mißtraute der katholischen Reaktion in Wien und München.

Und Bayern? Auch hier war man keineswegs geschlossen – wenn auch relativ geschlossener als anderswo westlich von Inn und Salzach. In der Ära Max des Zweiten, der sicher mit den ehrlichsten Motiven um die Heranziehung prominenter »Nordlichter« bemüht war, wurde die alte, die spezielle bayerische Oppositionslinie wieder deutlich: die Opposition gegen eine Obrigkeit, die es sich in den Kopf gesetzt hatte, notfalls gegen den Willen der Majorität den Fortschritt durchzusetzen, und zwar von oben.

In solcher Ausgangslage – wachsender Einfluß der Norddeutschen in München, wachsende Bedrohung von außen durch Preußen – war natürlich nur ein kleiner Schritt zu der Art von Theorie, die dem Volk in solcher Lage zusagt: zu einer Verschwörungstheorie. Und in der Tat gab es ja Grund für Spekulationen. Da gab es in München den Herrn von Dönniges, der nicht nur preußischer Botschafter, sondern auch Prinzen-Erzieher war, und dessen Einfluß weit übers Diplomatische hinausging. Da war der General von der Tann, immens populär in Norddeutschland seit seinem schneidigen Auftreten im Krieg um Schleswig-Holstein, verheiratet mit einer Dame aus Mecklenburg und, wie die populäre Presse hinterlistig formulierte: »ein alter Tafel- und Bestrebungsgenosse des Herrn von Dönniges«. Das Volk, das patriotische Volk, sah sich schon vor

Kriegsbeginn von oben her verraten und verkauft – und diese Stimmung schlug in den Feldzug durch, der nun, mühsam genug, begann.

Aber lassen wir nun das trockene Referieren beiseite und betrachten wir diesen Feldzug durch ein Medium, das ihn wenigstens indirekt vergnüglich macht – durch das Medium eines Prozeßprotokolls vom 19. Oktober 1866.

Volksbote gegen von der Tann

An diesem Tag fand vor dem oberbayerischen Geschworenengericht die Verhandlung gegen den Journalisten Dr. Ernst Zander, Redakteur des Straubinger *Volksboten*, statt; die Anklage lautete auf Amtsehrenbeleidigung.

Es ging um zwei Artikel seines rauflustigen Blattes, die mitten im Bundeskrieg erschienen waren. Beide waren am 25. Juli 1866 gedruckt, und die beiden fraglichen Passagen lauteten: »... daß nunmehr ... die Preußen auch von Walldürn gegen Bischofsheim vorrücken. Freilich, sie kennen die Unfähigkeit, welche ihnen gegenüber hauptquartierführt...«

Und dann: »Wäre nicht der Mangel an militärischer Einsicht und Umsicht dort, wo man sie zu fordern berechtigt ist, grenzenlos gewesen, so hätte man niemals den wesentlichsten Teil der Führung der Armee in die Hände eines Generalstabschefs legen können, für dessen Unfähigkeit zu solch wichtigem Posten bereits die Erfahrung und öffentliches Zeugnis gedruckt vorlag, worum man sich aber wenig gekümmert zu haben scheint...«

Das ging offensichtlich aufs Ganze – zu einer Zeit, da der unglückliche Ausgang des Kriegs nur noch eine Frage von Tagen war, hatte dieser Dr. Zander schwerstes Geschütz auf den wichtigsten Mann der bayerischen Kriegführung abgebrannt. (Heutzutage wäre er wegen »Wehrkraftzersetzung« dran, und zwar nicht nur in einem totalitären Regime...) Aber eine Notstandsgerichtsbarkeit gab es eben damals noch nicht, und so war die »Amtsehrenbeleidigung« das einzige Delikt, das justiziabel war. Der Staatsanwalt, ein Herr Barth, führte das

Räsonnement hinter solcher Anklage in erheiternder Deutlichkeit aus: »Es wird ihm [d.h. von der Tann, CA] eine Eigenschaft abgesprochen, welche doch der Staat durch seine Berufung zum Generalstabschef ausdrücklich anerkannt hat, dessen Anerkennung er daher auch zu fordern berechtigt ist.«

Ein sehr hübsches Argument aus dem Fundus des Beamtenstaates, der Volkssouveränität ohne Volk: von irgendwoher, wenn auch nicht vom Heiligen Geist, fällt das Licht der Befähigung auf den Berufenen, der damit jeder, auch der berechtigten, Kritik entzogen ist.

Aber solche Präpotenz, die auch heute noch in bayerischen Verwaltungsgehirnen herumgeistern dürfte, ist nur die eine Seite der Prozeßmedaille. Die andere ist überraschend freiheitlich geprägt. Denn wie läuft dieser Prozeß ab? Er läuft so ab, daß vor Geschworenen die Verteidigung aus einem privaten Ehrenprozeß eine Generalabrechnung mit der militärischen Führung des Feldzugs machen kann und darf – und zwar mit der vollen Zustimmung, ja der mehr oder weniger klaren Unterstützung des Vorsitzenden!

Solche Zustimmung vorausgesetzt, war das prozeßtechnisch nicht allzu schwierig. Die Regierung bzw. die Armee beging nämlich den fundamentalen Fehler, alle wirklich Verantwortlichen ans Dienstgeheimnis zu binden und vor allem von der Tann selbst gar nicht in den Gerichtssaal zu lassen. Statt dessen schickte man einen Grafen von Bothmer ins Feuer, gewissermaßen als bestallten Sprecher der Armee. Bothmer war, wie wir wissen, kein Dummkopf, er hat sich in verschiedenen militärischen Situationen durchaus bewährt – aber den richtigen Ton in so einem Prozeß gegen einen berühmt-berüchtigten Volksmann zu finden, war offenbar nicht seine Sache. Der Vorsitzende ließ es zu, daß er zu folgenden Punkten vernommen wurde:

»1. Das stete Hin- und Herschieben der Armee von Osten nach Westen und von Westen nach Osten, statt in Sachsen einzugreifen;

2. das Im-Stich-Lassen der Hannoveraner;

3. die Affäre der Reservekavallerie bei Hünfeld.«

Mit anderen Worten, es ging so gut wie um den ganzen Feldzug. Und so stolperte denn Graf von Bothmer, milde-hinterlistig vom Vorsitzenden geleitet, durch die Sümpfe und Niederungen des Feldzugs vom Juni und Juli. Der Graf würzte seine

Aussagen mit Bemerkungen wie: »Meine Herren, mit einer Armee wirft sich's nicht so leicht hin und her...« Und: »Aufrichtig gestanden, wir waren in keiner beneidenswerten Lage. Wir hatten rechts den Thüringer Wald und links die Rhön und weit und breit niemand zu unserer Unterstützung...« Oder: »... daß die Preußen durch die Nachricht von dem Siege bei Königgrätz moralisch gehoben waren, und die moralische Potenz ist im Kriege nicht so gering zu schätzen, wie man meinen möchte...«

Das klingt schon verzweifelt nach dem Altgrafen Bobby. Aber es spiegelt nur zu getreu die Wirrnisse wieder, denen sich die bayerische Führung, nicht ohne eigene Schuld, alsbald ausgeliefert fand.

Kreuzundquermärsche

Widersprüchliche Bundesbeschlüsse; die offensichtliche Unwilligkeit der West- und Südstaaten, ihren Verpflichtungen ehrlich nachzukommen; ein miserables Nachrichtenwesen: das genügt völlig, um die strategische und taktische Chaotik auf diesem Kriegsschauplatz zu erklären.

Da stieß man – unter dem siebzigjährigen Oberbefehlshaber, dem Prinzen Karl, und dem Generalstabschef von der Tann – wacker genug ins Thüringische vor, bis Hildburghausen, um den Hannoveranern die Hand zu reichen. Da hörte man (fälschlich), die Hannoveraner hätten schon kapituliert, und bremste den Vormarsch. Als man sich dann, nach der frohen Kunde über Langensalza, wieder in Bewegung setzte, war aber die Kapitulation bereits Tatsache – und kostbarste Zeit war verloren.

Nun ging's in weitem Bogen, unter Beobachtung aller möglichen Papierregeln, nach Westen, auf das VIII. Corps zu, das sich durchwegs schändlich benahm, und zwar während der gesamten Kriegsdauer. Aber die Preußen ließen sich zunächst Zeit – es war das beste, was sie tun konnten. Die Marschiererei in der Sommerhitze tat das Ihre. In langen und kläglichen Berichten nach München teilt der greise Kommandeur mit, daß die Truppen jeden ihrer Meinung nach entbehrlichen Ausrüstungsgegenstand wegwürfen, um es bequemer zu haben, und daß sie »gegen die Order langsamen Schrittes das Schlachtfeld verließen«...

Daß sie die Ausrüstung wegwarfen, war kein Wunder. Die schlechtsitzenden Stiefel bewirkten Blutblasen, und wer je ein Podewilsgewehr in die Hand bekommt, der versuche es einmal, den Prügel über eine Distanz von zehn oder fünfzehn Kilometer zu schleppen! Allein die stählerne Bodenplatte am riesigen Kolben ist einen halben Zentimeter dick, das Kaliber ist größer als zehn Millimeter. Dazu kommen die ganzen Zusatzgeräte, die man zum Munitionieren und Laden eines Vorderladers braucht – von Tornister, Schanzzeug usw. ganz zu schweigen. Unter Raupenhelmen und Kasketten floß immer noch genug Schweiß, auch wenn man das Gepäck drastisch reduzierte...

Aber was bedeutet das befehlswidrige Abrücken vom Schlachtfeld – »langsamen Schrittes«? Ein einziges Mal, bei Hünfeld (siehe den dritten Punkt unserer Verhandlung!) gab es echte Panik, und zwar ohne Feindberührung: Die Einheiten der Reservekavallerie rissen aus und galoppierten mit dem Schrei »Verrat!« nach Süden. Das kann aber der Prinz Karl in seinem Bericht nicht meinen. Sonst kam es niemals, in keinem der gar nicht wenigen Treffen, zu dem, was man Auflösung der Verbände nennt. Die weit auseinandergezogenen Schützenketten (wegen der größeren Reichweite der Podewilsgewehre wirksam auch gegen das schnellfeuernde Zündnadelgewehr) und die gute bayerische Artillerie bewährten sich durchaus. Dazu kommen Zeugnisse unbezweifelbarer Rauflust und Todesverachtung des gemeinen Mannes: Bei Kissingen, so sagt ein Schullehrer in unserem Prozeß aus, hätten die Reserven, denen man das Eingreifen in die Schlacht verwehrte, vor wütender Ungeduld mit den Kolben auf den Boden gestampft.

Nein: Wenn die Truppe wirklich langsamen Schrittes das Schlachtfeld verließ, so tat sie es nicht unehrenhaft. Dann folgte sie lediglich dem Bewußtsein unausweichlicher Niederlage, folgte dem Defätismus, der Lähmung, die von oben nach unten in die Truppe drang. Den Süddeutschen fehlte in diesem Krieg bereits die politische Perspektive – durch den emotionalen Stil einiger Volkszeitungen war sie nicht zu ersetzen.

Versäumte Gelegenheiten: Der Feldzug war, strategisch wie taktisch, eine einzige Kette dieser Versäumnisse. Von der verpaßten Rettung der Hannoveraner war bereits die Rede. Kissingen, die eine entscheidende Schlacht, war ein planerisches Durcheinander. Und die Vereinigung mit dem VIII. Bundescorps, an sich eine logistische Kleinigkeit, kam nach unwürdigsten Manövern der Hessen und Badener erst wenige Tage vor dem Waffenstillstand. (Auch nach dieser Vereinigung standen die Bayern bei Roßdorf praktisch noch einmal allein im Gefecht.)

All dies kommt in den Prozeßaussagen des Grafen von Bothmer zutage – klassisch zusammengefaßt in der Feststellung: »Eine Armee ist ein unendlich komplicirter Mechanismus!«

Diesem Mechanismus wurden die Bayern, also die bayerische Führung, einfach nicht Herr. Es lohnt sich besonders, die Aussagen des Prozesses zur Schlacht von Kissingen nachzulesen. Das beginnt schon damit, daß die Schlacht eigentlich, von der bayerischen Führung aus gesehen, ein Mißverständnis war – Bothmer: »Wir wollten überhaupt keine Schlacht; wir wollten eine Schlacht bei Poppenhausen.« Die Preußen waren unanständig genug, diesen Willen nicht zu respektieren. Und als der Generalstabschef von dieser Ungehörigkeit erfuhr, ließen er und Prinz Karl den Stab in Münnerstadt zurück und eilten an die Front. In den nächsten Stunden, während der Prinz und sein Stabschef tatsächlich in den Kugelhagel gerieten, erhielten die Truppen widersprechende Befehle – aus Kissingen, aus Münnerstadt, je nachdem, wann und wie die Ordonnanzen eintrafen. Es war Glückssache, welcher Befehl zuerst ankam. Diese Wirrnis genügt völlig, um das Nichteingreifen der 4. Division (Hartmann) zu erklären – zusätzliche Spekulationen über Verrat sind also überflüssig. Wie bemerkt der Prozeßzeuge Michael Merkl, von Beruf Schullehrer, so treffend und trocken? »Nun, es ist bekannt, daß die Preußen nicht gern andern Ursachen den Sieg zuschreiben als sich selbst, jedoch konnten sie nicht in Abrede stellen, daß ihre schnellen Siege zum Theil auch von der schlechten Führung der bayerischen Armee herkämen...«

Vollends zur Groteske wird die Vernehmung über die Affäre mit der Landkarte des Pfarrers Georg Anton Weimer von Aidhausen. Die lieh er nämlich, nach dem Prozeßprotokoll, dem Generalstabschef am 11. Juli, als von der Tann bei ihm Quartier nahm. Bothmer versucht langatmig zu erklären, warum von der Tann gerade an diesem Tag ohne die ausgezeichneten bayerischen Stabs-Atlanten gewesen sei – teilt jedoch im gleichen Atemzug mit, daß auch preußische Offiziere über Kartenmangel geklagt hätten!

Wie schon gesagt: Die Verteidigung tat sich leicht in diesem Prozeß, zu leicht. Den oberbayerischen Geschworenen, Leuten, die sicher auch den Sündenbock suchten, konnten die Affäre der fehlenden Landkarte, die Affäre der unbesetzten, taktisch wichtigen Höhen um die Stadt Kissingen, die Affäre der müßigen 4. Division einleuchtend als Beweise im Sinne der Verteidigung (und der moralischen Anklage gegen die Führung) präsentiert werden.

In bester TV-Serienmanier zieht zum Schluß die Verteidigung noch ein literarisches Zeugnis aus dem Ärmel: ein Zitat aus dem Buch »Generallieutenant v. Willisen und seine Zeit. Acht Kriegsmonate in Schleswig-Holstein« von Theodor Lüders, erschienen 1853. Dort heißt es auf Seite 36 über von der Tann: »Ein durch und durch edler und ritterlicher Charakter, war er tapfer bis zur Verwegenheit, und der liebenswürdigste Kamerad. Aber er eignete sich zu nichts weniger als zum Generalstabsoffizier, noch weniger zum Chef desselben.« Quod erat demonstrandum?

Zander wurde freigesprochen, und er ließ, in verständlichem Triumph, das Prozeßprotokoll drucken, das uns diese Aufschlüsse übermittelt. Aber hat er es sich – und den Geschworenen – damit nicht ein wenig zu leicht gemacht?

Schatten des Systems

Natürlich, nach jedem verlorenen Krieg sucht der Patriotismus (damals noch der weißblaue) nach Sündenböcken. Aber es ging, nach Königgrätz, schon um kaum mehr als um die Ehre.

Hätten, zum Beispiel, die bayerischen und süddeutschen Waffen noch Erfolge errungen; hätten sie gar die preußische Teilarmee geworfen: die freigewordenen Massen des preußischen Hauptheeres hätten einen solchen Erfolg spielend liquidiert und den Boden für einen Annexionsfrieden bereitet, der so immerhin nur Hannover und Hessen-Kassel ausradierte.

Und natürlich hatten auch die Kritiker recht, die Ursachen in innerbayerischen Zuständen suchten. Es gibt eine anonyme Broschüre aus diesem Jahr 1866, erschienen zu München, mit dem Titel: »Es fehlt ganz wo anders!« Da wurden echt politische Zustände aufs Korn genommen – die Volkserziehung (beziehungsweise das Fehlen derselben), das bayerische Aushebungssystem, die Ausbildung (oder das Fehlen derselben) der Offiziere. Da heißt es zum Beispiel:

»Wer dient... in Bayern? Das wissen wir Alle. Der arme, nichts besitzende, der mißlungene, sehr häufig auch außereheliche Vaterlandssohn... Wer vermöglich, das Glück hat, gute Studienzeugnisse oder wenigstens infolge Studierens Augengläser produziren zu können, ist oder macht sich vom Kriegsdienste frei... So bezeichnen wir also unseren Soldaten, dumm, außerdem roh, ohne jedes Gefühl, keinen Sinn für Gehorsam, der ihm weder vom Lehrer, Pfarrer und noch viel weniger von zu Hause beigebracht wurde...«

In solcher, sicher ehrlich gemeinter Kritik tritt aber auch das alte Dilemma des obrigkeitlich verordneten Fortschritts wieder zutage. Einerseits hat man seit Generationen dem »Vaterlandssohn« die Selbstbestimmung verweigert – andererseits hat man aber auch das harte, das ›preußische‹ Durchgreifen gescheut, und so kann die Kraft des Vaterlandssohns nicht oder nur ungenügend für die Pläne der Regierer mobilisiert werden: Caliban späht blinzelnd aus seiner Höhle, er folgt den Befehlen Prosperos weder willig noch zufriedenstellend...

Es war also nicht mehr und nicht weniger als das bayerische System selbst, was zur Debatte stand. Das begriff auch der Dr. Zander nicht. Der Verrat, wenn er vorlag, lag tiefer als im Militärischen. Ein respektabler Staat, weder an Einwohnerzahl noch an Kraft oder staatlichem Bewußtsein zahlreichen europäischen Staaten unterlegen, resignierte gegenüber seinen inneren Problemen, setzte nun lieber seine Selbständigkeit aufs Spiel als die Strukturen, an die er sich angepaßt hatte. Das bayerische Establishment selbst war es, welches das Handtuch warf – welches den Kampf um eine moderne Staatswerdung aufgab. Es winkten bereits die Fleischtöpfe Kleindeutschlands.

Kaum war der Feldzug vorbei, fand man in dem Freiherrn von Pranckh einen fähigen Mann für die Heeresreform. Ein überzeugter Kleindeutscher, der Fürst von Hohenlohe, wurde Premierminister. Der Marsch in die Zukunft fand unter den schwarzweißroten Fahnen statt, die es noch gar nicht gab.

Aber in dieser Lage fand nochmals ein Aufstand statt; ein Aufstand, gefährlicher, ja ruhmreicher als der von 1705. Es war der legitime, parlamentarische, von der Massenbasis aus organisierte Aufstand der bayerischen Patrioten, die den langen Schatten des Kommenden erkannten und darauf bestanden, den König und sein Königreich zu retten. Sie brachten naturgemäß alles durcheinander.

Die Angst vor den Rettern

Betrachten wir, um die Schicksalsjahre 1869/70 etwas zu verstehen, eine prägnante Szene – eine Szene auf dem Militärball im Münchener Odeon, der am 26. Februar 1870 stattfand.

Der Ball war, wie üblich, der wichtigste der Faschingssaison. Anwesend war tout le monde, wie man damals sagte; aber es war dennoch eine Sensation, daß auch der Monarch da war – der zunehmend, der pathologisch menschenscheue Monarch Ludwig II.

War er ganz ohne Absicht erschienen? Verfolgte er ein bestimmtes Ziel? War er vielleicht nur gekommen, um nun auf den preußischen Gesandten zuzutreten (einen Herrn von Werthern)? Was hatte er ihm Dringliches zu sagen?

Dieser Gesandte war bereits ein sehr wichtiger Mann, er spielte eine große Rolle in der freisinnig-fortschrittlichen Münchener Gesellschaft. Seine nachgelassenen Äußerungen über bayerische Verhältnisse strotzen von Arroganz. Im großen ganzen sah er seine Rolle ungefähr so, wie sie ein US-Botschafter der guten alten kapitalistischen Schule in einer kleinen lateinamerikanischen Republik sieht: unbekümmert die bequemen Parteien fördern, notfalls aktive Entzweiungspolitik treiben, wenns sein muß. Ja, er ging sogar einen Schritt weiter als diese US-Diplomaten, denen es immerhin darauf ankommt, wenigstens pro forma, ein » selbständiges« Marionettenregime zu erhalten: Er betrachtete es, nach eigener Angabe, als sein Ziel, dem Königreich, in dem er akkreditiert war, zu »Euthanasia«, also zu einem friedlichen Sterben zu verhelfen.

Auf diesen Gesandten also, den Agenten der Zerstörung und möglichen Totengräber seiner Souveränität, geht der König lebhaft zu und spricht (wörtlich, wenn man dem ausführlichen Bericht von Wertherns trauen darf):

»Jawohl, die Jesuiten wollen sich an Bayern anklammern, weil es woanders nicht mehr geht. Das ist ihre letzte Herberge! Aber ich hoffe, es wird ihnen nicht gelingen. Was Döllinger geschrieben hat, macht schon eine Bresche in dieser Finsterniß; und die Kundgebungen aus Deutschland sind doch sehr interessant...

Sie werden sich nie in mir täuschen, verlassen Sie sich darauf. Solange ich hier bin, ist von einem Systemwechsel keine Rede...«

Soweit der König – im Bericht des Gesandten nach Berlin.

Was veranlaßte ihn zu solcher Vertraulichkeit – einem Mann gegenüber, der ihn, bei anderen Gelegenheiten, als einen »feigen, doppelzüngigen Hanswursten« bezeichnete? Von welchen jesuitischen Schach- oder Winkelzügen redete er? Aus welchen Quellen speiste sich seine Abneigung – und seine Gewißheit, daß von Werthern ihn verstehen würde?

Die Antwort auf diese Frage bringt uns den entscheidenden Konstellationen im Bayern dieses Jahres ganz nahe.

Rom und ein katholischer König

Die katholische Welt war damals von den Vorbereitungen und dem Beginn des Ersten Vatikanischen Konzils beherrscht. Es ging in der Hauptsache und vor allem um eine Frage: um die dogmatische Festlegung der Unfehlbarkeit des Papstes. Daß diese Unfehlbarkeit von einer starken Mehrheit (hauptsächlich Kardinälen und Bischöfen aus südlichen Ländern) forciert wurde, war kein Geheimnis. Fraglich war jedoch, ob das Gewicht des katholischen Nordens (Frankreichs, Österreichs, der katholischen Staaten Deutschlands) und die überlegene Gelehrsamkeit seiner Theologen hinreichen würden, das Votum zu durchkreuzen.

Eine Schlüsselfigur in diesem Ringen war der Döllinger, den der König in seiner Bemerkung erwähnte: der Münchener Stiftspropst Ignaz Döllinger.

Döllinger war alles andere als das, was man heute einen »progressiven« Theologen nennen würde. In den Jahren vor 1865 hatte er den Liberalen Abneigung und Furcht eingeflößt (Heinrich Heine greift ihn des öfteren rücksichtslos an) – als ein Mann, der Vorherrschaft der Kirche und Unduldsamkeit vertrat. Aber Döllinger war in erster Linie ein Gelehrter – und zwar ein bayerischer, das heißt ein gründlicher. Als solcher war er zu dem Schluß gelangt, daß das Unfehlbarkeitsdogma mit den Überlieferungen der Kirche nicht in Einklang zu bringen war. Diese Auffassung vertrat er ebenso hartnäckig wie begründet, und so galt er als der entscheidende Kopf des innerkirchlichen Widerstands gegen die Absichten Roms.

Aber warum war Ludwig so engagiert in dieser Frage?

Die Antwort ist einfach, wenn man seine Persönlichkeit berücksichtigt. Ludwig II. war in seiner Gegenwart nicht zu Hause; er dachte in den Kategorien des 17. Jahrhunderts. Sein Ideal war der Sonnenkönig Ludwig XIV. von Frankreich; jeder Tourist weiß das, der Herrenchiemsee oder Linderhof besichtigt hat. Er fühlte sich – natürlich – als katholischer Monarch; aber als katholischer Monarch einer längst vergangenen Zeit. Sein französisches Vorbild hatte sich zwar stets als allerchristlichster Herrscher gefühlt, aber wenig Zweifel daran gelassen, daß er – nach der Formel *Ein König – ein Glaube – ein Gesetz* – das Kirchenregiment selbst auszuüben wünschte. (Der große katholische Bischof und Kanzelredner Bossuet hat ihn darin unterstützt.)

Wenn nun das neue Dogma verkündet wurde; wenn des Papstes unfehlbarer Arm an ihm vorbei beliebig oft und beliebig willkürlich in die Politik eines katholischen Königreichs eingreifen konnte: war es da nicht das kleinere Übel, Anlehnung bei einem konservativ gestimmten, nichtkatholischen deutschen Bruderstaat zu suchen, der solchen Eingriffen von vornherein entzogen war – eben dem preußischen?

Zwei Mächte, innerbayerische Mächte, standen solcher Anlehnung im Wege: der aristokratisch-katholische Alt-Konservativismus – und der neue patriotische Populismus.

Die alten Konservativen

Der alte Konservativismus war leicht zu definieren. Es waren Adelige, darunter auch protestantische, die der großdeutschen Richtung anhingen, die der Ausschließung Österreichs aus den deutschen Angelegenheiten nicht zustimmen wollten und konnten. Sie hielten nichts von der heraufsteigenden Neuzeit, vom kleindeutsch-nationalliberalen Trend. Diese großdeutsche Richtung war deshalb wichtig, weil sie im Reichsrat, das heißt der Kammer der Standesherrn und Prominenten, eine große Rolle spielte. In diesem Rat der Alten saßen auch Angehörige des Hauses Wittelsbach selber, die mit ihnen sympathisierten – so der Bruder des Königs, Otto, so die Linie des späteren Prinzregenten Luitpold.

Politisch wären sie unbedeutend gewesen, hätte ihnen nicht die artikulierte Meinung wichtiger Geistesmänner zur Seite gestanden: Männer wie der alte Gelehrte Ringseis, der Publizist Jörg und andere. Sie stammten meist noch aus der Ära des Großvaters, des Königs Ludwig I., in der die katholische Romantik und Restauration in Bayern geblüht hatte. Sie brachten die Kritik nicht nur an der oberflächlichen politischen Entwicklung, sondern am ganzen System des aufsteigenden Industrialismus mit ein, welche – in einer logischen Kombination von analytischem Scharfsinn und praktischer Ratlosigkeit – den Aufstieg der Neuzeit seit dem englischen 18. Jahrhundert ununterbrochen begleitet hat und begleitet.

Stammvater dieser Kritik war der Schwabinger Philosoph Franz von Baader gewesen, einer der schärfsten Köpfe, die Altbayern je hervorgebracht hat. (Wir kennen ihn aus dem ersten Teil unserer Überlegungen.) Was er im frühen 19. Jahrhundert über die Lage der Prolétaires schrieb, wurde kaum durch die geschichtsmächtigere Arbeit von Engels überholt.

Dieser alte Konservativismus aber hätte jetzt, 1869/70, kaum eine Rolle gespielt, wäre nicht eine viel beunruhigendere Macht dazugestoßen – die schwarzen Bataillone der Landtagswahlen 1869.

Der Parteiname der »Patrioten« war schon geraume Zeit in der bayerischen Politik herumgegeistert. Er stand immer für die »klerikale« Opposition gegen den »liberalen«, obrigkeitlichen Fortschrittsstaat. Aber erst in den Jahren der Agonie des Königreichs wurde diese Richtung zur Gefahr; das heißt, zur Gefahr für den Status quo der politischen Verfassungswirklichkeit.

In den Landtagswahlen des Mai 1869 errangen diese Patrioten (trotz des undemokratischen Wahlmänner-Systems, das die Liberalen begünstigte) die Mehrheit im Landtag. Das neue Ministerium Hohenlohe, entschlossen, das Montgelas-System zu verteidigen, löste diesen Landtag auf und setzte Neuwahlen an – im November/Dezember 1869. Sie wurden zu dem, was man anglo-amerikanisch *landslide* nennt: zu einem totalen Erdrutsch. Die Landtagsmehrheit, also die Mehrheit der Zweiten Kammer, war jetzt absolut patriotisch. Unter klerikaler Führung zogen die schwarzen Bataillone ins bayerische Parlament ein.

Den Patrioten war es gelungen, eine unwiderstehliche Massenbasis zu organisieren – bei den Bauern und Kleinbürgern, also bei der überwiegenden Mehrheit des Volkes. Sie bestand nicht nur in Altbayern, sondern auch im katholischen Mainfranken und in Schwaben: Gerade einige der intelligentesten und artikuliertesten Führer kamen aus den neubayerischen Provinzen. (Dies sollte auch später, im bayerischen Zentrum und in der bayerischen Volkspartei, so bleiben.)

Standen diese Massen links? Standen sie rechts? Das Schema ergibt keinen Sinn – jedenfalls nicht in diesem historischen Augenblick. Der historische Augenblick, das war der Augenblick vor dem Sprung in die Industriegesellschaft, waren die ersten Droh- und Warnsignale vor diesem Zustand.

In solchen Augenblicken entsteht das, was man den Populismus nennt. Heute blüht er in Afrika, in Lateinamerika – damals war er die Form der oppositionellen Massenbewegung im Mittelwesten der Farmer – und eben auch in Bayern. Das VOLK: So hieß, noch ohne Besudelung des Begriffs durch spätere, berüchtigte Entwicklungen, die Bewahrerin und die Hüterin freiheitlicher und konservativer Traditionen gleichzeitig.

(Die Intellektuellen sagen dann meist, es handele sich um »zurückgebliebene« Bewußtseinszustände. So arrogant verfährt der durchschnittliche »Gebildete« mit Realitäten, die sich nicht in seine ideologischen Taubenschläge hineinzwängen lassen.)

Es war ein gefährlicher Grat der Entscheidung, auf dem dieser patriotistische Populismus wandelte. Der Klerus, der die Organisationsstruktur lieferte, hatte natürlich seine handfesten Gründe: Seit den Tagen der Romantik und der Restauration unter Ludwig I. sah er die erste reelle Chance zur Wiederherstellung seiner historischen Macht in Bayern. Das Ministerium Hohenlohe hatte den Kampf gegen die geistliche Schulaufsicht eröffnet – dagegen wurde mobilgemacht. Aber: Ging es wirklich nur darum, das Volk zu täuschen? Und: Hätte sich das Volk einfach für dumm verkaufen lassen, wenn nicht mehr als religiöse Ergebenheit dahintersteckte?

Mit anderen Worten: Welchen wirklichen Nerv traf die patriotisch-ultramontane Agitation? Edmund Jörg, ein achtbarer Führer und sehr guter Publizist des Flügels der ganz Aufrechten, beschrieb dies in seinen »Historisch-Politischen Blättern« anno 1869 so:

»Wie aber das Schulgesetz dem katholischen Klerus bewies, wessen er fortan gewärtig zu sein habe, so hat es dem eigentlichen Volke überhaupt gezeigt, wie rücksichtslos und ohne Not man über seine innersten Lebensanschauungen und alle süße Gewohnheit seines Daseins hinwegzugehen gedenke, wenn die abstrakte Theorie oder die Rücksicht auf die Schichten der Interessierten es zu gebieten scheine. Wäre nicht alles das vorhergegangen oder vorauszufühlen gewesen, das Volk hätte sich nicht so panisch in Schrecken setzen lassen durch den Ruf, man wolle es zu allem Überflusse hin – auch noch ›preußisch machen‹...«

Abstrakte Theorie und die Schichten der Interessierten – contra innerste Lebensanschauung und süße Gewohnheit: da haben wir wieder das Dilemma, die Konstante Neubayerns seit 1803. Das Volk, ins Licht der Neuzeit gestoßen, aber in seinen innersten Anschauungen nie ernsthaft befragt, geschweige denn berücksichtigt, empfindet das, was seine Wohltäter ihm als »Gemeinwohl« aufdiktieren, als Angriff auf seinen sozialen und seelischen Besitzstand.

Aber gerade deshalb wurde es ja nie befragt: Seine Gefühle,

seine Bedürfnisse galten eben von vornherein als Beweis seiner Unmündigkeit. Nach jeder Theorie, nach der Ansicht liberaler wie sozialistischer Meister-Denker, stellte es sich genau wegen seiner Ansichten und Gefühle einfach als ein Haufen von Rückständigen dar, von Ungeschlachten und Ungewaschenen, von den eigenen Beamten, vom städtischen Freisinn und den Zugereisten entweder verachtet oder (was fast noch schlimmer ist) als innerdeutsche Völkerschau der steinzeitlichen Stammesgesellschaft verhätschelt.

Dergleichen VOLK lief nun, in einem Augenblick instinktiv erfühlter Krise, die nur oberflächlich von ›Preußen‹, in der Tiefe aber vom bevorstehenden kleindeutschen Schicksal der Industrialisierung, Kapitalisierung, Zentralisierung herkam, einer Führerschaft zu, die zumindest eines wahrheitsgemäß von sich behaupten konnte: nie vor der behördlich angeordneten »Entwicklungshilfe« gekuscht zu haben...

Hier lag der tiefste Kern der patriotischen Krise: Neubayerns Staatsverständnis, sein Bauprinzip war in Frage gestellt. Hier sah der vorgestrige Ludwig wohl schärfer als seine klerikal-großdeutschen Verwandten. Beide Entwicklungsmöglichkeiten des Populismus waren gleich gefährlich. Entweder wurde er eindeutig zur schwarzen Reaktion, dann zogen die Zeiten Karl Theodors wieder herauf oder die Zeiten der Jesuitenherrschaft (oder wie immer man das beschreiben mochte) –, jedenfalls fiel Bayern um ein Jahrhundert zurück. Oder der Populismus nahm den Weg nach links, begünstigte die aufsteigende Demokratie, ja den – Sozialismus. So oder so: die mögliche Apokalypse.

Und so mußte denn Ludwig dem österreichischen Gesandten, der ihm ein Arrangement mit diesen Patrioten nahelegte, antworten: »Genausogut könnte ich mich mit den Kommunisten verbünden...«

Die Patrioten und das Establishment

Und wie sahen die wirklich Mächtigen, die hohe Beamtenschaft, die Lage? Sie sahen sie ganz scharf und realistisch. Und was würden sie unternehmen, um den Sturm der Patrioten zu stoppen? Auch das sagten sie offen genug. Es liegt der Brief eines solchen hohen Beamten an einen anderen hohen Beamten vor. Der Schreiber, Fäustle, war zur Zeit der Abfassung Referent im Justizministerium, später wurde er selbst Justizminister. (Natürlich ist eine Münchner Straße nach ihm benannt.) So also schrieb Fäustle am 16. November 1870: »Ein isoliertes Bayern ist unhaltbar und der stete Spielball der patriotischen... Partei, oder der... sicher rasch sich entwickelnden demokratischen [Volks-]Partei... Und am Ende wird der bayerische Staat und die Krone durch Konzessionen an das Haus Hohenzollern weit weniger gefährdet als – im Falle der Isolierung – durch fortwährendes Nachgeben gegenüber den Forderungen [der Landtagsmehrheit, CA].«

Soweit Fäustle. Diese Meinungsäußerung enthält alles, was damals für einen gemäßigten, fortschrittlichen, nationalliberal gesinnten bayerischen Beamten typisch ist. Der Staat steht, als selbständige Einheit (man erinnere Montgelas' Volkssouveränität ohne Volk!), einer Gefahr gegenüber, die aus der Mehrheit seiner Wahlberechtigten erwächst. »Nachgeben« gegenüber dieser Mehrheit kommt nicht in Frage. Da machte man lieber »Konzessionen« an das Haus Hohenzollern – mit anderen Worten, man machte Abstriche an der bayerischen Souveränität, man machte, kurz und brutal gesagt, eine Farce aus ihr.

Während also der »beschränkte Untertanenverstand« der Patrioten die Krone retten wollte, waren die vereidigten Diener der Krone entschlossen, sie zu einem wertlosen Repräsentationsstück zu machen, um den beschränkten Untertanenverstand nur ja nicht zur Macht kommen zu lassen. Die Interessen des Establishments sind so hinreichend klargestellt: Seine eigene Herrschaft war ihm wichtiger als die Souveränität ihres Staates.

Der neue politische Stil

Freilich, für gebildete Staatsdiener war das, was da mit den neuen, den massenhaften Patrioten und Ultramontanen emporzog, schon ästhetisch schwer zu verdauen. Die Bataillone zogen ein, mit bäurischen Nagelstiefeln, zu straffen Zügen formiert durch ihre klerikalen Einpeitscher. Zwanzigstes Jahrhundert warf da Schatten voraus: mit Fraktionszwang, Vorabstimmungen, urstieriger Parteiloyalität. Eine solche Maschine konnte alles werden, sogar ein Vehikel für die gefürchtete »Socialdemocratie«. Und in der Tat schreibt unser Herr von Werthern an seinen Bruder Thilo: »Unterstützt von den Pfaffen gebieten die Socialdemocraten allein in Bayern über 30000 Stimmen...« Und die neue Ära im Parlament schildert er so, ».... daß die ultramontane Majorität der Kammer, durch eine gewisse strategische Disposition... derart, daß immer ein Bauer zwischen zwei Pfaffen sitzt, durch [der Einpeitscher, CA] eiserne Faust beisammengehalten wird...«

Wohin würde der eigene Druck, vor allem aber der Lauf der Geschichte die neue Parteimaschine lenken? Viele Möglichkeiten standen offen – bis ins Jahr 1870 hinein. Adelige, Gemäßigte, Extreme: alle Flügel waren vertreten. Der eigentliche parlamentarische Mehrheitsführer, ein Professor Sepp, war im Juni 1868 aus einer Sitzung des Zollparlaments nach München zurückgekehrt – jenes Parlaments also, das damals die kleindeutsche Wirtschaftsgemeinschaft kontrollierte. Vor dem Münchener Patriotischen Verein faßte er seine Eindrücke so zusammen:

»Entweder der Militärdespotismus, der siegreich werden kann, aber es schwerlich bleiben wird – oder eine deutsche Demokratie, die auch nur ein Übergang sein wird: darüber wird für die nächste Zukunft entschieden werden müssen... Es ist auch keine andere Wahl als: entweder preußisch gefressen werden und zahlen – oder demokratisch werden.«

Sepps Sprache war direkt und unverblümt; aber sie war noch diplomatisch und diskret im Vergleich zu den Tönen, die um die gleiche Zeit aus unabhängigen Sprachrohren bayerischer Gefühle wie etwa dem *Straubinger Volksboten* des Dr. Zander oder, noch verwegener, aus dem neugegründeten *Vaterland* des Dr. Sigl drangen. Das Haus Hohenzollern wurde da des öfteren mit dem hessischen Räuber Schinderhannes verglichen, wobei letzterer gut wegkam; insgesamt eine Diktion, welche dem monarchischen Gedanken nicht gerade förderlich sein konnte. Und im März 1869 stand im *Volksboten* zu lesen: »... daß eine tiefe Bewegung durch die Arbeiter geht, daß sie anfangen, sich ihrer Macht und Bedeutung bewußt zu werden, und daß die Zeit nicht mehr fern sein kann, wo auch die Tage des Großkapitals gezählt sein werden. Wir tanzen auf einem Vulkan, aber wir tanzen noch. Das Tanzen wird manchem vergehen, wenn der Vulkan in Tätigkeit kommt.«

In zwei Punkten aber war die Agitation der Patrioten, der Mehrheit von 1869, bereits offen demokratisch bis radikaldemokratisch:

– erstens plädierten sie für das allgemeine direkte Wahlrecht – ihre eigene Mehrheit war noch auf dem Umweg über Wahlmänner entstanden; und

– zweitens erörterten sie die Schaffung eines Milizsystems nach Schweizer Muster. (Hier erkennen wir die Ideen der 48er-Demokraten wieder, auch die des G. F. Kolb, der ja im Landtag von 1869 saß...)

Wie aber stand der Klerus selbst? Wie und wo stand er? War etwas daran an der Furcht des Königs, die Hand Roms könnte, verkörpert durch die schwarzen Bataillone, ins innere Geschick des Königreichs eingreifen?

Die Lage wird durch einen Zwischenfall in Passau illustriert. Der dortige Bischof v. Ow war seinem Herkommen nach ein Standesherr. Er sah Rebellion heraufziehen, und er sah sie als Folge des ständig schriller werdenden agitatorischen Einsatzes der ultramontanen Donauzeitung. Und so rief er im Dezember 1868 die Bauern zu striktem Gehorsam gegen die Obrigkeit auf, erteilte gleichzeitig der Donauzeitung einen herben Verweis. Aber o Schreck: die römische Kurie ließ ihn sitzen, ja sie sprach dem leitenden Redakteur ausdrücklich ihre Anerkennung aus! Die schlimmsten Vorahnungen des Königs wie des liberalen Establishment schien dies zu rechtfertigen... Visionen von Spanien und Tirol rief das herauf, Visionen von patronengürtelumschnallten Leutepriestern, die den Guerilleros in den Wäldern Feldmessen lasen...

Freilich, soweit war's in der politischen Realität noch lange nicht. Im Gegenteil, noch waren Standesherrn und schwarze Bataillone Verbündete gegen den neuen Kurs des liberalen, des nationalliberalen Ministeriums Hohenlohe.

Diesen Verbündeten gelang im Winter 1869/70 ein blendender Sieg: der Sturz des Ministeriums.

In zwei abgestimmten Resolutionen wurde der Stoß geführt; die erste aus der pikfeinen ersten Kammer, dem Reichsrat, am 28. Januar, die zweite aus dem Landtag am 12. Februar. Für die erste stimmten, unter anderem, die Prinzen Ludwig, Leopold, Adalbert und der Bruder des Königs, Otto. Dagegen stimmten lediglich zwölf Reichsräte, darunter Ignaz Döllinger. Die zweite, die Landtagsresolution, schärfer und härter im Ton, ging mit 78 gegen 62 Stimmen durch.

Dem doppelten Druck war nicht einmal der König gewachsen, der mit äußerstem Unwillen reagierte. Hohenlohe stand vor dem Unabweisbaren, am 14. Februar bat er um seine Entlassung.

Damit war es den Patrioten geglückt, die erste Linie zu nehmen, die »Euthanasia« Bayerns, die Herr von Werthern so liebevoll vorbereitete, wenigstens potentiell hinauszuschieben.

Wie sah man diese bayerische Entwicklung in Berlin? Wie sah sie der preußische Ministerpräsident und norddeutsche Bundeskanzler Bismarck, der Mann mit dem langen Atem? Am 15. Februar, einen Tag nach Hohenlohes Demission, schreibt er seinem hitzigen Gesandten, den er sonst immer zur Zurückhaltung mahnte:

»Ich habe noch eine Eventualität ins Auge zu fassen: daß Unruhen in Bayern ausbrechen. Wie unerwünscht uns das, wie gefährlich es für den Frieden wäre, brauche ich nicht zu sagen... Ich nehme an, daß der König Ludwig auf seine Truppen bei einer Unruhe überhaupt zählen kann, und daß der Friedensstand zu der Erhaltung der Ordnung ausreicht.«

Hier blitzt der berühmte Kürassierpanzer auf, wird unterm Diplomatenrock sichtbar. Die Möglichkeit des Standrechts, der »Sistierung der Verfassung«, ist eine Variante im kleindeutschen Spiel, auf die immer wieder gereizt wird – bis zum Tag der Ausrufung des Zweiten Reichs im großen Saal zu Versailles. Sie wird uns auch später noch begegnen.

Aber so weit war es lange noch nicht, und die Patrioten hatten keinen Grund, einen Vorwand zu solchem Putsch von oben zu liefern. Es waren, ganz einfach, die Parteien aufmarschiert, hatten ihre Positionen bezogen, ihre relative Stärke geprüft. Auf der einen Seite stand die alte Loyalität zu einem selbständigen Staat, verbündet mit der konservativen Fraktion des Adels, einem Teil des königlichen Hauses – aber im wesentlichen getragen von einer kleinbürgerlich-bäuerlichen Massenbasis vor allem der katholischen Landesteile, mit ihrem tiefen Mißtrauen gegen das liberale Establishment. Und dieses Mißtrauen teilte, nicht ohne Konsequenz, der Rest des alten Linksliberalismus, die radikalen Demokraten von 1848.

Auf der anderen Seite stand der »Fortschritt«, zweifellos; der Fortschritt, der in dieser deutschen Minute mit den Interessen der beweglicheren, der wirtschaftlich mächtigeren, der selbstbewußten und artikulierten Kreise rechnen konnte. Er war verbündet mit dem Establishment eines großen Teils der antiklerikalen bayerischen Beamtenschaft und, vor allem, mit der ungeheuren Kraft der Montgelasschen Tradition und Staatsräson – aber auch mit dem Ressentiment der protestantischen Neubayern gegen den offiziellen Katholizismus. Entscheidend daran war das zentrale Faktum des Erschlaffens des alten liberalen Freiheitsbewußtseins: Es war in den sogenannten Nationalliberalismus gemündet, der nicht mehr durch Freiheit zur Einheit strebte, sondern sich, ohne diesen Kurs genügend zu durchdenken, die Möglichkeit künftiger Freiheit höchstens noch aus kleindeutscher nationaler Einheit erhoffte.

Und wo stand der König? Er stand dazwischen – und auf seine Art allein. Aus Gründen, die aus dem 17. Jahrhundert stammten, war er zum Bündnis mit dem »Fortschritt« gezwungen. Und auf keinen Fall brachte er es über sich, in den schwarzen, ungeschlachten Bataillonen, die sich erhoben hatten, seine möglichen Retter zu sehen...

So stand die Partie, nach dem Sieg über Hohenlohe, zunächst remis. Die Patrioten hätten sich nun über die Richtung klarwerden müssen, die sie einschlagen wollten: kleinbürgerlich-poujadistisch oder radikaldemokratisch, mit fortdauerndem sozialdemokratischem Bündnis?

Nun, es ist immer möglich zu beweisen, daß Geschichte so und nicht anders verlaufen mußte, und vor allem die Linkshegelianer sind darin groß. Aber der linientreue DDR-Historiker Rolf Weber, der doch sicher auf solche Axiome vereidigt ist, gibt eine mögliche Alternative zu (in seinem Aufsatz über »Ultramontanismus und Demokratie in Süddeutschland 1866-1870«):

»Ohne den Deutsch-Französischen Krieg oder beim Ausbleiben einer revolutionären Krise hätte das Gewicht des politischen Katholizismus in Bayern jetzt [nach den Novemberwahlen, CA] jedem nationalpolitischen Fortschritt in Deutschland entschiedene Barrieren entgegengesetzt.«

Man verweile, und sei es nur einen Augenblick, bei diesem schwindelerregenden Gedanken: Der eherne Gang der dialektischen Geschichtsuhr wird angehalten, ein rückständiges, hartnäckiges, stets übergangenes und verhöhntes Volk entscheidet sich gegen die säkularisierte Theologie des Fortschritts, der zwangsläufig auf seine Kosten geht...

Aber dem Weltgeist sei's gedankt: Er fand die List der oder für die »Vernunft«, er nützte eine Hohenzollersche Hausintrige, um dem Fortschritt Bahn zu brechen.

Es kam der Krieg 1870/71, die teuflischste Falle, die der Weltgeist für unser armes deutsches Volk ersinnen konnte.

Sedan – oder: Die Falle des Weltgeistes

Daß es, über kurz oder lang, Krieg zwischen Frankreich und Deutschland geben würde, ahnte man. In Paris forderte man »Rache für Sadowa«, also für die Niederlage Österreichs bei Königgrätz. Ins Französische übersetzt und von dort ins Deutsche rückübertragen, hieß das nichts anderes, als daß sich Napoleon III., der Kaiserdarsteller, von Bismarck übers Ohr gehauen fühlte, und das mit Recht.

Napoleon hatte ja 1866 von einer Vermittlerrolle geträumt, die ihn, nach erbittertem Ringen zwischen Preußen und Österreich, zum Schiedsrichter machen und Frankreich möglicherweise das linke Rheinufer einbringen werde, und Bismarck hatte dem, bei einem vertraulichen Gespräch in Badgastein vor dem Ausbruch dieses Krieges, zumindest nicht widersprochen. Aber die Schlacht von Sadowa/Königgrätz hatte zu rasch und zu gründlich stattgefunden, die Verhandlungsgrundlage entfiel, und statt angenehmer Vermittlung stand nun Frankreich eine neue, drohende Großmacht, der siegreiche Norddeutsche Bund, auf der Wacht am Rhein gegenüber.

Auf ruhigere, aber nicht weniger bedrohliche Weise war auch Preußen davon überzeugt, daß es zum Krieg kommen würde. 1867/68 hatte es eine luxemburgische Komplikation gegeben, die dem preußischen Generalstab günstig erschien. Bismarck hatte damals gebremst. 1870 tat er es nicht mehr, im Gegenteil.

Der unmittelbare Anlaß war eine dynastische Hofintrige, auf die ein lächerliches diplomatisches Nachspiel und eine wohlkalkulierte Bismarcksche Unverschämtheit gesetzt wurden.

Der Verlauf dieser Scharade ist wohlbekannt; aber da er Bayern vor ein unmittelbares und für seine weitere Zukunft entscheidendes Problem stellte, muß er kurz rekapituliert werden.

1870 stand die Thronfolge in Spanien zur Debatte. Wahrscheinlichster Kandidat war der Prinz Leopold von Hohenzollern-Sigmaringen, ein Sproß also der süddeutschen Linie des Hauses.

Für Frankreich war diese Aussicht nicht annehmbar. Sie beschwor einen alten Schrecken des 17. und 18. Jahrhunderts herauf: eine Umklammerung von Ost und West – nur daß nicht mehr Habsburg, sondern das jetzt schon gefährlichere Haus Hohenzollern die Zange anzusetzen drohte. Es gelang der französischen Diplomatie, einen beachtlichen Erfolg zu erringen: König Wilhelm von Preußen, der Chef des Hauses, bewog den Prinzen zur Aufgabe seiner Kandidatur. Damit hätte die Krise zu Ende sein können.

Aber Frankreich reizte höher – zu hoch, wie sich bald ergeben sollte. Sein Gesandter in Preußen, Vincent Benedetti, sprach den König in Bad Ems auf der Kurpromenade an, präsentierte den Wunsch (oder die Forderung) seiner Regierung, Preußen solle die formale Garantie geben, daß eine solche Kandidatur auch in Zukunft nicht in Betracht gezogen würde.

Der alte Herr, den man so rücksichtslos beim Verdauungsspaziergang störte, war mit Recht verärgert. Er erklärte, schließlich habe er seinem jungen Verwandten das Nötige bereits nahegelegt, mehr habe er im Augenblick nicht zu sagen. Die Auskunft schlug sich in einem Communiqué nieder, das leicht verschnupft, aber weiter nicht aufregend klang. Bismarck aber, der bekanntlich einen Blick dafür hatte, wann der Mantel der Geschichte vorüberrauschte, fertigte daraus mit wenigen, aber durchdachten Strichen die sogenannte Emser Depesche: »Der König von Preußen hat dem Kaiser von Frankreich nichts mehr zu sagen!«

In einem Zeitalter, in dem noch eifrig duelliert wurde, war dies der klassische Handschuhschlag ins Gesicht, dem unausweichlich der Austausch der Visitenkarten und der Besuch der Sekundanten folgen mußte. Frankreich erklärte den Krieg.

Das hatte nicht nur formale Bedeutung. Indem Bismarck den Kaiser Napoleon in die Kriegserklärung hineinmanövrierte, sorgte er dafür, daß die Maschinerie der innerdeutschen Bündnisverträge in Gang kommen konnte. Diese Bündnisse (nach der Entscheidung 1866 gezimmert) sahen nämlich keinen Bündnisfall vor, wenn es sich um eine reine Affäre des Hauses Hohenzollern handelte. Wurde dagegen Preußen von außen angegriffen, trat dieser Bündnisfall ein.

Formell war er also gegeben: Frankreich hatte den Krieg erklärt, Frankreich war der Aggressor. Aber das war der Buchstabe, der Paragraph; die innere Realität der Krise war eine preußische, eine hohenzollerische. Und damit war reichlich Raum für verschiedene Auslegungen gegeben.

Paris, das sei gleich gesagt, rechnete mit Bayerns Neutralität. Der Herzog von Gramont, der Außenminister Frankreichs, versprach dem bayerischen Vertreter im Falle eines französischen Sieges die volle Respektierung seines Besitzstandes; es gehe Frankreich nur darum, die Verpreußung Deutschlands zu stoppen – *empêcher le Prussianisme en Allemagne.* Auch Österreich sah – naturgemäß – den Bündnisfall nicht gegeben, wenn sich Bayern nur auf die Hinterbeine stellte.

Ludwig II. gab Mobilmachungsorder am 17. Juli – mit den berühmten Worten *Bis dat qui cito dat* – »Doppelt gibt, wer rasch gibt.« Aber am 14. Juli hatte ein Sprecher der Patrioten, der grimme Jörg, erklärt: »Nicht mit uns, nicht mit Deutschland möchte Frankreich sich schlagen.« Und auch nach dem Anlaufen der Mobilmachung sah es keineswegs so aus, als wären die Patrioten gewillt, von diesem Standpunkt zurückzutreten. Dies war deswegen wichtig, weil der Zweiten Kammer, dem Landtag, das Bewilligungsrecht über die notwendigen Gelder zustand.

Der Ausschuß nun, der die Plenarsitzung vom 19. Juli vorbereiten mußte, war in patriotischer Hand – und empfahl, mit sechs Stimmen gegen drei liberale, die bewaffnete Neutralität.

Dabei wurde offen gesprochen. Jörg ließ in seinen »Historisch-Politischen Blättern« die Katze aus dem Sack: »Es ist in zahlreichen Organen gesagt worden, daß es sich nicht bloß um die Niederwerfung des französischen Erbfeindes handle, sondern auch um die Niederwerfung eines anderen Feindes, nämlich um die Niederwerfung der Gegner der nationalliberalen Politik bei uns.«

Von einem »Burgfrieden«, wie er etwa im August 1914 ausbrach, konnte also damals in Bayern keine Rede sein!

Doch es kam anders, als die Patrioten es erwarteten, und zwar aus sehr nüchternen Gründen...

Das reale Kalkül

Bayerischer Premier war, nach dem Sturze Hohenlohes, der alte und unabhängige Grandseigneur von Bray. Er traf seine Entscheidung, das sei vorweg gesagt, gewissenhaft und im Geiste seines Amtseides. Es ging ihm um den kleinstmöglichen Schaden und den größtmöglichen Nutzen für das Königreich – daß per saldo mehr Schaden als Nutzen zu erwarten war, wußte er wohl auch. Bray stellte eine musterhaft logische Prognose, ein Quadrat von vier Möglichkeiten, welches das Für und Wider enthielt:

»Gehen wir mit Preußen und gewinnen wir den Krieg, so ist Preußen gezwungen, den Bestand Bayerns zu achten. Unterliegt Preußen, so verlieren wir vielleicht die Pfalz. Aber mehr kann uns nicht geschehen: denn Frankreich muß seinerseits die Selbständigkeit der deutschen Einzelstaaten immer begünstigen. Das gleiche tritt ein, wenn wir neutral geblieben sind und Frankreich siegt. Siegt aber Preußen, obwohl wir es gegen den Vertrag im Stich gelassen haben, dann erwartet uns das Schicksal Hannovers. Es wäre – Finis Bavariae...«

Das Kalkül Brays war also sehr rational. Es ging ihm überhaupt nicht darum, Bayern auf dem Schlachtfeld mit Deutschland zu verschmelzen – im Gegenteil. Es ging ihm um die besten Bedingungen für Bayerns weitere Selbständigkeit – wenn nötig unter Opferung der Pfalz. Der alte Fuchs war gewillt, dieses Bein notfalls in der Falle der Geschichte zurückzulassen. Von der Natur der Falle, die wirklich drohte, wußte er zu diesem Zeitpunkt noch nichts – und konnte es wohl auch nicht wissen...

Bismarck war keinesfalls dümmer als Bray. Ohne Nötigung gab er die feierlichsten Versicherungen im Sinne der Selbständigkeit der süddeutschen Staaten ab – Versicherungen, die allerdings nicht als Bedingung in den Bündnisfall eingebaut wurden...

Der Speck in der Falle

Kannten die Patrioten das Kalkül der Regierung? Wenn sie es kannten, so sprachen sie nicht darüber. Was ihre Marschordnung, ihre Geschlossenheit zerbrach, war der Defensivcharakter dieser Koalition aus alten Konservativen und verbissenen Populisten. Es war kein Programm da – nur ein Instinkt und eine (katholische) Organisationsstruktur. Die einfachen und konkreten Gefühle aber, die noch das Beste und Stärkste an dieser Koalition waren, gaben nun nach unter dem Gefühlsdruck der vaterländischen Woge, die anrollte.

Die Patrioten spalteten sich. Ihre gemäßigte Mehrheit, darunter ihr Führer Sepp, beugte sich der scheinbaren Staatsräson und dem, was man für öffentliche Meinung hielt. Man redete allerdings nicht über Staatsräson, sondern man schickte passende Gefühle ins Treffen. Und so sprach denn Sepp am schicksalhaften 19. Juli in die Kammer hinein, sprach für seine Mehrheit, sprach aber auch für den Münchener Freisinn: »Ich komme mir vor wie der Prophet, der ausgezogen ist, um zu fluchen, und er mußte segnen. Gestern noch konnte man an das Weh von 1866 denken, heute ist der Zorn gegen die Welschen bei allen deutschen Männern erwacht. Wir Bayern haben an der Leipziger Schlacht nicht teilgenommen, bei der neuen Nationalschlacht wollen wir dabeisein.«

Man kann sich vorstellen, welche Drehung der alte Montgelas bei solchem Gewäsch in seinem Grabe vollführte! Aber schlimmer als das geisterhafte Mißfallen des Staatsgründers war, daß damit, mit dieser Seppschen Kapitulation, für Generationen, kommende Generationen, der inkonsequente politische Stil des bayerischen Populismus bestimmt war.

Die Abstimmung am 20. Juli, um halb drei Uhr morgens,

ergab 189 Stimmen für den König, das heißt für den Krieg; 55 Stimmen, das heißt die eiserne Minderheit, dagegen. Sie mußte bereits durch Polizisten vor dem freisinnigen Münchener Mob geschützt werden. Die Mehrheitspatrioten hatten in den Speck gebissen, die Falle konnte zuschnappen.

Das Nationalbesäufnis

Nun hieß es also: Frankreich gegen Kleindeutschland. Das Kalkül war offen. Die Bewaffnung der Bayern unter ihren antikischen Raupenhelmen war noch rückständig, sie hatten auf Hinterlader umgebaute Podewilsgewehre mit dem alten Zündhahn. Die Preußen hatten das Dreysegewehr und einen ausgezeichneten Generalstab sowie eine glänzende Ausbildung. Die bayerische Ausbildung war jetzt, nach der Heeresreform, kaum schlechter.

Aber die Franzosen hatten das Chassepotgewehr, einen Knicklader mit 2000 Schritt Reichweite, selbst dem Dreyse-Modell weit überlegen. Sie hatten Mitrailleusen, das sind bösartige Kugelspritzen. Sie hatten Regimenter von Kolonialtruppen – die vielbesungenen Turkos und Zuaven. Sie hatten Kampferfahrung: Solferino, die Krim und sogar den glänzend durchgeführten Rückzug aus Mexiko. Und sie hatten Generale mit guten Namen: Bazaine, MacMahon, Bourbaki. Sie hatten den Bonus des Namens Napoleon, und sie hatten den Vorteil der inneren Linie entlang der französisch-deutschen Grenze mit der Kette ausgezeichneter Festungen, vor allem Belfort und Metz: ideal als Sammelpunkte und Operationsdrehscheiben. Brays offenes Prognose-Quadrat war also das schlechteste nicht: Man konnte und mußte mit allem rechnen.

Was kam, ist bekannt: Weißenburg am 4. August, Spicherer Höhen am 6., Wörth desgleichen am 6. August. Vionville-Mars la-Tour am 16., Gravelotte-Saint Privat am 18. August – und der glorreiche 1. September: Sedan – das moderne Cannae, mit einem Gefangenen als Dreingabe, der den Namen Napoleon trug und Kaiser war. Eine Kette souveräner Operationen, gekrönt von den glitzerndsten Erfolgen. In vier Wochen waren die Armeen einer Großmacht entweder liquidiert oder hoffnungslos in umzingelte Festungen zurückgeworfen, wie der Oberkommandierende Bazaine nach Metz. Paris, so schien es, lag wehrlos dem Zugriff des Siegers offen.

Es war, wie schon erwähnt, das Schlimmste, was der Weltgeist dem deutschen Volk antun konnte.

In den Beständen der Neuen Pinakothek zu München befindet sich das Bild eines gefälligen Malers jener Zeit namens Nikolaus Gysis. Es ist *Siegesfeier* betitelt – unter dem Datum 1871 . Ein verwinkeltes deutsches Städtchen ist da zu sehen, mit Erkertürmchen und engen, kopfsteingepflasterten Gassen; voll Lausbuben und verträumten rosigen Mädchen mit Tragkörben und schnauzbärtigen Handwerkern und Spitzweg-Charakteren mit Lesebrillen und verbeulten Zylindern; aber auch mit Verwundeten und Damen in Trauer. Zwischen den Erkern werden Fahnentücher gespannt, ein Lausbub fährt weitere im Schubkarren heran, ein Ruheständler, die Brille auf der Nasenspitze, liest ein Bulletin vor, wobei ihm ein Dienstmädchen über die Schulter blickt; eine Dame, die eben ein Notlazarett betreten will, verhält den Schritt und blickt über die Schulter zurück. Oben aber, im ersten Stockwerk, beugt sich ein kräftiger Mann aus dem Fenster und befestigt mit ein paar Hammerschlägen ein umkränztes Plakat: »Napoleon gefangen!«

Biedermeier-Deutschland rüstet sich zur Siegesfeier – ein paar Wochen Technicolor-Siege haben die ganze geistige Landschaft verändert. In München tobt der endlich gerechtfertigte Fortschritt, und der Janhagel geht zu ihm über. Eine gewaltige Germania zockelt, aus Pappmaché gefertigt, durch die Straßen, vor der Residenz verliert sie den Schwertarm, aber das macht gar nichts. Jetzt erst, jetzt endlich ist das Napoleonische Zeitalter zu Ende, das Gewichtssystem Europas hat sich verschoben. Jetzt erst ist alles auf deutscher Seite: die überlegene Planung, das Genie der Generale, die verwegene Rationalität des Staatsmanns. Dazu ist die uralte Schmach gerächt, die in den Geschichtsbüchern steht...

Die Wochen veränderten alle Bedingungen und Verhältnisse auch der innerdeutschen Politik. Zunächst starben die letzten, kümmerlichen Chancen des Paulskirchen-Liberalismus, der darauf bestanden hatte, Freiheit vor Einheit zu wirken. Geboren wurde (und bis in unsere Gegenwart wirksam) die

Identifizierung der Freiheit mit dem Wirtschaftswunder; ihre allergnädigste Austeilung in Portionen, deren Umfang und Verträglichkeit die Obrigkeit nach Maßgabe der Verhältnisse bestimmt. Solcher Freisinn – mag er auch nützliche Einzelheiten bringen – ist von vornherein auf schönes Wetter eingerichtet, hat das Erstgeburtsrecht der revolutionären Krise hinweggegeben.

Es starb aber darüber hinaus auch das alte westelbische Deutschland. Nur wenige Zeitgenossen erfaßten dies in seiner ganzen Tragik. Wenige begriffen, daß es keinen Handel gibt, bei dem man nicht voll bezahlt. Gewiß, es lag wenig oder nichts an den meisten der alten Häuser, an den Duodez- und Mittelfürsten, die oft genug den wirklichen Fortschritt blockiert hatten. Es lag wenig oder nichts an verschlafenen alten Verzopftheiten, an der kleinlich-boshaften Bürokratie mit ihren Mautschranken, an der gesellschaftlichen und politischen Schwäche, die sich als Reich der Innerlichkeit ausgab. Aber ebendiese Schwächen wurden ja nicht aufgehoben, sondern gingen auf vertrackte Weise in den neuen Imperialismus ein. Sie gaben ihm den naiv-unverschämten Grundton, den Karl Kraus, Jahrzehnte später, als die »verfolgende Unschuld« charakterisieren sollte. Das 19. Jahrhundert erzeugte natürlich nicht nur in Deutschland Monstren, sondern allenthalben (ihr Endresultat ist unsere letztbetrübte Zeit, unsere existenzielle Sonnenfinsternis). Aber das deutsche Monstrum, der Wilhelminismus, unterschied sich doch grundlegend vom Victorianismus in England, auch vom französischen Chauvinismus. Und er wurde nicht erst unter dem zweiten, dem jungen und naßforschen Wilhelm geboren – unter dem geriet er lediglich in die Pubertät. Geboren wurde er in den vier Wochen zwischen dem 4. August und dem 1. September 1870.

Wie gesagt: Die Zeitgenossen merkten es nicht so rasch. Sie wurden etwas lauter, etwas arroganter. Man kann's an den Liedern überprüfen, die damals im Schwange waren. Zu Beginn des Krieges hatten Soldaten, die in die schweren, tödlichen Attacken auf die Spicherer Höhen gingen, noch singend nachgefragt:

> Was kraucht denn da im Busch herum?
> Ich glaub, es ist Napolium...

Und naiv, auf Volkston gestellt, wenn auch schon künstlicher arrangiert, die andere Liedfrage:

Ist es denn nun wirklich wahr,
Was man hat vernommen:
Daß so viele tausend Mann
Sind nach Frankreich 'kommen?

Man hat beunruhigende Informationen, man braucht Parolen zum Mutmachen:

Mitrailleusen, Chassepots,
Turkos und Zuaven –
Unsre Leute, frohgemut'
Haben beßre Waffen!

Dann aber, mit und um und nach Sedan wirds apodiktisch, da blüht schmetternder Optimismus, da ist eine persönliche Nutzen-Schaden-Analyse nicht mehr erlaubt:

Siegreich woll'n wir's Frankreich schlagen,
Sterben als ein tapfrer Held!

Das schlug alles nach Bayern durch, nicht nur nach München. Herr von Werthern, naturgemäß sehr zufrieden, aber den kritischen Blick nach wie vor auf die schwarzen Feinde geheftet, kann am 5. bzw. 9. September nach Berlin berichten:

»Es ist, als ob das Volk Preußen erst entdeckte, unscheinbare Nebensachen üben hierauf einen unverhältnismäßigen Einfluß. So zum Beispiel setzt die Bauern nichts mehr in Verwunderung als die in den Briefen und Telegrammen Sr. Majestät des Königs an Ihre Majestät die Königin Auguste immer wiederkehrenden Worte ›unter Gottes Beistand‹, – ›welche Wendung durch Gottes Fügung!‹ usw. Sie staunen über die Frömmigkeit Sr. Majestät, nachdem ihnen ihre Priester gesagt haben, daß die Protestanten nicht an Gott glauben, und sie von uns protestantisch gemacht würden.«

Aber gleichgültig, ob die ultramontane Agitation wirklich so kurzsichtig gewesen (und damit erledigt) war oder nicht: Das Kalkül der bayerischen Regierung war erledigt. Der leitende

Minister stellte am 12. 9. ganz nüchtern fest, ». . . das Ereignis von Sedan, welches nicht habe vorausgesehen werden können, lasse alle früheren Voraussetzungen als nicht mehr zutreffend erscheinen«.

Alle früheren Voraussetzungen: das waren die vier Möglichkeiten seines Prognosequadrats gewesen, das war die Spekulation auf Rettung bayerischer Selbständigkeit durch freiwillige Waffenbruderschaft. Finis Bavariae, das Ende Bayerns, drohte jetzt nicht mehr aus der Rache eines beleidigten, sondern aus der bärenhaften Freundesumarmung eines übermächtigen Preußen und des ihm verbündeten National-Liberalismus. Jetzt gab es nur noch eines: retten, was zu retten war. Aber: retten, was ohne die Allianz mit den unentwegten Patrioten zu retten war...

Inzwischen begann, wenigstens in Ansätzen, der wirkliche Krieg.

Exkurs über eine Legende

Die vier Wochen waren nämlich ein Glücksfall gewesen; trotz unbezweifelbarer objektiver Überlegenheit der Deutschen. Der preußische Generalstab, mit Moltke an der Spitze, war sehr gut, aber fast alle der frühen Siege, bis zum 18. 8., entpuppen sich bei näherem Hinsehen als Folge einer falschen oder völlig fehlenden Feindaufklärung. Bei Spichern wurden die Regimenter direkt aus den Eisenbahnzügen in die Schlacht geschickt, weil plötzlich die Franzosen da waren; bei Wörth stießen die Deutschen (unter ihnen die Bayern) in großer Übermacht auf einen Feind, den sie ganz woanders vermuteten; bei Vionville dagegen fand sich der preußische General von Alvensleben mit einem einzigen Corps vor der Front der gesamten französischen Hauptmacht unter Bazaine. Er »verheizte« sein Corps, um den Gegner zu täuschen – und Bazaine, um diese Zeit schon demoralisiert, fiel darauf herein.

Selbst Sedan, der Modellfall des restlos geplanten Totalsiegs, ergab sich erst als Möglichkeit, als Moltke merkte, daß Mac-

Mahons Armee genau nördlich der seinen und parallel zu ihr nach Westen marschierte.

Die deutsche Überlegenheit ergab sich aus besserer Ausbildung, aus der Geistesgegenwart der Kommandeure auf dem Marsch oder im Schlachtfeld. Sie ergab sich jedoch vor allem aus der tiefen, nur wenigen kritischen Beobachtern bewußten Fäulnis des Zweiten französischen Kaiserreichs.

Die Franzosen litten unter grundsätzlichen Unfähigkeiten. Selten waren ihre Armeen zahlenmäßig unterlegen, aber sie konnten nirgends rechtzeitig zum Einsatz gebracht werden – und erstickten oft an der eigenen logistischen Unzulänglichkeit. So blieb die Hauptarmee in der Festung Metz stecken, ehe die Preußen überhaupt heran waren – eine erstklassige Verkehrsstauung, würden wir heute sagen.

Dahinter steckte Mangel an Kommunikation, das Fehlen oder die Verzögerung zuverlässiger Rückmeldungen: alles Schwächen, die für langeingespielte autoritäre Regimes charakteristisch sind. Schon die erste Meldung dieses Krieges war genau in diesem Sinne falsch. Es war die berühmte Antwort des Kriegsministers an Napoleon III.: »Die Armee ist erzbereit.« Ihr folgte das vollkommene Chaos der ersten Mobilmachungswoche...

Dennoch: trotz der besseren deutschen Nerven, die im Laufe der Siegesbahn immer besser wurden; trotz der zweifelsfreien Überlegenheit auf dem Schlachtfeld, trotz der vielfachen Marschgeschwindigkeit waren diese Kämpfe, wie alle Schlachten jeder Zeit, ein Ritt über den Bodensee der Ungewißheit. Mit schöner Regelmäßigkeit vermerken die Militärhistoriker bei diesen Schlachten, daß von einem frühen Zeitpunkt an »höhere Führung nicht mehr stattfand bzw. stattfinden konnte: die Einheiten folgten dem Kanonendonner«. Je schneller und rücksichtsloser das geschah (und auch bei den Bayern funktionierte es diesmal, im Gegensatz zu 1866), desto sicherer war das Ergebnis. Als der von unerträglichen Unterleibsschmerzen gemarterte Napoleon bei Sedan seinen Degen übergab, war die Kapitulation längst unvermeidlich geworden.

Aber mit dieser Kapitulation begann der zweite Krieg, der in unseren Schullesebüchern (und damit im Bewußtsein der vielen) niemals richtig vom ersten, den Untergangswochen des Zweiten Kaiserreiches Frankreichs, unterschieden wird. Es begann nämlich der Krieg der Dritten Republik. Und der war viel, viel gefährlicher.

Deutschland war nicht auf ihn vorbereitet.

Preußische Generale und der republikanische Krieg

Wenige Jahre vor 1870 war auf einem anderen Kontinent der erste wahrhaft moderne (und entsprechend brutale) Krieg der Geschichte zu Ende gegangen: der amerikanische Bürgerkrieg.

Roon wie Moltke, die beiden Götter der preußischen Kriegstheorie, hatten ihn schlichtweg abgelehnt. Er war ihnen zu formlos, entsprach zuwenig den Maximen der klassischen Kriegslehre. Ja, sie machten sich darüber lustig, selbst Karl Schurz, dem deutschen Emigranten und US-Senator, gegenüber, der sie in Berlin besucht hatte. Und so verstanden sie nicht, daß hier eine neue Dimension der Kriegführung entstanden war.

Ihre Kennzeichen waren: hohe Mobilität innerhalb der militärischen Hierarchie; Einbeziehung technisch-ziviler Fertigkeiten ins Kriegspotential; rasche, individuelle Entscheidungen im gegebenen Wirkungsbereich. Und alle diese Vorteile standen der französischen Republik nach dem Sturz des napoleonischen Regimes zur Verfügung.

Nach deutschem, nach preußischem Ermessen hätte dieser Krieg, der noch fast ein halbes Jahr dauerte, nie geführt werden können. Nach dem 4. September, dem offiziellen Sturz des Kaiserreichs, stand kein französisches Hauptheer mehr im Felde, Bazaine war in Metz eingeschnürt. Was noch in Frankreich herumlag, waren Trümmer: Garnisonstruppen, Kavallerie-Einheiten, Mobilgarden, Nationalgarden, Franctireurs, also Partisanen, die in paramilitärischen Schützenvereinen organisiert waren.

Aus diesen Trümmern errichtete ein Advokat, Léon Gambetta, zwölf Korps zu insgesamt sechsunddreißig Divisionen. Paris entschloß sich zum Unmöglichen und wurde belagert – aber im Norden wie im Süden stampfte die Republik neue Armeen aus dem Boden. Und dies geschah mit dem Elan und der Rücksichtslosigkeit, die nur eine Republik ihren Bürgern zumuten kann. Aus der künstlichen Welt der Stäbe war Mord und Totschlag wieder in die Kompetenz der Bürger überführt worden – mit allen Vor- und Nachteilen, die sich daraus zu ergeben pflegen.

Typisch für die neue Kampfweise war das, was man den »Nebel des Krieges« nannte: bewaffnete lokale Milizen, Franctireurs, also Partisanen, Freiwillige jeder Art.

Sinn dieser Kriegführung war es, die Belagerer von Paris ihrerseits zu Belagerten im Feindesland zu machen. Der Entsatzstoß sollte dann aus den Weiten Frankreichs erfolgen – entweder aus dem Raum im Nordwesten oder von der Loire her.

Als erste entstand die Loire-Armee. Ausgerechnet den Bayern war es vorbehalten, ihren Angriff zu erleben; daraus wurde die einzige größere Niederlage der Deutschen in diesem Krieg.

Die verpaßte Lektion

Sie war, um es gleich zu sagen, für die Unterlegenen ehrenhaft. Das bayerische I. Korps war zu reinen Okkupations- und Observationszwecken in den Raum Orléans geschickt worden, und der allwissende preußische Generalstab hatte keine Ahnung, daß im Raum Tours eine 150 000 Mann starke französische Armee entstand. Diese griff (unter d'Aurelle) aus dem Nichts an. Am 9. November kam es bei Coulmier zum Gefecht, und nur die Angst vor dem eigenen ungewohnten Erfolg hinderte die Franzosen daran, energisch nachzustoßen und die Bayern zu vernichten. Sonst wäre es, und nicht nur in Bayern, zu einer realistischen Sicht der Dinge gekommen, die den »Geist von Sedan« wohl nachdrücklich verändert hätte... Kronprinz Friedrich, der Oberkommandierende, äußerte sich beim Eintreffen der Hiobspost zunächst sehr sarkastisch und wütend über seine Südvölker, mußte aber bei genauerer Information zugeben, daß sie das Beste aus einer fast hoffnungslosen Lage gemacht hatten.

Glücklicherweise für den Kronprinzen Friedrich, unglücklicherweise für unsere deutsche Geschichte, hielt das Pech der Franzosen an. Bazaine, der Verteidiger von Metz, kapitulierte am 28. Oktober – ganze acht Tage zu früh für das Kalkül Gambettas. Aus den frei gewordenen deutschen Belagerern wurde rasch ein Entlastungsheer für den Loire-Raum gebildet, das den isolierten Bayern zu Hilfe kam. Am 4. Dezember war Orléans wiedererobert.

Die übrigen Unternehmen der Republik, alle von großem Elan getragen und von guten Generalen geführt, verliefen nicht weniger unglücklich. Vier Tatsachen verhinderten die volle Entfaltung republikanischer Kampfkraft:

Erstens herrschte Mißtrauen zwischen den alten napoleonischen Offizieren und den Zivilisten der Regierung (eine Konstellation, die von ferne an die deutsche Innenpolitik nach 1918 erinnert...).

Zweitens war Gambetta ein Advokat, kein geborener Guerillero. Seine Ungeduld warf die hastig formierten Armeen wie Argumente vor dem Schwurgericht ins Treffen, um das Volk und das Ausland zu beeindrucken. Auf diese Weise wurde ein Potential verschleudert, das – angesichts des enorm weiten französischen Hinterlands – in monatelanger kaltblütiger Arbeit hätte entwickelt werden können.

Drittens blieb Frankreich im Zentralismus befangen. Selbst die offizielle Regierung harrte in der zernierten Hauptstadt aus; in Tours (später in Bordeaux) fungierte lediglich eine ›Delegation‹. (Die Verbindung wurde per Luftballon aufrechterhalten.) War eine Fortführung des Kampfes nach dem Fall der Hauptstadt überhaupt denkbar? Es gab einen einzigen, der diese Möglichkeit ins Auge faßte: den General Faidherbe, der im Norden kommandierte. »Wenn sie Paris haben, dann haben sie noch nicht Frankreich.« Aber weder Gambetta noch (nach ihm) Thiers waren gewillt oder imstande, der Nation einen solchen Kurs aufzuzwingen. Der Waffenstillstand zur Rettung der hungernden und bombardierten Hauptstadt wurde zur absoluten Notwendigkeit.

Viertens (und dieser Punkt war wohl der entscheidende): Frankreich war weder das Spanien oder das Tirol von 1809 noch das Amerika von 1861. Frankreich war ein bourgeoiser Staat, der seit der großen Revolution, der auch militärisch siegreichen, enormen Reichtum angehäuft und Millionen am allgemeinen Wohlstand beteiligt hatte. In einer solchen Gesellschaft reißt, irgendwann, der republikanische Widerstandswille, und nur die Ärmsten, die Minderheit der Desperados ist noch zu verzweifelter Größe fähig. (Der Beweis für diesen Tatbestand war die gar nicht geheime Allianz des republikanischen Staatschefs Thiers mit Bismarck gegen die Pariser Kommune.)

Aber zurück nach Deutschland, zurück nach Bayern! Wie reagierte man gegenüber diesem zweiten, diesem republikanischen Krieg? Die Reaktion war, kurz gesagt, schauerlich und brutal. Was damals aus dem bewußtlos-naiven deutschen Biedermeier emporstieg, kann der Presse entnommen werden – und ist heute noch erschreckend. In Karikaturen, in Fliegenden Blättern wurden die Pariser verspottet, weil sie hungerten: Der alte deutsche Neid auf diese Zentrale des Luxus, der Koketterie, der »Haute Cuisine« schwelgte nun in bildlichen und verbalen Darstellungen von hungernder Eleganz und trockengelegter Üppigkeit, von Hunde-Karbonaden und Ratten-Spießchen. Dazu kam – typisches System der »verfolgenden Unschuld« – die Empörung über die wenig kommentmäßigen Züge des republikanischen Widerstands. So wurden die Franctireurs, die »Heckenschützen«, die paramilitärisch organisiert waren, nicht als Kombattanten anerkannt und bei Ergreifung in der Regel sofort erschossen. Und das Bombardement von Paris, im Januar aus Hunderten von Kanonenschlünden eröffnet, war das Signal für jene famose historische Rechenkunst, die von da ab deutsche Propaganda bis in den Zweiten Weltkrieg hinein (und, etwa in der Frage der Judenmorde, bis in unsere Tage) begleiten sollte.

Das beste, weil traurigste Beispiel dafür ist der *Münchener Punsch*, ein satirisches Blatt, das bis zum Kriegsausbruch Bismarckische Politik unerschrocken-gallig denunziert hatte. Jetzt stimmt es in den Rachejubel ein. Jetzt, am 15. Januar 1871, schreibt es: »Die Sühne von Paris hat begonnen. Eine Bombe fällt vor der Kirche in der Rue St. Jacques – das ist für die Mordbrennerei im Wormser Dom (1689). Eine Granate platzt vor einer Trauerversammlung im Kirchhof von Montparnasse – das ist für die Grabschändung im Speyerer Dom (1689). Ein Hundertpfünder schlägt in das Dach des Palais de Luxembourg – das ist für die Zerstörung des Heidelberger Schlosses...«

(Zur Ehre Bayerns sei gesagt: Dieser Artikel war eine direkte Antwort an den Patrioten Jörg, der sich offen gegen die Barbarei der Beschießung ausgesprochen hatte.)

Aus der fortschrittlichen Presse, aus den Gemeindekollegien der großen Städte, aus nationalen Versammlungen begann inzwischen ein anderes Bombardement – die große Barrage für die deutsche Einheit. Und dieses Bombardement konzentrierte sich zusehends auf den Einen, auf den es nun, nun vor allem, anzukommen schien: »Möge der König das entscheidende Wort sprechen, das Wort, das den Geist des Kaisers Friedrich Barbarossa im Kyffhäuser weckt und dem deutschen Reiche gibt die alte Kraft und Herrlichkeit!«

Unter solchen Voraussetzungen mußte nun die bayerische Regierung verhandeln; mußten bayerische Delegationen ins preußisch-deutsche Hauptquartier nach Versailles reisen, um die künftige Rolle Bayerns in Deutschland auszuhandeln – eine Rolle, die man sich, wie erinnerlich, bei Kriegsbeginn ganz, ganz anders vorgestellt hatte.

Der Fürstenclub formiert sich

Vom Bahnhof Sedan aus war der Zug in die deutsche Einheit abgefahren. Was konnte München, was konnten die Unterhändler der süddeutschen Staaten noch erreichen, einzeln oder zusammen, um sich vor dem Untergang zu schützen? Was hatten sie dem Nationalbesäufnis – und dem überlegenen Kanzler-Staatsmann entgegenzusetzen?

Die heimischen Demokraten oder Ultramontanen? Aber die fürchtete man ja selbst, mit denen wollte man möglichst wenig zu tun haben. Baden hatte schon einmal preußische Truppen gegen sie zu Hilfe gerufen, anno 1849 – Bayern in der Pfalz nicht minder. Und Württemberg fürchtete die nahen Wittelsbacher kaum weniger, vielleicht sogar ein bißchen mehr als die fernen Hohenzollern. Nein, die Verhandlungsgrundlage war dürftig.

Die bayerische Delegation, die nun zum Sieger nach Versailles fuhr, um die Zukunft auszuhandeln, fiel unter diesen Umständen auf alte Routine zurück; auf die gute alte Dynastiepolitik der Wittelsbacher.

Aus der Wittelsbacher Mottenkiste

Da gab es, zum Beispiel, die seit dem Wiener Kongreß offene Frage der Landverbindung des links- mit dem rechtsrheinischen Bayern; die alte Frage der Kurpfalz also. Da war er wieder, der wittelsbachische Drang nach dem Westen, nach saftigeren Steuerweiden als den Subsistenz-Regionen des bäuerlichen Altbayern. Der Rechtstitel, um den es nun ging, in Versailles bei Bismarck, war eine alte Klausel aus dem Wiener Kongreß 1814/15. Der bayerische Unterhändler in Wien war der Fürst Wrede gewesen – zwar kein guter Soldat, aber deshalb noch lange kein guter Diplomat. Er hatte sich in dieser Frage (wie in der des Innviertels) hereinlegen lassen. Bayern bekam damals, 1815, den pfälzischen Korridor nicht, aber dafür vom österreichischen Kaiser Jahr für Jahr 100 000 fl. als sogenannte »Kontiguitätszahlung« (das schwierige Wort heißt soviel wie »Land-Zusammenhang«). Diese Korridorfrage brachten die Bayern also wieder zur Sprache – es war eine herrliche Gelegenheit, die Württemberger und Badener zu verärgern...

Dann gab es noch die Möglichkeit, für die Bündnistreue von 1870 die ganze oder einen Teil der Kriegsentschädigung zurückzuverlangen, die man 1866 an Preußen hatte zahlen müssen. (Bismarck fand zunächst, das sei »eine gute Idee«; aber der preußische Finanzminister werde da wohl Schwierigkeiten machen, und irgendwie blieb's bei der Idee...)

Da war ferner die Möglichkeit kleinerer Landkompensationen nördlich und westlich der bayerischen Grenzen. (Auch die wollte Bismarck nicht ausgeschlossen wissen, nicht von vornherein, aber vielleicht sollte man es bis zum Friedensvertrag mit Frankreich zurückstellen...)

Dann gab es den massiven Vorschlag der Wittelsbacher (Prinz Luitpold steckte vermutlich dahinter), das unvermeidliche »Präsidium« der kommenden Einheit abwechselnd mit einem Hohenzollern und einem Wittelsbacher zu besetzen. (Das war leicht abzuschmettern – man brauchte es nur die württembergischen und badischen Vettern wissen zu lassen...)

Aber warum übte Bismarck überhaupt soviel Geduld? Warum gab er sich überhaupt so viel Mühe mit den widerborstigen Bayern? Warum ging er überhaupt auf solche Kleinigkeiten ein – wenn auch nur scheinbar? War er nicht der Herr der Stunde, der Hegelsche Weltgeist in Kürassierstiefeln?

Ganz einfach: Weil es ihm ins Konzept paßte. Ins Konzept der künftigen kleindeutschen Verfassung – und ins Konzept der zukünftigen internationalen Aufgabe, so wie er, Bismarck, sie sah.

Die kleindeutsche Geschichtsschreibung, darunter natürlich auch die bayerische (beispielhaft der gewissenhafte Rechercheur M. Doeberl) hat als höchstes, als fast moralisches Verdienst Bismarcks herausgestellt: daß er mitten im Siegesrausch aller besonnen blieb, wie er schon 1866 gegenüber Österreich und Bayern besonnen war; daß er sich weigerte, die Macht des Faktischen rücksichtslos einzusetzen, sondern Gefühle und Loyalitäten der Verlierer schonte (und die deutschen Staaten, soweit sie nicht Preußen hießen, waren zweifellos die Verlierer). Daß er kaltblütig blieb, daß er Meister aller Manuale blieb auf der Riesenorgel, die er nun bespielen konnte, daran gab es gar keinen Zweifel.

Aber – das ist die entscheidende Frage – wäre denn Bismarck mit einem preußischen oder auch mit einem unitarisch-kleindeutschen Stück, einem Staat etwa nach dem Geschmack der 1848er, gedient gewesen?

Bismarck arbeitete ganz einfach mit Samthandschuhen, weil ihm dies ins Konzept paßte. Ins persönliche und ins politische Konzept. Bayern, genauso wie es war: widerborstig, eifersüchtig auf letzte Kostümfeste seiner Souveränität bedacht, beherrscht von einem König und einer Beamtenschaft, die sich einerseits vor dem Ende ihrer Herrlichkeit, andererseits vor dem Heraufkommen der Volksherrschaft fürchteten – so brauchte er es und setzte es ins Spiel ein.

Bismarck war ja nicht »antibayerisch«; es besteht kein Grund an seiner Aufrichtigkeit zu zweifeln, wenn er 1865 schrieb: »Auch in Preußen wird in den Kreisen, welche überhaupt zu politischem Urteil befähigt sind, die selbständige Bedeutung Bayerns voll erkannt,... Bayern ist vielleicht das einzige deutsche Land, dem es durch materielle Bedeutung, durch die bestimmt ausgeprägten Stammes-Eigentümlichkeiten und die Begabung seiner Herrscher gelungen ist, ein wirkliches und in sich selbst befriedigtes Nationalgefühl auszubilden. Die Bedeutung Bayerns steht nicht hinter der der anderen europäischen Staaten zurück, welche selbständig in Europa bestehen ohne sich an einen Bund zu lehnen und ohne eine Verletzung seiner Unabhängigkeit zu besorgen.«

Nun, die Technicolor-Ereignisse vom 4. August bis zum 1. September hatten dafür gesorgt, daß es mit der unangelehnten Selbständigkeit ein für allemal vorbei war. Aber Bismarck wäre nicht der Mann gewesen, der er war, wenn er angenommen hätte, daß das Nationalbesäufnis seine Analyse von 1865 wirklich außer Kraft gesetzt hätte. Es galt einfach, den historischen Augenblick zu nutzen, alle seine Faktoren (auch die der bayerischen Eigenständigkeit) zu nutzen, um das Optimum herauszuholen – das Optimum für Bismarck und sein Konzept.

Die Taktik, die er anwandte, ist auch Doeberl einsichtig; es ist die Taktik des Doppelspiels: »Bismarck verspricht in einem feinberechneten Doppelspiel einerseits Deckung gegen die nationalen Kräfte, benutzt aber andererseits dieselben Kräfte, denen er bisher Schweigen auferlegt hatte, als Ansporn, als ›leichte Kavallerie‹,... um Bayern zu freiwilliger Initiative auf dem Wege zum kleindeutschen Nationalstaate zu bestimmen.«

Die Taktik ist richtig beschrieben, das Ziel nicht ganz. Sicher, Bismarck war es, wie schon gesagt, nicht um ein »Großpreußen« zu tun. Oft genug blockierte er diesbezügliche Ambitionen – auch solche seines königlichen Herrn. Aber es ging ihm, andererseits, nie um das kleine Nationaldeutschland, das sich in qualvollen Mutationen aus dem Geist der Paulskirche in den Ungeist von Sedan gewandelt hatte. Den Grafen (bald Fürsten) Bismarck interessierte letzten Endes die deutsche Einheit so wenig wie die deutsche Freiheit (und das deutsche Recht auch nur am Rande). Was er anstrebte, und was er bekam in diesen Verhandlungen, war eine Organisation des deutschen Potentials, wie er sich diese vorstellte: die Verfassung eines Fürstenbündnisses, eines Clubs, in dem der Komment eines hochadeligen Casinos die Verfassungswirklichkeit war. Nur ein solcher Komment machte die Stellung des Reichskanzlers omnipotent, allmächtig: keine Ministerverantwortlichkeit gegenüber irgendeiner Legislative – eine tiefe, in ihren Grenzen kaum bestimmbare Zone der Selbstherrschaft, die ihm das Regieren – und nicht nur das Regieren im Reich – nach eigenem Gusto gestattete.

Aber was war der angestrebte Inhalt solchen Regierens? Welches Ziel war es, dem eine so zweifelhafte Verfassung am besten entsprach? War es der Kanonenboot-Imperialismus, der sich später, unter Wilhelm II., so prahlerisch entfalten sollte?

Dazu gab das Fürstencasino zu wenig Investitionskraft her. Bismarcks weltpolitisches Ziel war stockkonservativ, war rückwärtsgewandt: eine sinn- und zeitgemäße Wiederbelebung der Heiligen Allianz, des paneuropäischen Kaiserbündnisses zum Zwecke der Erhaltung dessen, was dem Junker Bismarck wirklich am Herzen lag.

Der Feind einer solchen Heiligen Allianz war natürlich nicht mehr der gärende Freisinn; den hatte er, durch die Erfolge der Waffen 1866/71, gründlich an die Kette gelegt. Der Feind war – für Bismarck – bereits der Sozialismus, jener wilde Sozialismus, den man damals noch mit ›c‹ schrieb. Das ist keine Spekulation, sondern das steht nachzulesen in dem vertraulichen Bericht des bayerischen Unterhändlers von Berchem unter dem Datum vom 21.9. aus Frankreich:

». . . und legt derselbe [gemeint ist Bismarck, CA] großen Wert darauf, innerhalb dieses Rahmens Vereinbarungen zu erzielen, welche es der deutschen Demokratie unmöglich machten, die deutschen Staaten – und speciell die nach Ansicht des Herrn Grafen zunächst [! CA] in dieser Beziehung bedrohten – süddeutschen Staaten militärisch wehrlos zu machen... Die gemeinsame Gefahr des Continentes sei der Socialismus mit seinen Gefahren nicht bloß für die staatlichen, sondern auch für die gesellschaftlichen Existenzen – bis hin zur letzten Verirrung der Negierung des Privateigenthums und namentlich des Grundeigenthums. Diese Gefahr sei kein bloßes Gespenst mehr, und drückte der Bundeskanzler die Hoffnung aus, Rußland, wenn es seinen slawischen Interessen aufsagen wollte, und Österreich, wenn dasselbe weniger politisirte, dieser gemeinsamen Gefahr gegenüber Deutschland zu nähern.«

Daß es sich hier nicht nur um einen Versuchsballon handelte oder um eine Lockspeise, einem bourbonisch programmierten Monarchen täuschend dargereicht, das geht aus anderen Dokumenten hervor, in denen der Kanzler dasselbe Thema, kaum variiert, mit dem bayerischen Prinzregenten Luitpold, dem späteren Prinzregenten, durchspielt – einem Prinzen, dessen engste verwandtschaftliche Beziehungen zum Hause Habsburg er kannte: »... indem er ihm auseinandersetzte, wie sehr die staatliche Ordnung in Europa von der socialistischen Revolution bedroht werde und wie wünschenswert es angesichts der Gefahr sei, daß die führenden Herrscherhäuser Europas sich der Gemeinsamkeit der monarchischen Interessen gegen den drohenden Umsturz bewußt bleiben... daß Preußen nicht nur keine feindlichen Absichten gegen Österreich hege, sondern es gern sehen würde, wenn auch das Vertrauen zwischen Österreich und Rußland sich befestige...«

Es geht also Bismarck weder um Preußen noch – letzten Endes – um Deutschland. Es geht ihm um eine europäische Konter-Internationale, ein Jahrhundertbündnis gegen den inneren Feind, wie er ihn begreift.

Monarchische, partikulare Empfindlichkeiten (soweit sie nicht echtem Massenbewußtsein entsprangen) waren im Rahmen eines solchen Konzepts nicht nur erlaubt, sondern sogar erwünscht. Das waren alles Motive, die der Meister am Orgeltisch kontrapunktisch verarbeiten konnte. Mochte es doch ruhig so aussehen, als seien die Verhandlungen gelegentlich am Scheitern – er, Bismarck, wußte es besser als eine reichlich uninformierte norddeutsch-fortschrittliche Presse, die (wie etwa die Berliner Börsenzeitung) das kleindeutsch-nationale Panier entrollte und an die bayerische Armee appellierte, notfalls, d.h. wenn ihr König und ihre Regierung zu querköpfig seien, den Fahneneid zu brechen:

»Wir glauben, daß die bayerische Armee den Schimpf, welcher dem Lande, und damit am fühlbarsten ihr selbst, angetan werden soll, nicht ruhig hinnehmen würde. Unser Fritz [das ist der preußische Kronprinz, CA] hat die braven Bayern zu oft zum Siege geführt, als daß sie sich jetzt von ihm möchten losreißen lassen, um dem Schwanenritter zu folgen oder mit dem Tannhäuser nach Rom zu pilgern...« (Der letzte Satz war natürlich eine dumme und hämische Anspielung auf Ludwig II.)

Bismarck hatte mit solch schulterklopfender und ignoranter Überheblichkeit nie etwas zu tun. Ihm konnte es, wie gesagt, gar nicht genug bayerische Widerborstigkeit geben, gar nicht genug Gerangel um engeres oder weiteres Bündnis, um eigene Uniformen, eigene Post, eigene Bahn, kleine Budgetfragen. All das war sowohl gegen die mißtrauischen Preußen wie auch gegen die drängenden Nationalliberalen aufs beste verwendbar. Es gab eine einzige mögliche Konstellation, in der bayerischer Partikularismus noch gefährlich werden konnte – eine einzige Koalition. Sie wurde tatsächlich sichtbar.

Bezeichnenderweise ging diese kurze und schüchterne Initiative gar nicht von Bayern aus, sondern von altpreußisch-konservativer Seite. Während der politischen Verhandlungen zwischen Bismarck und den bayerischen Unterhändlern Bray, Tauffkirchen und Lerchenfeld liefen Gespräche zwischen dem preußischen Kriegsminister v. Roon und dem bayerischen Kollegen v. Pranckh über die militärische Seite künftiger kleindeutscher Zusammenarbeit.

Die beiden Herren spielten zunächst alle Möglichkeiten durch, ohne Rücksicht auf den politischen Verhandlungsraum. Und Roon ventilierte dabei folgendes Modell (wie man neudeutsch sagen würde): Es bleibt beim Status quo, das heißt bei einer preußisch-bayerischen Militärallianz nach internationalem Recht. Diese Allianz wird unkündbar gemacht, ändert aber nicht die staatsrechtlichen Beziehungen. Dafür spricht auch Preußen eine Garantie aus: die Garantie nämlich, daß der deutsche Zollverein in Zukunft ebenfalls unkündbar sein werde.

Das Modell verdient Interesse. Bayern wäre sozusagen assoziiertes Mitglied einer deutschen Wirtschafts- und Verteidigungsgemeinschaft – bliebe aber dabei souverän, wie es heute die Staaten innerhalb der NATO oder der Europäischen Union sind. Das Modell hat ein europäisches, ein im guten Sinne traditionelles Flair; und es stellt sich die Frage: Wie kam Roon, ein Altpreuße, dazu, es zu entwerfen?

Er tat es, weil er eben ein Altpreuße war. Er teilte das Mißtrauen vieler seiner Standesgenossen gegen ein Kleindeutschland, gegen die Verwässerung preußischer Identität, und er hielt nichts von der Anschmelzung süddeutscher Elemente. – Er hatte wohl auch eine mißtrauische Ahnung von den imperialistischen Zwangsläufigkeiten, die sich aus der Entstehung eines mächtigen, mitten in der Industrialisierung begriffenen Reiches ergeben mußten.

Nun, auf diese Alternative (auch wenn sie nur der Schimmer eines Schattens war) reagierte Bismarck sofort. Er wußte auch warum. Der Zollverein und seine terminlich anstehende Verlängerung 1876: das war schließlich der Hauptköder für das Einfangen der Nationalliberalen gewesen; und es war auch die

Peitsche, die er als großer Dompteur in der Hand hielt, um den bayerischen Löwen zu drillen. Wenn die Nationalliberalen, wenn die Bayern merkten, daß die zollvereinte Prosperität auch ohne Reich zu haben war: wo blieb dann der Dressureffekt? Man konnte die »nationalen Kräfte« nicht mehr gegen die partikularistischen Establishments ausspielen... Nein, der Zollverein mußte im Junktim mit der deutschen Einigung bleiben. Der Deserteur mußte mit herabgesetzten Rationen zu rechnen haben. Die Tür wurde zugeschlagen, Bismarck drehte den Schlüssel um und zog ihn ab.

Man verblieb also, wie von Bismarck vorgesehen, beim bürokratisch fundierten Föderalismus. Die eigentliche Souveränität ging zwar ans Reich (besser gesagt: an seinen Kanzler, denn der Fürstenclub war keine Verfassungswirklichkeit); doch die Bürokratien der Bündnispartner blieben unangetastet. Was tat's, wenn man dem empfindlichen Königreich Reservatrechte beließ? Föderalistische Kosmetik, wie eigene Uniformen für die Regimenter und eigenen Fahneneid für die Friedenszeit? Eigene Uniformen für Bahn und Post? Das Gesicht des Königs auf den Briefmarken? Den eigenen Gesandten in Preußen und beim Vatikan? Die bayerische Regierung, die führenden politischen Kräfte, die Erben Montgelas' mußten stillhalten, niemand brauchte sich im Unnötigen erniedrigt fühlen, wenn er nur der zentralen Erniedrigung, dem tatsächlichen Verlust der Souveränität zustimmte!

Nun war nur noch eines vonnöten. Die Zwangsheirat mußte, um der Gefühle des Volkes willen, nach Liebesheirat aussehen. Die bayerische Braut mußte, wenigstens der Öffentlichkeit gegenüber, den Berliner Großherrn anflehen, sie in seinen Serail aufzunehmen. Mit anderen Worten: Bayerns König mußte den Preußenkönig darum bitten, die Kaiserkrone zu akzeptieren. Und das konnte, wenn man die Person Ludwigs in Rechnung stellte, ein mächtiges Stück Arbeit werden.

Aber das ging leichter, viel leichter, als die meisten dachten und ahnten.

Bismarcks wichtigstes Argument, seine Trumpfkarte, war längst bekannt, er hatte sie während der Verhandlungen des öfteren aus dem Ärmel gezogen. Dieses Argument entsprach genau der Natur seines Doppelspiels.

Es läßt sich etwa so zusammenfassen: Die Kaiserkrönung, die kleindeutsche, kommt so oder so. Zu entschlossen ist die Öffentlichkeit nach den Siegen des August und September, die nationale Frage zu lösen. Raffen sich die deutschen Fürsten nicht auf, die Kaiserfrage im Sinne des Fürstenclubs (also in Bismarcks Sinne) zu bereinigen, wird es eine andere Wahrscheinlichkeit geben: entweder das Zollparlament, also die Legislative des Zollvereins, oder der Reichstag, also die Abgeordneten des Norddeutschen Bundes, werden einer Kaiserproklamation der Fürsten zuvorkommen und Wilhelm von sich aus die Kaiserkrone anbieten.

Von sich aus: Die Drohung steckte in diesen drei Worten. Es war die Drohung mit dem Geist von 1848; die Drohung mit einem Kaiser von Volkes Gnaden. Ludwig Uhland, der treffliche schwäbische Dichter und Abgeordnete in der Paulskirche zu Frankfurt, hatte damals davon gesprochen, der künftige deutsche Kaiser müsse mit »einem Tropfen demokratischen Öls« gesalbt sein. Kaiser von Volkes Gnaden? Niemals! Schon damals war Friedrich Wilhelm IV. von Preußen vor solchem Ansinnen zurückgeschaudert – aber ob Wilhelm I. dies 1871 nochmals abschlagen könnte? War die Pression der nationalen Partei nicht einfach zu stark geworden?

Für Ludwig II., den frustrierten Bourbonen, mußte das ein Alptraum sein. Wenn er sich schon mit seinem bayerischen Volk nicht verbünden konnte oder wollte – mit den Garden des kleindeutschen Fortschritts hatte er noch weniger im Sinn. Und dann noch die Aussicht, einem Kaiser untertan zu sein, der nicht nur ein Hohenzoller, sondern – ein demokratisch akklamierter Hohenzoller war! Nein, das war zu grauenvoll. Lieber schrieb er den verhaßten Bittbrief schon selber. Seinem Bruder Otto gegenüber begründete er es (am 25. 11.) so:

». . . so schauderhaft und entsetzlich es immerhin bleibt' [es ist] ein Akt von politischer Klugheit, ja von Nothwendigkeit im

Interesse der Krone und des Landes, wenn der König von Bayern jenes Anerbieten stellt; da... Bayern nun doch einmal aus politischen Gründen in den Bund muß... Da die Sachen leider so stehen, Widerstand vergeblich wäre, so gebietet es das Interesse,wenn die übrigen Fürsten oder gar das Volk [Sperrung von mir, CA] von mir überflügelt werden...«

Aber warum konferiert an diesem selben 25.11. Graf Holnstein, der Oberststallmeister und engste Vertraute des Königs, in Versailles insgeheim mit Bismarck? Warum – greifen wir ruhig voraus – entwirft er mit dem künftigen Kanzler gleich den Wortlaut dieses Kaiserbriefes? Und warum bringt er noch ein zusätzliches, ganz geheimes Einvernehmen mit: 300 000 Mark, jährlich an den König zu zahlen aus dem geheimnisvollen Welfenfonds –?

War Ludwig einfach bestechlich? Hatte er dem Bruder seine wirklichen, seine persönlichen Motive verheimlicht? Hat er, ein privater Bourbone, seine Krone, seine Souveränität, schlicht und einfach verkauft – und sein Land damit?

Das will beantwortet werden, das verdient ein eigenes Kapitel.

Ein König spekuliert auf Baisse

Daß Ludwig II. aus Bismarcks geheimem Dispositionsfonds, dem sogenannten Welfenfonds (später mit Recht auch »Reptilienfonds« genannt) Geld erhalten hat, und zwar jährlich bis an sein Lebensende 300 000 Mark, ist heute unumstritten. Was nach wie vor zur Debatte steht, und was Teil der historischen Trauerarbeit ist, die wir Bayern zu leisten haben – das ist die Konsequenz, die Rücksichtslosigkeit und die Offenheit, mit der der König dieses Geschäft letzten Endes anstrebte.

Zwei Briefe in 24 Stunden

Die ersten, schon zweifelsfrei enthüllenden Dokumente dieses königlichen Appetits sind zwei Briefe, die sein Kabinettssekretär Eisenhart an Bray schrieb. Sie sind datiert vom 31.10. und vom 1.11., liegen also keine 24 Stunden auseinander. Man erinnere sich: Der bayerische Premier war um diese Zeit eben nach Versailles abgereist, zu den hochwichtigen endgültigen Verhandlungen um Bayerns künftiges Schicksal in Deutschland. Die beiden Briefe, das heißt ihre entscheidenden Stellen, müssen wörtlich zitiert werden. Der erste war verschlüsselt, der zweite vertraulich durch den persönlichen Boten des Königs vermittelt.

»Euer Excellenz! 31. Oct. Abends...

Seine Majestät der König haben mich wiederholt beauftragt, Euer Excellenz mitzuteilen, daß Allerhöchstdieselben der angenehmen Hoffnung leben, es werde Euer Exc. gelingen, für Seine Majestät 2 Millionen zu ermitteln...«

Ausführlicher noch ist das zweite Schreiben:

München, den 1. November 1870

»Euer Excellenz
...Seine Majestät kommen täglich auf die für Allerhöchstdieselben zu erwirkende Summe von 2 Mill. fr oder fl zurück und mußte ich bereits hierüber an Euer Excellenz auf Königlichen Befehl schreiben... Sollte auch dieser Punct glücklich zur Sprache gebracht werden können, so wäre wohl immerhin zu befürchten, daß wir in politischen Puncten weniger erreichen...«

Man, das heißt die beflissene bayerische Hof-Geschichtsschreibung, hat sich bemüht, diese »2 Millionen fr oder fl«, also Francs oder Gulden, als eine Forderung für Bayern zu interpretieren, nicht für den König. Hans Rall, der sicher nicht zu den Beschmutzern des Andenkens der Wittelsbacher gehört oder gehören will, muß allerdings zugeben, daß eine solche Interpretation aus dem Text nicht abgeleitet werden kann:

»[Ludwigs] Geldforderungen erwuchsen aus der Erörterung über die Revision des Vertrages von 1866, nicht aus einem Defizit der königlichen Zivilliste. Er wünschte aus einem... bourbonisch-absolutistischen Herrschergefühl Geld für sich und den Staat, ohne beides zu trennen.«

Auch so kann man's ausdrücken: Ludwig war also unfähig, zwischen sich und dem Staat zu unterscheiden, oder er wollte es nicht.

Wichtiger für uns ist etwas anderes, was nicht nur Rall verschweigt, sondern alle bayerischen Historiker: die Entschlossenheit des Königs, solche Dotation auch um den Preis der schweren Schädigung Bayerns zu erkaufen. Wie sonst ist der zweite Brief, vor allem die zweite Hälfte unseres Zitats, überhaupt zu erklären? Man mache sich noch einmal den Zeitpunkt, die Umstände klar:

Die bayerische Delegation, geführt vom leitenden Minister des Königreichs, ist nach Versailles aufgebrochen, um mit dem Premier des übermächtigen Preußen, mit dem Kanzler des Norddeutschen Bundes über Sein oder Nichtsein, die künftige staatliche Identität oder Nicht-Identität Bayerns zu verhandeln. Der sogenannte Münchener Entwurf, das Verhandlungsmodell, mit dem man losfuhr (leider ist es nicht aktenkundig), sah noch eine Reihe von Möglichkeiten vor: einen weiteren Bund der Südstaaten mit Preußen, keinen weiteren Bund, aber Reservatrechte – und, schließlich, Pranckhs und Roons Assoziationsgedanken, der Bayern als staatsrechtliches Subjekt erhalten hätte.

Und in einer solchen Lage fordert der Souverän, in allerhöchster Dringlichkeit, in einem verschlüsselten und einem vertraulichen Schreiben, die keine vierundzwanzig Stunden auseinanderliegen, die Preisgabe entscheidender Verhandlungspositionen, damit er zu seinem bourbonisch-absolutistischen Geld kommt. Wenn es je einen Dolchstoß in den Rücken einer Verhandlungsdelegation gegeben hat, dann war es dieser. Oder wie sonst wollen die Schönfärber Eisenharts Bemerkung von den »politischen Puncten« erklären? Glauben sie allen Ernstes, daß es der Kabinettssekretär gewagt hätte, hinter dem Rücken des Königs eine solche Forderung anzumelden?

Nein – die Dokumentenlage zwingt zu folgender Feststellung: König Ludwig II. hat, in gänzlicher Verkennung seiner Rechte und Pflichten und unter Mißachtung des Staatswohls, von Anfang an, das heißt von Beginn der entscheidenden Verhandlungen an, ein finanzielles Arrangement mit Bismarck angestrebt. Nicht Bismarck hat den ersten Bestechungsversuch unternommen, sondern der König beauftragte die offizielle Delegation seines Landes, den Kanzler wissen zu lassen, daß er der Bestechung zugänglich sei. Ob man diese nun (wie Rall) eine »Dotation« bzw. das Ergebnis einer »bourbonisch-absolutistischen Denkweise« nennt, ist eine reine Stilfrage.

Es verbleibt eine Erklärung, die Ludwig entlastet: die klinische. Es verbleibt die (ohnehin belegbare) Tatsache, daß der König, wie sechsundzwanzig Jahre später sein treuer Eisenhart dem Grafen Berchem mitteilt, um alles zu erklären – daß Ludwig also schon damals in mehrfacher Hinsicht geistig umnachtet war.

Dann aber fällt die Verantwortung für diese Ereignisse voll an das bayerische Establishment zurück. Dann hätte, sobald sie ein solcher Brief (zumindest der zweite) erreichte, die bayerische Delegation umkehren, hätte mit dem verhandlungsfähigen Teil der Familie Wittelsbach jene Schritte ergreifen müssen, die später ohnehin ergriffen wurden. Die Gründe wären jedenfalls 1870 wesentlich zwingender gewesen als 1886.

Zwingender für wen? Das ist die entscheidende Frage. 1870 hätte vielleicht die Souveränität Bayerns einen solchen drastischen Schritt gefordert – keineswegs aber die Interessen der Bürokratie. Für die hohe Bürokratie war das Interesse, das im Vordergrund stand, die Erschütterungsfreiheit der eigenen Position im Staatsbau. Solche Erschütterungsfreiheit verlangte jetzt, 1870, gebieterisch eine Vertuschung der Aktivität des Königs – wie sie 1886 fast ebenso gebieterisch seinen brutalen, zumindest lieblosen Sturz forderte.

Die vertrauliche Ebene

Zunächst schien es, als könne die Delegation den königlichen Wunsch wenn nicht völlig ignorieren, so doch unauffällig in ihre Verhandlungsstrategie einbauen. Die Geldfrage wurde angesprochen, aber immer in Verbindung mit den Reparationen von 1866, also auf der legitimen politischen Ebene. Bismarck schmetterte sie mit der ihm eigenen stählernen Liebenswürdigkeit ab, indem er entweder auf Budgetvorschriften, auf die Unwilligkeit des norddeutschen Reichstags oder des preußischen Finanzministers hinwies – oder die ganze Frage auf den künftigen deutsch-französischen Friedensvertrag verschob und damit alles vernebelte.

Sollte der König zu dem Geld kommen, das er sich aus der Regelung der deutschen Frage versprach, dann mußte eine andere, eine vertrauliche, eine geheime Verhandlungsebene gefunden werden, auf der sowohl er wie auch der Graf Bismarck beweglicher waren. Und diese Ebene war, dank der Ereignisse von 1866, gegeben.

Damals waren, im Gegensatz zu Bayern, das Königreich Hannover und das Kurfürstentum Hessen-Kassel liquidiert und zu Preußen geschlagen worden. Da es Bismarck und seinem Herrn jedoch nicht darum ging, das monarchische Prinzip anzufechten oder zu zerstören, war mit den betroffenen Familien, vor allem den hannoverschen Welfen, ein großzügiger Abfindungsvertrag ausgehandelt worden. Er sah eine Entschädigung der Entthronten in Millionenhöhe vor.

Was aber die Auszahlung blockierte, war das Verhalten der Entthronten selbst. Sie dachten nicht daran, die Ergebnisse von 1866 hinzunehmen, sondern hielten in Denkschriften, Appellen und dergleichen an ihrem gottgewollten Recht fest, erklärten die Annexionen für null und nichtig. Besonders lästig wurde dies in Hannover, wo sturmfeste Niedersachsen tatsächlich für eine Welfische Legion warben, die im Elsaß, also in französischem Asyl, zusammengestellt wurde.

Daß Preußen unter solchen Umständen die Abfindung nicht auszahlen wollte, ist nicht nur verständlich, sondern logisch. Es konnte ihm nicht daran gelegen sein, Sabotage gegen sich selbst zu finanzieren. Die Abfindungssummen wurden also gesperrt und bis zum Tage einer eventuellen gütlichen Einigung mit den vorgesehenen Empfängern eingefroren.

Ein Fonds, der Zinsen abwirft, die in keiner staatlichen Rechnungslegung auftauchen: die Situation war für ein politisches Talent wie Bismarck geradezu ideal. Der entscheidende §2 der Beschlagnahmeverordnung lautete:

»Aus den in Beschlag genommenen Objecten und Revenuen sind, mit Ausschluß der Rechnungslegung an den König Georg, die Kosten der Beschlagnahme und Verwaltung sowie die Maßregeln zur Überwachung und Abwehr der gegen Preußen gerichteten Unternehmungen des Königs Georg und seiner Agnaten [ebenbürtigen Verwandten, CA] zu bestreiten. Verbleibende Überschüsse sind dem Vermögensbestande zuzuführen.«

Überwachung und Abwehr welfischer Umtriebe: damit war der dürftige Rechtstitel gegeben für alles, was Bismarck nun jahrzehntelang auf eigene Faust für Preußen, für Kleindeutschland und – für sich selbst mit diesen Geldern unternahm. Dazu gehörte die Bestechung von großen Teilen der deutschen Presse (daher der Name »Reptilienfonds«), gehörte die Finanzierung von Wahlkämpfen, die Ausstattung und Dotierung eines Kurienkardinals – gehörte aber auch das Geheimarrangement mit Ludwig II., das nun außerhalb der offiziellen Kanäle, ohne Wissen der bayerischen Verantwortlichen in Versailles, ausgehandelt wurde.

Graf Max Holnstein war König Ludwigs Oberststallmeister, zu jener Zeit sein engster Vertrauter. Damals war er 35 Jahre alt, beim Volk hieß er der »Roßober«. Gottfried von Böhm, der Biograph des Königs, hat ihn geschildert als ». . . ein(en) Mann von echt bayerischem Typus und bajuwarischen Formen, gewalttätig und intelligent genug, um ziemlich alles durchzusetzen, was er wollte und förderte«.

Hugo von Lerchenfeld, ein hoher bayerischer Beamter der Zeit, ergänzt die Charakterisierung:

»Holnstein war eine bemerkenswerte Persönlichkeit von herkulischem Körperbau und von großer Energie. Furcht kannte er nicht. Er neigte stark zum Jähzorn und konnte dann auch brutal werden. Sonst war er jedoch wohlwollend und kameradschaftlich gegen jeden, der seine Kreise nicht störte. Seine Bildung war nicht sehr tiefgehend, dafür verfügte er über Weltkenntnis und einen aufs Praktische gerichteten, gesunden Verstand, der ihn gut und gerade auf seine Ziele hinführte...«

Abseits von der bayerischen Delegation traf er am 25. November in Versailles ein. Offizieller Vorwand war die Besichtigung der denkbaren Unterbringungsmöglichkeiten für einen Besuch seines königlichen Herrn. Er traf sich mit Bismarck in der Villa der Madame Jessé; Zeugen waren nicht zugegen. Bismarck äußert sich in seinen Erinnerungen wohlwollend über den Besucher; er erzählt, wie er, zusammen mit dem Schreiben an Ludwig, in dem er ihn um das offizielle Ersuchen an Wilhelm bat, gleich das Konzept für dieses Ersuchen mitgab – welches der bayerische Gast, resolut wie immer, an einem unabgeräumten Kaffeetisch sofort hinwarf.

Der zweite Verhandlungspunkt, eben der Nervus rerum, blieb lange unbekannt. Selbst die wenigen Eingeweihten sprechen davon erst ein Jahrzehnt nach dem Tode des Königs – und die Allgemeinheit hatte überhaupt erst nach 1918 Gelegenheit, von dem Vorgang zu erfahren. Hier ist es nicht nötig, die Quellen, wie sie sich im Laufe der Jahrzehnte summierten und ergänzten, im einzelnen zu erwähnen; es genügt, die restlos belegten Tatsachen hintereinander aufzureihen und für sich selbst sprechen zu lassen.

Erstens – König Ludwig II. machte sich auf Vorschlag von Graf Holnstein erbötig, gegen bare Vergütung seine aktive Zustimmung zu der Kaiserproklamation Wilhelms I. zu erteilen. Dies spricht er in einem Brief an Holnstein aus, den der Roßober für künftige Rechtfertigung zu den Akten gab. (Die übliche Hundertjahresfrist, die solche Geheimakten gesperrt bleiben, ist längst verstrichen. Entweder das wittelsbachische Hausarchiv oder das bayerische Staatsarchiv ist aufgefordert, dem Souverän die schuldige Aufklärung zu geben.)

Zweitens – Mit dieser Vollmacht reiste Holnstein am 24./25. November nach Versailles, nachdem die offiziellen bayerischen Verhandlungen abgeschlossen waren. Schon eine Woche später war er zurück in München, besuchte den König, dem er das Bismarcksche Schreiben und das Konzept für die Einladung zur Proklamation übergab. Der König schrieb das Konzept einfach ab.

Drittens – Ab 1871 erhält der König regelmäßige jährliche Zahlungen aus dem Welfenfonds in Höhe von 300 000 Mark. Vermutlich fand 1871 eine größere Zahlung statt – aus den vorhandenen Quittungen ist das nicht zu erschließen.

Viertens – Die Summe wurde jedes Jahr von Graf Holnstein persönlich in Berlin entgegengenommen. Der König erhält davon nur 250 000 Mark, 30 000 behält Holnstein als Provision, 20 000 werden einem Sonderfonds für persönliche Ausgaben des Königs zugeführt.

Fünftens – Am 5. Juni 1886, eine Woche vor dem Tod des Königs im See, wurde in Berlin ein Betrag von 250 000 Mark ausbezahlt, der in den Münchener Unterlagen nicht verbucht ist. Es konnte nicht aufgeklärt werden, wo diese letzte Rate verblieben ist.

Sechstens – Der bayerische Gulden wurde nach der Reichsgründung auf der Basis von 1 fl : 1.60 RM konvertiert. Dies ergäbe, nach der ursprünglichen Forderung Ludwigs, eine Summe von 3 200 000 Reichsmark. Eine jährliche Rente von 300 000 Reichsmark entspricht genau einer 9,4prozentigen Verzinsung dieser Summe oder einer Verzinsung von, sagen wir, 6 Prozent plus mittelfristiger Amortisation. Ludwig hat also unbeirrt und ziemlich genau das aus der Situation herausgeholt, was er von Anfang an herausholen wollte.

Wie die Tat des Königs (und es handelt sich um eine Tat des Königs, da ist kein Zweifel mehr erlaubt) moralisch zu beurteilen ist, braucht uns hier nur in zweiter Linie zu interessieren. Gewiß, der eine oder andere weißblaue Patriot, der sich an einen Personenkult klammert, mag nun in seinem Glauben irre werden – wahrscheinlicher ist, daß er die Entgegennahme der Information verweigert. Minister Lutz, der 1870 bereits amtierte, aber noch nicht der Allmächtige war, der er kurz darauf wurde, nannte mehr als zwanzig Jahre später die ganze Vereinbarung eine »großartige Schmiererei« und hat damit technisch zweifellos recht; es handelte sich um den Kauf bzw. Verkauf eines ideellen Gutes, das um keinen Preis zur Disposition stehen durfte.

Politisch stellt sich die Frage anders. Politisch ist zu fragen, ob Ludwigs Rentenbezug aus dem Welfenfonds, ob vor allem die vorangegangenen Instruktionen in dem Doppelbrief vom 31.10. bzw. 1.11., Bayerns Verhandlungsposition gegenüber Bismarck verschlechtert haben.

Die Frage ist nicht mit letzter Sicherheit zu beantworten, da man nicht weiß (und auch nicht mehr feststellen kann), inwieweit sich Bray und seine Mitarbeiter an diese Instruktion gebunden fühlten und ob auf dem Weg der Indiskretion die Gegenseite, also Bismarck, von ihr wußte, solange offiziell verhandelt wurde. Wir wissen, daß die Position der Bayern ohnehin schlecht war: Ihren besten Trumpf, die patriotische Mehrheit, wollten und konnten sie nicht ausspielen, zumal er durch das Sedaner Nationalbesäufnis ohnehin abgewertet war. Zudem verstanden sie es, durch Querelen aus dem uralten wittelsbachischen Hausfundus zwar nicht Bismarck, wohl aber ihre süddeutschen Kollegen und Rivalen zu vergrätzen.

Die bayerische Delegation unterschrieb schließlich einen Vertragsentwurf, der das Resultat des 18. Januar 1871, also der Kaiserproklamation ergab. All dies wäre geschehen, ob nun der königliche Hochverratsversuch erfolgreich verlief oder nicht. Und Ludwig hätte, auch daran ist nicht zu zweifeln, den Kaiserbrief oder ein ähnliches Dokument auch ohne die 300 000-RM-Rente unterschrieben – wir wissen warum.

Es handelt sich also nicht so sehr um passive Bestechung oder aktiven Verrat, sondern um eine Gewinnmitnahme. Der König handelte wie ein Manager, der zwar einen Boxer in den Ring schickt, aber auf den Gegner setzt, weil er ihn für besser hält. Oder (was den Tatsachen und Verhältnissen von 1870 noch näher kommt): Er handelte wie ein Unternehmer, der umsichtig den Konkurs seines Ladens vorbereitet und einen Teil der Konkursmasse rechtzeitig beiseite schafft.

Wer hat wen verführt?

Es verbleibt eine letzte Frage. Was hat Bismarck bewogen, bei diesem Spiel mitzumachen? Konnte er nicht längst Bayern in sein Konzept eingliedern, so oder so? War eine so zutiefst zweifelhafte, ehrenrührige Geschichte wie diese Reptilien-Transaktion notwendig und nützlich in seinem Kalkül?

Zunächst könnte man an den kältesten Vorteil denken, der sich überhaupt denken läßt: der Vorteil des Erpressers über den Erpreßten – oder den Erpreßbaren. Ludwig, der glitzernde Monarch, der einzige vielleicht, den es in Deutschland noch gab (außer dem Kaiser in Wien), der »Fasan unter Haushühnern«, wie Eulenburg ihn später nannte – stets unter dem Damoklesschwert, das ein Wort Bismarcks jederzeit vom seidenen Faden schneiden konnte.

Aber die Rechnung stimmt nicht. Wäre der Skandal, im Falle solcher Enthüllung, für Bismarck nicht genauso gefährlich gewesen wie für den König – ja, womöglich noch gefährlicher? Man vergesse nicht, daß Ludwig geisteskrank war, also stets, wenn es darauf ankam, den berühmten Paragraphen 51 anrufen konnte – was Bismarck damals längst wußte. Wenn die Affäre irgendwie nach außen drang, würde diese Unzurechnungsfähigkeit natürlich sofort als Schild für den König benutzt werden. Dann aber würde es nur einen geben, der wirklich moralisch dezimiert dastand: Bismarck selbst, der die Monomanie eines umnachteten Geistes für seine machiavellischen Pläne ausgenutzt hatte. (Der Roßober zählte bei einem wirklichen Skandal wohl nicht, er hatte nicht die gesellschaftliche Statur dazu.) Nein, das Motiv möglicher Erpressung können wir aus dem Spiel lassen.

Bleibt der unmittelbare politische Nutzen – der auf jeden Fall gering war. Ludwig kannte das, was er für politische Notwendigkeit hielt – er hat es seinem Bruder geschrieben. Tatsächlich kannten es auch seine Minister, und die entsprechenden Vereinbarungen lagen vor. Es ging um eine Formalität, wenn auch eine wichtige. Es ging vielleicht noch darum, sie möglichst schnell ins Spiel zu bringen, weil der zähe Krieg der französischen Republik die Nerven abzunutzen und das Ausland, vor allem England, mißtrauisch zu machen begann.

Gut, wenn auch nicht schön. Aber war diese Formalität und ihr perfektes zeitliches Arrangement wirklich eine solche Besudelung der monarchischen Prinzipien wert, um die es doch Bismarck ging – jedenfalls oberflächlich?

Vielleicht ist es realistisch, etwas Phantasie ins Spiel zu bringen.

Das ganze 19. Jahrhundert, mit seiner verzweifelten Respektabilität, seiner Prüderie, seiner engen Rechtlichkeit, hat natürlich seine reiche, von abstoßendem Leben wuselnde Nachtseite. In England ist es längst zum Sport geworden, diese Nachtseite auszubeuten und Stöße von intimen Tagebüchern und psychologischer Skandalliteratur zu edieren. Dieser Doppelstandard des Jahrhunderts, diese Angst vor Nacktheit jeder Art, dieser spießige Rückfall, wenn man die Zeit etwa mit der kaltblütigen Lustphilosophie des 18. Jahrhunderts vergleicht – all das sollte binnen einer Generation, in den neunziger Jahren vor allem (man denke an die Affären um Eulenburg!), zur großen öffentlichen Wäsche führen. 1870 aber, das war noch deutsches Biedermeier, das war noch altkirchliche Disziplin, simple Haudegenhaftigkeit, von einfachster moralischer Parteilichkeit bestimmt. Da lag noch der Kanaldeckel, der gußeiserne, einer übermächtigen »sittlichen« Lebensart auf den satanischen Wirklichkeiten und Möglichkeiten humaner Existenz.

Und in solchem gußeisernen Biedermeier neigt sich der größte Staatsmann des damaligen Europa den abartigsten Vorstellungen eines bayerischen Bourbonen entgegen; geht auf Wünsche ein, die schmutziger sind als die nach Weibern oder Lustknaben. Mit einem fröhlichen feudalen Roßknecht entwirft er am unaufgeräumten Kaffeetisch der Madame Jessé ein Komplott, das tief in den Schlamm hinabtaucht; vereinbart exakt den Judaspreis, den der düstere Jüngling von sich aus festgesetzt hatte; vereinbart Zahlungsmodalitäten, die sie beide, den Staatsmann und den kranken Jüngling, jahrzehntelang in den Sündenpfuhl des geteilten eitrigen Geheimnisses zwingen werden.

Brauchten beide diese Verbindung? Daß Ludwig sie brauchte, ist zunächst wahrscheinlicher; daß er das feste Gefühl brauchte, nicht nur politisch geschlagen, sondern auch sittlich entehrt zu sein, ehe er dem Berliner Großherrn ins erzwungene Brautbett folgte. Aber Bismarck?

Daß er ein großer, ein gewalttätiger Mann war, ist offenkundig. Sein System, die Mischung aus traditionellem konservativem Fassadenschmuck und persönlicher Autokratie, die sich letzten Endes auf die Anbetung einer rebarbarisierten Bourgeoisie stützen konnte, bezeichnen linke Historiker oft als bonapartistisch. Aber das sagt noch nichts über die persönlichen Bedürfnisse des Mannes, der, seinen eigenen Äußerungen zufolge, von monarchischer Größe träumte. War für ihn der bayerische Jüngling, der keltische Märchenprinz, eine Verlockung? Bot er ihm nicht die Möglichkeit, wenigstens einmal die Art Politik zu machen, die noch heute den Neid der Könner hervorruft: Politik, wie sie unter Talleyrand, unter den großen Mätressen der französischen Könige, unter den Stuarts üblich gewesen war?

Politik unter der Decke; Geld eines entthronten Königs, um einem anderen König die Entthronung zu versüßen; Politik ohne jede moralische Rechtfertigung; Politik, die nicht einmal den persönlichen Handschlag vertrug, die grundsätzlich des Grabesschweigens bedurfte... Es wäre zu fragen, wer hier der Verführer – und wer der Verführte war.

Der preußische Präfekt

Der Königsbrief wurde geschrieben. Ludwig, so liest man, verfiel in Schwermut. Er trank schwere Weine, ehe er überhaupt an die Öffentlichkeit ging, er bezeichnete sich in einem Brief an Wagner als »preußischen Präfekten«, er redete davon, daß der neue Kaiser wohl demnächst in München auftauchen werde, um seine »neuen Provinzen« zu besichtigen.

Das Treffen zwischen Wilhelm und ihm wurde mit unendlicher Mühe auf dem Bahnhof von Schwandorf zustande gebracht, im August 1871, bei der Durchreise des Kaisers nach Gastein. Es war ein Treffen zwischen Salonwagen, der Kaiser stieg in den neobarocken Prunkzug des Königs ein. Kühl wurde der Fürstenkuß getauscht; der Kaiser redete freundlich über das Konsoltischchen des Wagens auf den König ein, der König blickte zur Decke. (Ich weiß das von meinem Großvater, der damals als Neunjähriger von seinem Kondukteur-Vater hochgehoben wurde, um in das Abteil blicken zu können.)

Otto, der jüngere Bruder, auf den ein grauenhafteres Geschick wartete, schrieb am 28. November an ihn:

»Mögen wir auch für den jetzigen Augenblick Vortheile und Zugeständnisse erlangen, die vielleicht von großem Umfang sind, so wiegen sie doch gewiß nicht den 100. Theil von jenem Nachtheil auf, den wir durch Dahingeben der Selbständigkeit erleiden.

Mögen diese Concessionen auch für den Augenblick beträchtlich sein, mögen sie auch vielleicht für 20 bis 30 Jahre erhalten bleiben, so wird doch gewiß immer mehr davon abgezwackt werden – und in 50 bis 100 Jahren, wenn es recht lange währt, sind sie uns vielleicht sämmtlich abgerungen.«

Es dauerte nicht ganz so lange, wie Otto meinte. Aber die Uhren von Mitgliedern königlicher Häuser gehen häufig etwas nach.

Ludwig II. aber und Bismarck korrespondierten lebhaft bis zum Tod des Königs. Ludwig versicherte dem Fürsten immer wieder, wie dankbar er ihm dafür sei, daß er das Schlimmste, nämlich die Reichstagsverantwortlichkeit der Minister bzw. des Kanzlers, von den deutschen Fürsten abgewendet habe.

Auf Raben wird geschossen

Aber wie stand es um die Patrioten? Waren sie ganz verstummt? War ihr flammender Aufstand vom Jahr zuvor vergessen?

Nichts war vergessen – aber es war nur eine kleine Minderheit, die zu allem entschlossen blieb. Ihre Teilung, die Teilung der Patriotenpartei, war nicht mehr rückgängig zu machen. Der gemäßigte Flügel, also die Mehrheit, trat für die Politik der Regierung ein, das heißt für das, was sie für die Politik der Regierung hielt: eine lockere Allianz, die Süddeutschlands Staaten in eine Art Konvenienzheirat mit dem Norddeutschen Bund bringen sollte – den »weiteren Bund«. Niemand von ihnen wußte, daß der Premierminister Bray bereits am 15. November aus Versailles mitteilte: »Der weitere Bund ist tot.«

Es verblieb ein extremer Flügel, der sich am 11.11.1870 in Geiselhöring versammelte und der auch den weiteren Bund ablehnte. Die wenigen Aufrechten beharrten darauf, einen König retten zu wollen, der nicht mehr zu retten war...

Sie wußten auch nicht, daß selbst für einen Fall der Mehrheit des Nein im bayerischen Landtag alle notwendigen Vorkehrungen getroffen waren.

Im Ernstfall das Standrecht

Und in diesen Vorkehrungen war man sich ebenfalls einig zwischen Bismarck und dem bayerischen Establishment. Für diesen Ernstfall war das nackte Schwert der Macht vorgesehen:

Standrecht, Sistierung der Verfassung, und Schlimmeres. Wieviel Schlimmeres, das wissen wir aus einer Bemerkung Bismarcks gegenüber dem Großherzog von Baden, der sich über die großzügige Behandlung der Bayern beschwerte. Bismarck erklärte ihm genau, daß und warum er den Bayern eine goldene Brücke bauen wollte: »Benützen wir diesen Vorteil nicht, so fällt Bayern in die Hände Österreichs und wird seine Truppen zurückberufen. Dann sind wir in der Notwendigkeit, die bayerische Armee zu entwaffnen...«

Das war am 19. November; Bismarck wußte um diese Zeit längst, daß solches nicht mehr nötig sein würde. Aber immerhin: in der Nähe des Eisernen roch es nach wie vor nach innerdeutschem Blut und Eisen, wenn's wirklich drauf ankam...

Am 30. November wurden die Vereinbarungen von Versailles unterzeichnet. Am 16. Dezember war die Zustimmung der Fürsten und der freien Städte komplett. Und auch der Kaiserbrief Ludwigs aus Hohenschwangau lag vor.

Der Druck von allen Seiten wurde übermächtig. Gewiß, noch wehrten sich die Intransigenten. Die patriotische Presse schrie »Caesarem habemus«! und prophezeite »mehr Kriege, mehr Krüppel, mehr Totenlisten... und mehr Steuerzettel...« Sie definierte das protestantische Kaisertum als »Erfindung Luthers und Gustav Adolfs«. Am fundiertesten schrieb, wie üblich, Edmund Jörg in seinen »Historisch-Politischen Blättern«: »Die Franzosen sind noch nicht so besiegt, daß sie die Friedensbedingungen Preußens unbesehen annehmen zu müssen glauben; aber der kräftige Alliierte Preußens, der zu den glorreichen Siegen über den Erbfeind Gut und Blut soviel beigetragen hat, der hat die Waffen gestreckt und kapituliert...«

(Immerhin, da öffnete wenigstens einer die Schranktür, hinter der das offizielle bayerische Skelett verborgen war: die Voraussetzungen der Mobilisation vom 16. Juli – freiwillige Waffenhilfe, um gerade die eigene Selbständigkeit zu stärken und zu retten. Daß das Nationalbesäufnis dazwischengekommen war, das war eben Jörgs persönliches Pech!)

Rom disponiert um

Der König, soviel war klar, wollte sich nicht mehr retten lassen. Und Rom, das stellte sich heraus, tat das, was es seit gut fünfzehnhundert Jahren tat: Es stellte sich auf die Seite des Siegers. Die Kurie anerkannte kaiserliche Tatsachen, empfahl die Annahme der Verträge. Österreich zog sich aus der süddeutschen Politik zurück, Beust und Andrassy, die führenden Minister, begannen vorsichtig mit den Vorbereitungen zu jener Allianzpolitik, welche die Donaumonarchie ihrem bekannten Ende zuführen sollte.

Selbst die patriotische Presse veränderte, wie aufs Stichwort, um den 1. Januar ihre Tonlage; *Volksbote* und *Vaterland* nicht ausgenommen. Was sie alle nicht sagten, das sprach nüchtern der niederbayerische patriotische Abgeordnete Simmerl in seinem Flugblatt aus, das den Titel »Was Dann?« trug:

»Allein, ohne Bundesgenossen, mit katholischen Casinos und Bauernvereinen den Kampf aufnehmen mit der Regierung, dem Großbeamtentum, dem Offiziersstand, der gesamten protestantischen Bevölkerung, der gegnerischen Presse, allen Städten des Landes, mit dem ganzen Druck der afterliberalen öffentlichen Meinung im Bunde mit dem Preußentum und seinen Agenten im Lande ist aussichtslos und töricht.«

Die Freiheit Kassandras

Die letzte Kammerdebatte des selbständigen Bayern währte bis zur Abstimmung am 21. Januar 1871 mehrere Tage. Notwendig war eine Zweidrittelmajorität. Was geschehen würde, wenn sie ausblieb, hatte Bray schon angekündigt: Auflösung der Kammer.

Man kann diese Debatte als sinnloses letztes Gefecht abtun. Aber wir sind heute etwas feinfühliger geworden für Wahrheiten, die unter solchen Vorzeichen ausgesprochen werden können. Die Minderheit der Dissidenten, jeder Opportunität enthoben, vom nationalbesoffenen Mob bedroht, von forschen

Fortschrittlichen als Sympathisanten von Bebel und Liebknecht eingestuft, fand sich in der zwar nicht angenehmen, aber eindeutigen Freiheit Kassandras und der Propheten. Solche Freiheit entläßt erstaunlich scharfsichtige Prognosen; Prognosen, welche den biederen Erkenntnisstand des politischen Alltags der Propheten weit unter sich lassen.

Die Rolle Kolbs, seine Entlarvung des Pseudoliberalismus der Vereiniger, haben wir bereits in seiner Biographie umrissen. Aber auch die konservativen Sprecher der Minderheit stießen in grundsätzliches Neuland vor, entledigten sich ihrer Aufgabe nicht ohne Würde. Sie wiesen vor allem auf die tiefe historische Ironie hin, die darin lag, daß soeben der kaiserlich-militärische Zentralismus Frankreichs ruhmlos im Felde untergegangen war – und nun die Fackel an den nächsten, den großpreußischen, weiterzureichen im Begriff war: »Wäre es aber je möglich, was Gott verhüten wolle, daß der Gedanke an ein Weltreich, an eine große Concentration aller Kräfte unter einer Krone vorherrscht, dann, meine Herren, wäre es eine Ironie des Schicksals, Zustände schaffen zu wollen, wie in einem Lande, dessen Krone Preußen und die übrigen deutschen Stämme eben zertrümmert haben!« Und der Abgeordnete, der diese Worte findet (sein Name ist Ruland), ist tapfer genug, die Rolle Bayerns zu beschreiben, die er unter den gegebenen Umständen für die richtige hält:

»Wäre es aber auch der Fall, meine Herren, daß wirklich ein solches Weltreich begründet werden sollte, dann sage ich Ihnen offen meine Überzeugung. Dann würde ich denken, das sei der Wille der Vorsehung, daß ein Stamm, ein großer Stamm von der Centralisation ausgeschieden bleibt und vielleicht berufen ist, in späteren Tagen, wenn die Geschicke hereinbrechen – denn gleiche Ursachen, gleiche Wirkung! – wenn die Geschicke herannahen, die Bruderhand zu bieten, die man jetzt mit kalten Worten als ›schlechthin unmöglich‹ zurückweist...«

Gemeint war eine künftige »großdeutsche« Lösung – eine Lösung, die sich jedenfalls grundlegend von der unterschieden hätte, die wir 1938 kennengelernt haben.

Noch wichtiger aber ist an diesem schattenhaften, grob skizzierten Entwurf, daß die Grundabsicht der Patrioten erkennbar bleibt: Bayern als Subjekt, als bestimmenden Faktor der eigenen Geschichte zu erhalten. Das unterscheidet sie grundsätzlich von all den verlogenen »föderalistischen« Schachzügen, die nun generationenlang, bis in unsere Tage, folgen sollten – Schachzügen, die grundsätzlich einer Fremdbestimmung (und meistens einer schwarzweißroten) folgten – und folgen.

Hier trafen sich, zum letzten Mal vermutlich, auch die Tendenzen des eigentlichen, des linken, des radikalen Liberalismus der Selbstbestimmung (wie Kolb ihn sah und gelebt hatte) mit den archaischen Freiheitsbedürfnissen der Stammespolitik. Es war eben mehr als eine rhetorische Floskel, wenn der Abgeordnete Triller, ein römisch-katholischer Priester, als Einwand formulierte:

»Es fehlt ein wesentliches Moment, nämlich der Hauch wahrer, echt germanischer Freiheit!«

Er meinte die germanische Freiheit des Wahlkaisertums, der alten, buntscheckigen Libertäten. Genau die aber hatte Montgelas innerhalb Bayerns zerschlagen. Sein Prinzip der Volkssouveränität ohne Volk hatte das Establishment hervorgebracht, das nun, im vollen Bewußtsein dessen, was es tat, Bayern der Geschichtslosigkeit überlieferte.

Natürlich bekamen die Versailler Abmachungen ihre Zweidrittelmajorität. Keine Kammer mußte aufgelöst, keine Verfassung sistiert, keine bayerische Kompanie entwaffnet werden. Der Fürstenclub war formiert, und der alte Bray schrieb in sein Tagebuch:

Finis Bavariae

Der Dauerschlaf der deutschen Monarchien und Städte unter Bismarck begann; wie er richtig vorausgesehen hatte, blieb – abgesehen von gelegentlichem protokollarischem Aufmucken – nichts von den Resten an Geschichtsmächtigkeit über, um die man so erbittert gekämpft hatte. Sogar der VIII. Ausschuß für Auswärtiges, der möglicherweise die Reichspolitik hätte beeinflussen können, wurde zur reinen Fassade – die Bevollmächtigten der Länder fuhren einmal im Jahr nach Berlin und ließen sich von irgendeinem Herren des AA mitteilen, was es so Neues in der Welt gab. (Erst während des Ersten Weltkrieges erwachte dieser Ausschuß zu neuem, unheilvollem und zombiehaften Leben.)

Bald nach der Reichsgründung, die vom Münchner Fortschritt mit gebührendem Überschwang gefeiert wurde, feierte ein Malerfürst einen markanten Geburtstag. Gast – man könnte sagen Ehrengast – war der preußische Gesandte, unser Freund von Werthern. In Festeslaune erhob er das Glas und ließ den Jubilar leben, der, so meinte er kaustisch-köstlich, jede Farbe liebe und ehre – ausgenommen Schwarz.

An die Forstämter um den Kyffhäuser herum aber erging der Befehl, alle schwarzen Rabenvögel rings um den Barbarossaberg abzuschießen. Sie standen und stehen, wie man weiß, für die innerdeutsche Zwietracht. Der Kyffhäuser liegt unweit der Grenze, die später über vierzig Jahre lang deutsch-deutsche Zwietracht markieren sollte.

Jäger und Hasen

Der Bauerndoktor Georg Heim

Jeder, der ihn kannte aus seiner politischen Laufbahn, und jeder, der über den Politiker Dr. Georg Heim schrieb, hielt ihn leicht für einen Altbayern (auch Thoma tat das) – aber sie irrten. Der Bauerndoktor mit seiner unglaublich groben Diktion, seiner lustbetonten Aggressivität, seiner Berühmtheit in den Gauen Ober- und Niederbayerns, war Unterfranke. Und er war auch sonst ein recht komplizierter Mensch.

Äußerlich glich er dem Bild eines kecken und wachen, wenn auch etwas subalternen bayerischen Beamten: mit hellen Augen hinter dem Zwicker oder der Brille, Schnurrbärtchen unter aufgestülpter Nase, einer zitronenhaft zusammengezogenen Physiognomie. Er war Realschullehrer, außerhalb des Landtags war seine vorgesetzte Behörde das Kultusministerium am Salvatorplatz, aber darum hat er sich nicht viel gekümmert. Er wurde 1865 geboren; genau dreißig Jahre später, genau an der Schwelle der gesetzlich vorgeschriebenen Altersgrenze, machte er den ersten Versuch, als Abgeordneter in den bayerischen Landtag vorzudringen. Der Versuch war noch nicht erfolgreich; aber landauf, landab begann man mit dem Dr. Heim zu rechnen.

Es war der kleine Ort Fuchsmühl im Fichtelgebirge, der ihm das Sprungbrett bot. Dort fand 1894 so etwas wie ein Aufstand der armen Bauern statt gegen den Baron von Zoller, der ihnen das uralte Streu- und Holzsammelrecht bestreiten wollte. Als die Bauern »widerrechtlich« in den Wald eindrangen, wurde Militär gerufen, die Bilanz war, wie in unseren deutschen

Obrigkeitsstaaten üblich, nicht unerheblich: zwei Tote, vier Schwerverletzte und Leichtverletzte, die man weiter nicht zählte. Natürlich behauptete das Militärkommando, man habe die Soldaten angegriffen.

Dr. Georg Heim machte sich aus eigener Autorität zum Anwalt der Bauern, die nun vor mörderischen, existenzvernichtenden Prozessen standen. Zwei Jahre lang hat er ihre Sache betrieben, Zeit und Aufwand nicht achtend. Er hat einen Typus des Politikers in Deutschland, in Bayern, antizipiert, der in den USA vor allem die Demokratische Partei großmachte: den Typus des *wardheeler*, des Mannes, der für die kleinen Leute im Distrikt herumrennt und sich für sie die Hacken abläuft. Und er hat dem Zentrum, der klerikalen Mehrheitspartei, ein Geschenk beschert, das bis in unsere CSU-Tage hinein den Erfolg sichert. Aber dazu brauchen wir den Hintergrund; den Hintergrund, den das damalige Bayern bot.

Es war die Prinzregentenzeit – 1886 endete Ludwig II. im Starnberger See, sein Nachfolger, der Bruder Otto, war längst vom völligen Wahnsinn umnachtet. Der schon alte Oheim, Prinz Luitpold, wurde Prinzregent. Er gab der Ära den Namen; er, der Name, wenn nicht schon der Regent, ist mit Prosperität verbunden, mit dem Münchener Fin de siècle und der anhebenden Moderne, mit der beginnenden Industrialisierung auch. Der Kulturkampf gegen die katholische Kirche, unter dem Minister Lutz in Bayern kräftig geführt, war längst abgeklungen, aber an den alten Realitäten (immer unterhalb der an Berlin abgetretenen Souveränität) hatte sich nicht viel geändert. Noch bis kurz vor dem Ersten Weltkrieg blieb es ein Axiom bayerischer Verfassungswirklichkeit, daß kein »Schwarzer« in wirkliche politische Schlüsselstellungen gelangte.

In diese Zeit fällt der langsame und beschwerliche Aufstieg der Sozialdemokratie, geführt von dem Adeligen Georg von Vollmar. Es war eine Sozialdemokratie, die bald ihre eigene Physiognomie entwickelte. Vollmar hielt nichts von revolutionärer Dogmatik, er war Pragmatiker, er war eine gesellschaftlich anerkannte Figur, er heiratete eine reiche schwedische Erbin und hielt in Berlin einen Salon, in dem alles verkehrte, was fortschrittlich »in« war. Der Reichsführung der SPD war er ein Pfahl im Fleische, es kam auf einem Parteitag in Sachsen zum offenen Krach, bei der das Wort vom »Kapua an der Isar« fiel (will heißen einer Stadt, in der die Kampfbataillone der Partei verweichlichen), und Bebel sprach den geflügelten Satz: »Man wandelt nicht ungestraft unter Maßkrügen.« Gemeint war die versöhnlerische, die gesellschaftlich entspannte Atmosphäre der urdemokratischen Biergärten.

Aber natürlich änderten sich die Zeiten, natürlich war der Demokratismus auch politisch im Vormarsch – und die Patriotenpartei hatte sich zum Zentrum gemausert, das – wenigstens organisatorisch – mit dem Zentrum aller katholischen Reichsteile fusionierte. Das ergab Probleme.

Die gute alte Zeit war nicht nur für die Arbeiter ziemlich schlecht, sondern auch für die kleinen bayerischen Bauern. Es setzte schon damals das ein, was wir heute vornehmlich aus der Dritten Welt kennen – der Verfall des Preisgefüges für die Landwirtschaft, die Verschuldung der Betriebe, das Bauernlegen. Das Zentrum, militant zum Kampf für die konfessionellen Interessen gebildet, konnte sich nicht recht entschließen, wo es in diesen Fragen stand – es gab zu viele grundbesitzende oder fabrikbesitzende Honoratioren in seinen Reihen und vor allem in seiner Führungsspitze. Wieder und wieder mußten Interessen der kleinen bayerischen Leute dem Kalkül der Zentrumsspitze geopfert werden, und die Geistlichen, die damals massenhaft im Münchener Landtag vertreten waren, mußten diese Kalkulationen wieder und wieder dem mißtrauischen kleinen Wähler verdolmetschen. Zwar hielt die Ergebenheit gegenüber der Kirche die Mehrheiten noch zusammen – aber dort, wo antiklerikale und halbanarchistische Traditionen und Gefühle vorhanden waren, zum Beispiel in Niederbayern, entstand eine neue Gruppierung, der radikale Bauernbund. Er begann in den Landtag einzudringen. Und genau dies war die Konstellation, in die der Bauerndoktor eintrat.

War er ein Streber? Wenn er es war, dann ein sehr arbeitsamer und tüchtiger, der sich von Dutzenden anderer Streber vorteilhaft abhob. Er war tätig, aufreibend tätig, für das Genossenschaftswesen, für Raiffeisenvereine, für den Bauernverein. Er sprach landauf, landab, er benützte das Fahrrad als Vehikel bei seinen Wahlkämpfen für den Landtag, bald auch für den Reichstag. Er führte einen neuen, aggressiven Redestil im Landtag ein, einen gleitenden Übergang gewissermaßen von der parlamentarischen Debatte zum rüden Ton der Volksversammlungen draußen in den Hinterzimmern mit ihren Maßkrügen.

Vor allem aber begriff er, was seine Partei, das Zentrum, in der neuen Zeit brauchte: den linken, den eigenen linken Flügel.

Und er erkannte genau den Punkt, an dem diese Flügelbildung einsetzen konnte und mußte: den Punkt des Wahlrechts.

Bayern hatte noch immer das Wahlmännersystem; also eine indirekte Wahlmethode, die stets die Liberalen begünstigte. Seit 1892 stürmten die Sozialdemokraten gegen dieses Wahlrecht an und forderten das direkte: 1892 und 1895 der Abgeordnete Grillenberger, 1899 Segitz. Es war Heim, der sich eindeutig auf die Seite der Sozialdemokraten schlug: »Ich scheue mich nicht davor, diesem Wahlrechte für meine Person die Zustimmung zu geben auf den Kostenpunkt hin, daß zum Beispiel der Flügel des Herrn von Vollmar vielleicht noch um 15 bis 20 Mann vermehrt wird. Dann wissen wir, wie wir daran sind.«

Endlich legte – 1903 – die Regierung einen entsprechenden Entwurf vor. Er wurde nach neuntägiger Debatte im Landtag zu Fall gebracht: von den Liberalen.

Heim faßte den entscheidenden taktischen Plan. Er wußte, wie man in der nächsten Session zur notwendigen Zweidrittelmehrheit gelangen konnte: durch ein Wahlbündnis mit der SPD.

Als beim feierlichen Landtagsbeschluß unten der Prinzregent mit der Hofgesellschaft vorbeizog, saßen oben, dem offiziösen Treiben fern, der Dr. Georg Heim und der andere Georg, der Herr von Vollmar auf der Balustrade und unterzeichneten den Wahlabkommensvertrag.

Das »seriöse« Zentrum schäumte. Die Parteileitung in Berlin bezeichnete das Zusammengehen als »politisch und moralisch verwerflich«. Aber unten, wo es darauf ankam – unten in den Wahlbezirken klappte es aufs beste. In Dietramszell ergab der erste Wahlgang 70 Stimmen für das Zentrum, 14 für Georg von Vollmar. Vor dem zweiten Wahlgang trat der Mechanismus des Wahlbündnisses in Aktion: Er ergab genau 84 Stimmen für die SPD und keine einzige für's Zentrum...

Heims Rechnung war glatt aufgegangen. Im neuen Landtag, noch nach dem Wahlmännersystem gewählt, stieg die Zahl der Sozialdemokraten von 11 auf 12, die des Zentrums von 84 auf

– 102. Die Liberalen erhielten nur noch 23 Sitze, es war die Götterdämmerung.

Bei solcher Zusammensetzung gingen das direkte Wahlrecht und die gesetzliche Regelung der Wahlkreiseinteilung, die eigentlichen Ziele des Bündnisses, glatt durch. Am 9. April 1906 nach Zustimmung durch die Reichsrätekammer und nach landesherrlicher Genehmigung, trat das direkte Wahlrecht in Kraft. Im ersten Landtag, der nach dem neuen System gewählt wurde, konnte das Zentrum mit 98 Mandaten die Mehrheit behaupten, die Sozialdemokraten kamen von 12 auf 20 Sitze, die Liberalen erhielten – ein Mandat.

Aber damit war auch schon der Sturz Heims in der eigenen Partei eingeleitet.

Wer ihn wünschte, war ziemlich klar. Der dritte Georg kommt nun ins Spiel, nämlich der Freiherr Georg v. Hertling. Er war damals bayerischer Reichsrat, er war führender Zentrumsmann, später wurde er bayerischer Ministerpräsident und gegen Ende des Ersten Weltkriegs sogar noch Reichskanzler. Er war ein hochgebildeter Mann, ein Katholik, der seinen Glauben theologisch reflektierte – aber natürlich ein Aristokrat. Im April 1905 veröffentlichte er in der bildungskatholischen Zeitschrift Hochland einen Artikel zu dem Thema »Politische Parteibildung und soziale Schichtung«. Er verglich die Partei mit einem großen Hauswesen, in dem es eben auch die »verschiedensten Bestandteile und Funktionen« gebe, die alle an der richtigen Stelle stehen müßten: »Eine große Wirtschaft braucht auch einen Hausknecht. Schlimm ist es nur, wenn der Hausknecht den Herrn spielt oder den Ton angibt.« (Merken wir uns den Satz. 1933 bot man die Herrschaft einem typischen Hausknecht an – einem, den Karl Kraus den »Hausknecht von der Deppedanz« nannte.)

Damals, 1905, wußten alle oder glaubten zu wissen, war mit dem Hausknecht natürlich der Bauerndoktor gemeint. Es gab entsprechende Aufregung und Erheiterung in der Presse. Man stand mitten im Wahlkampf, der geistliche Zentrumsführer, der Dr. Daller, mußte wohl oder übel für Heim gegen Hertling Stellung nehmen. Die Affäre schlug Wellen bis nach Berlin, und Hertling erklärte, er habe mit seinem Artikel lediglich »wissenschaftliche« Zwecke verfolgt...

Aber die Intrigen hatten begonnen, der Machtkampf in der

Fraktion stand bevor. Er war, nicht zuletzt, durch Heims eigene Erfolge vorgezeichnet: die wachsende Macht des Landtags. Das Ende der Honoratiorenregierungen, der nationalliberalen Übermacht, kündete sich an, die »Schwarzen« hatten nun alle Voraussetzungen, in den Staatsbau einzudringen. Und dies ergab eine Parallele (wenn auch nur eine einzige) zu den Vorgängen von 1870: Das Zentrum als Ganzes war weder bereit noch fähig, einen radikaldemokratischen Kurs auf die Dauer durchzuhalten.

Jahrelang waren Heims Verbündete draußen im Lande die Kapläne und Kooperatoren, oft auch die Pfarrherrn gewesen. Sie konnten (siehe Dietramszell) die Schwenkungen und Schwankungen der Parteilinie genau dosieren, auch ohne mit der Wimper zu zucken, die taktische Allianz mit der SPD realisieren. Was sie aber nie aufgaben, war die dogmatische Intransigenz, die absolute Linientreue gegenüber Rom, die Enthaltsamkeit von jedem pastoralen oder gar theologischen Zweifel.

Aber das Gift für weitere Jahrzehnte, die Ideologisierung des Verhältnisses zur Sozialdemokratie, sollte gar nicht von diesen dumpfwackeren Unteroffizieren in der Drecklinie ausgehen. Sie ging von den »besseren«, von den »seriösen« Zentrumsleuten aus, von den Bildungskatholiken. Sie setzten den Grundsatz in die Welt, daß man mit »Gottesleugnern« keine Wahlbündnisse eingehen könne und dürfe. Sie drängten nun nach der Macht, und das hieß in Bayern noch immer: Sie drängten zu Hofe. Sie drängten in die bessere Gesellschaft, und die konnte den Dr. Heim nicht brauchen – weniger wegen seiner Ansichten als wegen seines Stallgeruchs.

Die kleinen Querelen häuften sich. Heims geschicktester Gegner wurde der Dompropst Dr. Pichler aus Passau; jener Dr. Pichler, von dem Ludwig Thoma bündig schrieb: »Die hervorstechendsten Eigenschaften des unhörbar auf römischen Filzsohlen wandelnden Herrn sind nicht die Eigenschaften der Krafthuber und Weizengrafen Niederbayerns. Man muß wie der Herr Domkapitular viele Jahre unter den Jesuiten in Rom gelebt haben, um ein so lauterer und offenherziger Politiker zu werden.« Die Kampagne dauerte mehrere Jahre, Heim hatte nicht die Qualitäten, sich dagegen durchzusetzen. Sein politisches Sterben dauerte fast bis zum Ersten Weltkrieg. Er selbst lebte noch länger. 1933 soll er noch treuherzig um die Aufnahme in die NSDAP gebeten haben.

Seine Verdienste um das Zentrum, später um die Bayerische Volkspartei, noch später (wenn auch indirekt) um die CSU sind ungeheuer. Er hat den Typus einer Massenpartei präformiert, die durchaus imstande ist, mit den Hasen zu laufen und mit den Jägern zu jagen – wann immer es jeweils darauf ankommt. Er hat den schwachen Punkt der bayerischen Seele für den Parlamentarismus entdeckt: ihre Neigung zum Konkretistischen, ihre Sympathie für deftige Führerpersönlichkeiten, für den »Hausknecht«, der es trotz seiner verbalen Kraftakte und seines ehrlich gewollten Revisionismus den Großkopfeten ermöglicht, die Mehrheiten zusammenzuhalten. Und er selbst hat, wohl ohne den ganzen Umfang seiner persönlichen Tragikomödie zu begreifen, dies in einen typisch bayerischen Satz gefaßt: »Wer auf einem solchen Posten wie ich steht, der ist einem Eckstein zu vergleichen, an welchen jeder schäbige Hund hinläuft, um sein Bein in die Höhe zu heben.«

Er sagte nicht, in welchen Gesellschaftsschichten die schäbigen Hunde beheimatet waren.

IV
SUCHE IN DER NACHT

Hertling – oder: Der Drang nach Westen

Der Erste Weltkrieg begann im August 1914. Die Nation, das heißt die deutsche Nation, tobte vor Begeisterung. Wilhelm II. kannte keine Parteien mehr, er kannte nur noch Deutsche.

Am 15. dieses Monats August meldete der bayerische König Ludwig III. erstmals wittelsbachische Kriegsziele an: Aufteilung der Reichslande Elsaß-Lothringen, Verschwinden Belgiens, eine deutsche Rheinmündung.

In diesem Sinne hatte er am 26. des gleichen Monats eine Unterredung mit dem Reichskanzler Bethmann-Hollweg: wiederum Elsaß-Lothringen, zumindest aber das Elsaß, als bayerische Akquisition; dazu Annexionen in Belgien und Holland, die den Anschluß Süddeutschlands an den Weltverkehr sicherstellen sollten – verbunden mit einer weitschauenden Eisenbahnpolitik und Kanalprojekten.

Die Tage Max Emanuels waren zurückgekehrt, die Tage Karl Albrechts – das Haus Wittelsbach hatte seinen Drang nach Westen wiederentdeckt, gleichzeitig mit der nie geregelten Frage der Verbindung des rechtsrheinischen Bayern mit der Pfalz. Hier wurde, wieder, genau wie 1870/71 an westliche Kompensationen für das betroffene Baden gedacht.

Die Logik der Reichsverfassung

Diese dynastische Sicht des Krieges, diese Politik der bayerischen Spezial-Annexionen ergab sich logisch aus der Bismarckschen Reichsverfassung. Sie war, erinnern wir uns, ein

Fürstenbündnis. In dem Augenblick, wo das Bündnis dem Ernstfall des europäischen Krieges ausgesetzt war, stand auch schon die Kriegszielfrage für die Verbündeten – in unserem Fall für Bayern – zur Debatte. Ludwig III. ging mit einer für ihn seltenen Begeisterung daran, das noch im Monat des Kriegsausbruchs klarzumachen.

Während im Frieden Bismarcks Verfassungskalkül voll aufgegangen war (es hatte dem Kanzler fast völlige Rückenfreiheit verschafft; der auswärtige Ausschuß des Bundesrats, auf den man 1870 solchen Wert legte, hatte unter bayerischem Vorsitz vor sich hingedöst, erst seit 1908 fanden jährliche Tagungen statt, die im wesentlichen aus dem Vortrag eines Herrn vom Außenamt bestanden), wurde es im Krieg sofort problematisch. Vor allem, wenn man felsenfest mit einem großartigen Sieg rechnete – und das tat 1914 jedermann. Wenn die Truppen, und auch dies wurde angenommen, Weihnachten 1914 schon wieder zu Hause sein sollten, dann mußten die Fürsten eben rechtzeitig ihre Forderungen anmelden.

Dazu kam ein – sicher respektabler – innenpolitischer Grund. Jeder Sieg mußte, wenn man nicht rechtzeitig gegensteuerte, das ohnehin erdrückende Übergewicht Preußens im Reich noch vergrößern.

Das bayerische Konzept, von Ludwig III. angemeldet und von seinem Ministerpräsidenten von Hertling in den kommenden Jahren mit unermüdlicher Hartnäckigkeit immer wieder modifiziert und vertreten, entbehrte also nicht der Geschlossenheit. Und wie gut war es da, daß es mit uralten Themen der wittelsbachischen Politik in Europa harmonierte!

Combinazioni

Nun waren die Wittelsbacher nicht allein im Reich, nicht einmal mit den Preußen. Da gab es die mißtrauischen süddeutschen Vettern Württemberg und Baden, die jede Vergrößerung Bayerns als Gefahr für ihre eigene Bedeutung betrachteten – da gab es auch Sachsen, ein trotz allem stattlicher Körper im Bunde. Ganz zu schweigen von der Stelle, die sich rasch als die neue, die große Macht, die Macht jenseits und außerhalb aller Verfassung entpuppte: die Oberste Heeresleitung.

Auf einem so komplizierten Schachbrett konnte lange und hingebungsvoll gespielt werden – und genau so kam es. Richtig Spaß machte es jedoch erst, als sich im Osten die Figuren vermehrten. Polens künftiges Geschick wurde schon 1915 mit allen möglichen Variationen ventiliert: Austropolen, also ein Habsburger als König, der Bayer Leopold als König, Aufteilung wie gehabt zwischen den verbündeten Monarchien. Dann kamen die baltischen Gebiete dazu: Litauen, Lettland, Livland, Kurland, Estland: Beute schien genug für alle da zu sein. Die Schwierigkeit bestand aber in der relativen Abmessung der Anteile, und sie bestand darin, daß der an sich berufene Schiedsrichter, der Kaiser, nicht nur preußischer König, sondern ein sehr einnehmender preußischer König war: »Wenn Ich das Baltikum und Lothringen bekomme, so soll Bayern das Elsaß erhalten!« lautete etwa eine seiner lapidaren Weisungen – und mit »Ich« war nicht der Kaiser, sondern der König von Preußen gemeint...

Ähnliches, wenn auch noch Fürchterlicheres, stand von der Obersten Heeresleitung, das heißt von Ludendorff und seiner Repräsentationsfigur Hindenburg zu erwarten. »Das Elsaß muß endlich deutsch werden und muß deutsche Soldaten erziehen«, hieß es da zum Beispiel. Das war direkt auf Bayern gezielt: Man traute denen einfach nicht zu, aus dekadenten halbfranzösischen Wockes richtige deutsche Rekruten machen zu können.

Unter so freundlichen Umständen, und angesichts der Menge der erwarteten Zuwächse, liefen die Combinazioni, wie das italienisch heißt, stetig und ohne Unterlaß vier Jahre lang. Bayern – besser gesagt: sein Herrscherhaus und sein Ministerpräsident Georg von Hertling, blieben dabei unermüdlich am Ball. Besuche beim Reichskanzler Bethmann Hollweg, später beim Reichskanzler Michaelis; Fühlungnahmen mit dem Großen Hauptquartier, das heißt dem Kaiser, und natürlich mit der Obersten Heeresleitung; eine Goodwilltour des bayerischen Königs im Elsaß; Mobilisierung der katholischen theologischen Fakultät Straßburg für das alte Patronatshaus der Konfession in Deutschland: all dies wurde versucht und – teilweise – mit bemerkenswertem Geschick inszeniert. Besonders hoffnungsfroh wurde man natürlich in München, als spät im Krieg der bayerische Ministerpräsident Georg von Hertling auf den Stuhl des Reichskanzlers überwechselte: »In der Stunde der Gefahr«, so urteilt hart der Historiker, »stand für ihn noch immer das bayrische Kriegsziel obenan.«

Vermutlich ist das zu hart gesagt. Wie schon erwähnt, fiel ja eine mögliche Stärkung Bayerns durchaus mit den Notwendigkeiten zusammen, die sich aus den Faktoren Reichsverfassung und Siegfrieden ergeben würden. Bayern konnte hier auch teilweise auf Unterstützung bei den kleineren Bundesfürsten rechnen (wenn auch nicht auf die Württembergs und Badens). So schrieb noch im Januar 1918 der Herzog von Sachsen-Meiningen an den König von Bayern: »... daß die große Mehrheit des deutschen Volkes es nicht verstehen würde, wenn der Schlußakt des Weltenkampfes auf eine einseitige Vermehrung der hohenzollernschen Macht hinauslaufen würde.«

Eine besondere Rolle spielte in diesen Combinazioni der bayerische Kronprinz Rupprecht, der als Heerführer im Westen stand – besonders deshalb, weil Rupprecht intelligenter, aber auch offener als die meisten anderen Potentaten zu formulieren verstand, worum es jeweils ging. In seiner Denkschrift vom April 1915 (es ging dabei wieder um Holland, und ein Wettiner, also ein Angehöriger des sächsischen Königshauses, sollte »Fürst von Flandern« werden...) machte er es ganz klar: »Der Annexionsfrieden sollte die Grundlage der Bismarckschen Reichsverfassung – die Souveränität der verbündeten Regierungen – bewahren helfen. Also durfte der Gewinn des Krieges auch nicht einem Bundesstaat allein zufallen.«

Es war also die Reichsverfassung, Bismarcks Werk selbst, welche dieses Verwirrspiel der Combinazioni im Ernstfall zwangsläufig auslöste. Vor einem Hintergrund von Trommelfeuer, Kampfflugzeugen und Tanks; vor dem Vorhang grauenhafter Verluste auf beiden Seiten; mitten in der Realität des ersten modernen Krieges überhaupt, den Europa erlebte, lief ein innerdeutsches Spiel der Kabinette, das zum Verwechseln den Balletten der Diplomaten im 17. und 18. Jahrhundert glich.

Zeitgenössische Beobachter sahen die Anomalie, das Mißverhältnis ganz klar. So machte sich etwa Herr von Jagow, ein hoher deutscher Beamter, in seinen Memoiren Gedanken darüber und kam zu dem nüchternen Schluß: »Ein siegreicher Krieg bot keine Ziele, sondern nur Probleme.« Denn wie hätten die Gewinne eines möglichen Siegfriedens verteilt werden sollen, ohne das Gleichgewicht der Reichsverfassung, das heißt des Fürstenclubs, so oder so zu gefährden?

Hätte man alle Eroberungen als Kondominien, als »Reichsland« behandeln sollen wie seinerzeit, 1871, Elsaß-Lothringen? Die fünfundvierzig Jahre bis 1916 hatten gezeigt, wieviel Zündstoff das anhäufen konnte.

Sollten Preußen und Bayern vor allem berücksichtigt werden? Drohend stieg da vor den anderen Bundesstaaten des Reiches das Gespenst des Dualismus auf, verstärkt durch den konfessionellen Gegensatz.

Sollten alle Bundesstaaten gleichmäßig in den Genuß der Beute kommen? Das war schon rein technisch absurd.

Sollte alles an den Hegemonialstaat Preußen gehen? Das war, angesichts der Neigungen der OHL und des Kaisers, höchst wahrscheinlich – und es hätte Dynamit für Süddeutschland bedeutet.

Probleme, wohin man blickt! Von Jagow hatte recht: Vermutlich taten sich die siegreichen Alliierten in Versailles untereinander leichter, als sich die siegreichen deutschen Bundesfürsten getan hätten...

Immerhin, eines haben sie schon während des Krieges durch ihr Wühlen, ihre Combinazioni bewirkt: daß der Druck in Richtung Annexionen nie nachließ. Und damit haben sie wohl auch mitgeholfen, den Frieden, der zu Brest-Litowsk mit den Russen geschlossen wurde, zu einem brutalen Diktat zu machen – einem Diktat, das dann, kaum mehr als wenige Monate später, die Atmosphäre von Versailles entscheidend beeinflussen sollte.

Das wirkliche Reich im Krieg

Nun, die Untertanen erlebten diesen Krieg ohnehin viel realistischer als ihre Fürsten; allen voran die Bayern. Denn gerade die Bayern, die konkret denkenden und fühlenden, wurden plötzlich mit der Wirklichkeit dessen konfrontiert, was Deutsches Reich im Ernstfall bedeutete.

Erinnern wir uns an die Verträge von 1870/71! Bismarck hatte Bayern mit Glacéhandschuhen angefaßt – aus wohlerwogenen Gründen. Nichts, was äußerlich an die alte Staatlichkeit erinnerte, wurde abgeschafft. Die Regimenter trugen weiter ihr eigenes Tuch, nur leicht der Reichsausrüstung angepaßt. Der Fahneneid lautete (im Frieden) auf den König. Die Briefmarken trugen das Bild des Königs, später des Prinzregenten, noch später das seines Sohnes Ludwig III. Die Bahn war bayerisch und die Beamtenschaft auch. Was man vom Reich verspürte, waren Gewinne: der rasch aufblühende Wohlstand, zunehmende Weltläufigkeit, neue Angebote dessen, was man heute Lebensqualität nennen würde.

Das wurde nun mit einem Schlag anders, das Reich war da, und es war da als die unerbittliche Maske unterm Stahlhelm.

Die Loyalität der Truppen ging nun auf den Kaiser als den Obersten Kriegsherrn über. Neue Dienststellen schossen ins Kraut: Dienststellen für Rohstoffbewirtschaftung, für Ernährung, für Waffen- und Munitionsbeschaffung. Die letzten Reste des Subsistenzbauerntums wurden an die Kandare genommen, zum erstenmal seit den Zeiten des Feudalismus schnüffelten wieder Kommissare in Feld und Stall herum, und zum erstenmal in der Geschichte überhaupt gab es Lebensmittelkarten.

Fast sofort machte sich das Nordsüdgefälle bemerkbar. Die Entscheidungen der neuen Kriegswirtschaft fielen alle im Norden, in den Zentralen; der Ernährungsdruck aber lief eher umgekehrt. Die Sommerfrischler, die man in der Zeit des Wohlstands als angenehmes Zusatzeinkommen entdeckt hatte, wurden zu Hamsterern und Wucherern. Und aus dem Feld mehrten sich die lakonischen Mitteilungen, die den Hans, den Schorsch, den Kilian als »gefallen auf dem Felde der Ehre« meldeten.

Anfangs, als alles noch gutzugehen schien, nahm man das in Kauf. Ja, wahrscheinlich waren die Bayern, und speziell die Bauern, damals noch um vieles ehrlicher als sie es später, im Zweiten Weltkrieg, waren. Aber um das Jahr 1916 herum wendete sich das Blatt, trat das »Mißverständnis des Zweiten Reiches« in Bayern klar hervor.

Was bisher an der Bismarckschen Verfassung nützlich gewesen war, um die tatsächliche Zentralisierung zu verschleiern, wurde nun zum psychologisch-politischen Bumerang. Das Großbürgertum, die Nationalliberalen, auch die feineren Herrschaften im Zentrum hatten die Fiktion des »Fürstenbündnisses« längst nicht mehr ernst genommen, und ihr Held war denn auch nach 1914 folgerichtig nicht mehr der Kaiser oder gar ihr lokaler König oder Herzog, sondern Hindenburg – die Realität der Obersten Heeresleitung.

Für die »kleinen Leute« in Bayern aber, die nun jahrelang Ruin, Tod, Hunger, die Vernichtung gerade ihrer bescheidenen handwerklichen oder händlerischen Existenz erlebten – denn der Krieg förderte, wie stets die Vertrustung, den weiteren Reichtum der Reichen, für diese kleinen Leute stellte sich die ganz ernst gemeinte Frage, wozu man denn eigentlich einen König habe. Offiziell war der Krieg ein Verteidigungskrieg, das glaubte man bis weit in die Sozialdemokratie hinein; aber wenn an einen Sieg nicht mehr zu denken war, dann mußte man eben aussteigen. Dann mußte das Bündnis so funktionieren, wie sich der einfache Mann ein Gespräch zwischen Fürsten vorstellt: Der König von Bayern hatte dem Kaiser respektive dem König von Preußen mitzuteilen, daß Bayern nicht mehr imstande sei, mitzumachen. Aber schon im Dezember 1916 waren auch härtere Töne zu hören, Töne aus dem Niederbayerischen. Da schrieb, natürlich anonym, ein Familienvater an »Eure Majestät König Ludwig von Bayern«: Er flehte ihn an, »in Anbetracht der vielen Familienväter und Söhnen (sic) die ihr Leben für den preußischen Größenwahn lassen müssen..., unser schönes Bayerland von den (sic) Ruin zu retten, dieser willkürlichen Menschenschlächterei ein Ende zu machen«; der König solle dem bayerischen Heer Befehl geben, »zu den Feinden Preußens überzugehen«, andernfalls komme die Revolution, die Kugeln seien bereits »für Euch Alle gegossen«.

Das war eine radikale Schwalbe, die noch zwei Jahre lang keinen Sommer, vielmehr keinen November machen sollte. Aber das Schreiben beleuchtet das Überleben einer uralten Vorstellung des Verhältnisses von König und Volk, wie es frühen Zeiten entspricht: das Verhältnis gegenseitiger Treue. Und nichts konnte dieser Vorstellung schädlicher sein als die Kriegszielpolitik der Wittelsbacher. Während Ludwig, wahrscheinlich subjektiv ehrlich, versicherte, sein Volk würde es nie verstehen, wenn Bayern nicht vergrößert aus dem Krieg hervorginge, sah das rasch wachsende Mißtrauen der kleinen Leute gerade in dieser Hausmachtpolitik den Beweis dafür, daß sich Ludwig aus Gründen dynastischen Ehrgeizes den Preußen ausgeliefert habe. »Er ist ja selber schon ein halber Preuße, weil er das Elsaß will«; so wurde an bayerischen Wirtshaustischen anno 1917 geredet.

Es ist albern, in solcher Stimmung Drückebergerei, Brunnenvergiftung, Dolchstoßgefühle zu wittern. Denn diese Stimmung entsprach der wirklichen Kriegslage; sie war darüberhinaus das logische Resultat der Bismarckschen Konstruktion wie – auf höherer dynastischer Ebene – die partikularistische Kriegszielpolitik. Kurz: Diese Konstruktion erwies sich als ein Schönwetter-Gebilde. Auf der militärisch-organisatorischen Seite konnte sie durch den Notstand, die Tüchtigkeit, die Begeisterung überholt werden, brachte sie immerhin Männer wie Ludendorff und (für ein Jahrhundert bestimmend) Rathenau hervor. Politisch jedoch war nichts mehr zu reparieren. Der Sieg hätte, bestenfalls, das gebracht, was der deutsche Patriot Rathenau einen »elektrisch-journalistischen Cäsaropapismus« nannte, schlimmstenfalls, aber viel wahrscheinlicher eine Art Junta-Regime der Obersten Heeresleitung. Was die Niederlage brachte, steht in den Geschichtsbüchern.

Der Instinkt der kleinen Leute war also sicherer als die Sieges- Spekulationen der Potentaten. Daß sich daraus als Nebenprodukt ein solider Preußenhaß ergab, war genauso unvermeidlich.

Die Emporkömmlinge

Neben dem allenthalben fühlbaren Zentralismus waren es besonders die Emporkömmlinge der Kriegswirtschaft, die, dem Zug der Vorkriegszeit folgend, nach Bayern strömten, welche den neuen, den wahrhaft erst virulenten Preußenhaß in Gang setzten.

Sie brachen als Sommerfrischler, als Schnorrer in eine durch den Krieg völlig veränderte soziale Landschaft ein. Sie waren bereit zu zahlen: Schwarzmarktpreise. Sie waren keineswegs schlecht genährt, aber entschlossen, sich nichts entgehen zu lassen. Sie konnten auf die alte Verbindlichkeit der Gastwirte, auf die Langsamkeit der Zerstörung alter Gutmütigkeiten bei den Bauern, Fischern, Jägern rechnen. Sie säten ringsum Erbitterung, diese neuen Parasiten, die nicht mehr aus dem Schoß des Feudalismus, sondern der Kriegsgewinn-Wirtschaft krochen.

Diesen Emporkömmlingen war rechtlich nicht oder kaum beizukommen; wohl aber den Hunderten und Tausenden von Hamsterern, die sich, je länger der Krieg dauerte, wie eine Heuschreckenherde von den Eisenbahnstationen aus über das Land ergossen. An den Bahnhöfen kam es zu Razzien, willkürlichen, unvorhersehbaren, also – im Kopf der Leute – zu ungerechten. Die Grenze zwischen Profit und Mitleid verlief fließend, den Verwandten (die dienende oder arbeitende Schwester in München oder Nürnberg, den Bruder in der Munitionsfabrik) empfand man ohnehin nicht als Hamsterer: Wie sollte das älteste aller Bande der Menschheit, die Familiensolidarität, auf einmal verboten sein?

Es war der zweite große Schub der sozialen Desintegration – der zweite nach dem aus dem Biedermeier ins Gründerzeitalter. Und dieser zweite Schub war wohl schon konstitutiv für das, was kam: die protonazistische Konvulsion...

Verstärkt und beschleunigt wurde er durch den Verfall der öffentlichen Glaubwürdigkeit. Sie war, von ganz oben, das heißt vom Reichstag, bis hinab ins letzte Dorf bedingt durch die schamlose Verschleierungspolitik der Obersten Heeresleitung. Eines hatte das Deutschland des Zweiten Reiches immerhin beibehalten, was nun in die Brüche ging: das grundsätzliche Vertrauen in die Auskünfte der Obrigkeit. Dieses Vertrauen aber wurde um so grundloser, je länger der Krieg dauerte. Und etwa ab 1917 weigerten sich stetig wachsende Kreise des Volkes, dieses Vertrauen noch zu gewähren. Ludendorff hatte seinen Kredit überzogen.

Die Dolchstoßlegende der unmittelbaren Nachkriegszeit war, so gesehen, eine pathologische Regression. Die Rechte entschloß sich ganz einfach, nachträglich diesen Vertrauensverlust auszustreichen, den Lügen zu glauben, die Jahre vorher, während des Krieges, ausgestreut worden waren. Und so konnte ausgerechnet Ludendorff zu einer zentralen Figur der rechtsputschistischen Münchener Szene 1920-23 werden.

1917 aber wußten es die Leute, die einfachen Leute, besser. In München begannen die Straßenbahnschaffner die Ausrufung von Haltestellen wie »Hohenzollernstraße« oder »Hindenburg-Allee« zu vermeiden – man wollte keinen Krach im Wagen. Und draußen, in Straubing, im Chiemgau, in Würzburg und anderswo, war es um keinen Deut besser.

Wer hat wen verraten?

Auf zwei Ebenen also fand Desintegration statt. Auf der Ebene des Reiches enthüllte sich die Unbrauchbarkeit einer Verfassung, die in Schönwetterzeiten auf die Bedürfnisse eines großen Kanzlers angelegt worden war, und es enthüllte sich mehr und mehr die Unglaubwürdigkeit des Großen Hauptquartiers und der Obersten Heeresleitung. Es enthüllte sich die Unfähigkeit des Reichstags (teilweise eine psychologische, wohl aber auch eine konstitutionelle), eine halbwegs effiziente Kontrolle über den Militärapparat auszuüben. Und es enthüllte sich die Unfähigkeit des eigentlichen Zentrums der Verfassung, nämlich des Ensembles der Bundesfürsten, eine sinnvolle Friedenspolitik einzuleiten. Die Beutediskussion dieser Fürsten war, auf ihre Weise, wirklichkeitsentrückter als es seinerzeit die innere Welt Ludwigs II. gewesen war.

Auf der zweiten Ebene aber, der Ebene der Beziehungen zwischen dem Hause Wittelsbach und seinem Volk, mußte sich diese Desintegration in voller Wucht auswirken. Die alten Bande, der nicht nur vom Hofe, sondern von der gesamten bürgerlichen Presse immer wiederholte Appell an die alte Loyalität des Bayernvolkes, konnten unter solchen Umständen nur als Bumerang wirken. Treue, das war nach dem germanisch-feudalen Verständnis des Mittelalters immer gegenseitige Treue gewesen. Ein Haus, das diese Treue verweigerte; das, statt sich, den Konsens der wahrhaft vom Kriege getroffenen kleinen Leute im Rücken, im Geiste der Bundesverfassung gegen die Übermacht von Heer und Reich zu erheben und den Frieden zu erzwingen, als eine Art Weihe-Instanz für die soziale und materielle Zerstörung funktionierte und daneben noch territoriale Belohnung für diese Vogtarbeit anstrebte – ein solches Haus hatte eben selbst den Treuebegriff verraten, der zwar nicht den Gegebenheiten des 20. Jahrhunderts, wohl aber der eigenen, generationenlang betriebenen Propaganda entsprach. Nicht Bayern hat das Herrscherhaus verraten, die Dinge liegen genau umgekehrt. Die Gerechtigkeit, versteht sich – für die Vorgänge im November 1918 war also gegeben.

Der Konsens aus Niederbayern

Nur so konnte es kommen, daß wenige Tage vor diesem November der Berliner Journalist Kurt Eisner ins Niederbayerische fuhr – dorthin, wo es am breitesten und prächtigsten ist – und mit dem blinden, mächtigen Großbauern Gandorfer die Einzelheiten dessen festlegte, was sich am 7. und 8. auf der Theresienwiese und in den anliegenden Stadtbezirken ereignete.

Eisner – oder: Wird Bayern wieder Subjekt?

Es ist jetzt fast drei Normgenerationen her, daß Bayern auf revolutionärem Wege zum Freistaat wurde. Es gehört zu den Merkwürdigkeiten Bayerns (wohl aber ganz Deutschlands), daß dieser Geburtstag eines Staatsnamens, dessen sich die weißblauen Regierenden bis zum absoluten Überdruß bedienen, wenigstens zwei Generationen lang niemals festlich begangen wurde und in der öffentlichen Meinung nur Unbehagen auslöste.

Dies ist außerordentlich bedauerlich. Erst zum 75. Jahrestag lud die SPD zur Feier in den Kaisersaal der Residenz ein – und der neue Ministerpräsident konterte unter der Kuppel seines Amtssitzes wenigstens mit einer Art Schulgedenkstunde mit Lesungen. Lang genug hat's gedauert – aber es läßt hoffen, daß wir Bayern vielleicht irgendwann doch das selbstverständliche Geschichtsbewußtsein schaffen, das etwa die Franzosen mit den äußerst fatalen Umständen ihrer Republikwerdung verbindet. Werden wir es vielleicht noch erleben, daß etwa auf einem Kurt-Eisner-Platz ein König-Ludwig-Denkmal steht – oder, umgekehrt, auf einem König-Ludwig-Platz ein Kurt-Eisner-Denkmal? (In Romans, im Département Isère, erhebt sich das Kriegerdenkmal für den Ersten Weltkrieg ganz selbstverständlich auf der Avenue Jean Jaurès – jenes Jean Jaurès', der als sozialistischer Pazifist beim Ausbruch des Krieges von einem Chauvinisten erschossen wurde...)

Genug, zu den Fakten.

Der zugereiste Patriot

Kurt Eisner. Das ist vermutlich schon der erste Grund für unsere Verdrängungen. Er war kein Hiesiger, gewiß nicht. Er war der Sohn eines jüdischen Berliner Handelsmannes, und er hat Bayern mit jener totalen Liebe umarmt, die wahrscheinlich nur notorische Zugereiste aufbringen. Er war nicht einmal ein »Roter«, jedenfalls nicht im landläufigen Sinne. Er war Kantianer, ethischer Sozialist. Er hatte sich früh mit der offiziellen SPD verkracht, weil er den *Vorwärts* auf einen neuen Kurs bringen wollte (neue Kurse für den *Vorwärts*, das offizielle Parteiblatt, wären einmal ein eigenes Buch wert). Als überzeugter Pazifist ging er zur Unabhängigen Sozialdemokratischen Partei Deutschlands über, und er wandte Berlin den Rücken, das für ihn die Hauptstadt eines durch und durch unfreiheitlichen Systems war (Schatten von Georg Friedrich Kolb!). Er ging nach Bayern, weil die Voraussetzungen dort besser waren: Reste eines selbstständigen Kurses etwa in Zensurfragen, der nicht nur ihm, sondern Männern wie Friedrich Wilhelm Förster, dem freiheitlichen Pädagogen und Friedensmahner, immer noch Äußerungsmöglichkeiten eröffnete.

Er half bei der Organisation des Nürnberger Munitionsarbeiterstreiks im Januar 1918, er wurde dafür ins Gefängnis geworfen, aber zu den anstehenden Landtagswahlen entlassen, weil die bayerische Regierung von ihm eine Spaltung und damit Schwächung der SPD erhoffte.

Die Realpolitiker begreifen nichts

Denn alle, die Eisner umgaben, waren Realpolitiker. Alle, einschließlich der bayerischen SPD-Führung. Zwar war allen im Herbst 1918 klar, daß der Krieg verloren war; aber niemand, außer dieser krasse Außenseiter, der mit der bayerischen Realität nur wochenweise in Berührung gekommen war, ahnte das ungeheure Potential, das für den Frieden – und damit die Revolution – entfesselt werden konnte.

Man hat über ihn geschrieben, daß er genau 48 Stunden lang ein großer Politiker war – die 48 Stunden zwischen der Vorbereitung der Kundgebung auf der Theresienwiese und dem Marsch durch die Kasernenviertel, dem sich alle, alle anschlossen, ohne einen Schuß abzugeben. Aber das ist, in gesamthistorischen Zusammenhängen, ungefähr genauso wichtig wie die Tatsache, daß in der erstürmten Bastille 1789 nur ein paar Gefangene, darunter hoffnungslose Idioten, freigesetzt wurden. Man hat über ihn geschrieben (und der große bayerische Essayist Hofmiller schrieb es besonders eifrig und grimmig), daß er ein literarischer Dilettant, ein lausiger Dichter, ein Caféhausrevolutionär, ein typischer Schwabinger war. Aber das beweist nichts als die Tatsache, daß unter ganz bestimmten Umständen Schwabinger Dilettanten die Zeichen der Zeit besser erkennen können als die Realpolitiker.

Zeichen der Zeit: Wir haben sie im vorhergehenden Kapitel zu skizzieren versucht. Warum wurden sie von den Realpolitikern links oder rechts so schlecht buchstabiert? Einfach deshalb, weil sie sich, so oder so, nicht in die offizielle Linie einordnen ließen. Für die Regierung war nach wie vor Ruhe die erste Bürgerpflicht, sie konnte sich eine Revolution einfach nicht vorstellen. Die SPD – ihre Schlüsselfigur war Erhard Auer, Vollmar hatte sich in die Isolation seines Hauses über dem Kochelsee zurückgezogen und war kurz vor den entscheidenden Ereignissen gestorben – konnte es im Grunde genommen auch nicht. Für sie war der verlorengehende Krieg eine Art Verhandlungsposition, sie wollte die bayerische Verfassung modernisieren, den Reichsrat, also die Kammer der Großkopfeten, abschaffen und das Verhältniswahlrecht einführen. Sie befand sich, wären die Umstände »normal« gewesen, damit sicher in der logischen Strömung der Geschichte...

Weiteres Zeichen der Zeit: Die bayerische Revolution hätte vielleicht nicht stattgefunden, hätte es damals Mikrophone und Verstärker gegeben. Mangels dieser Erfindung wurden auf der großen Friedenskundgebung auf der Theresienwiese die Sprecher am ganzen Ovalrand der Theresienwiese verteilt, Eisner und seine Freunde hatten den äußersten nördlichen Punkt gewählt. Und während die Mehrheitssozialisten in die Innenstadt zogen und sich dort programmgemäß auflösten, marschierte Eisner Arm in Arm mit dem Großbauern Gandorfer nach Norden, mitten ins Kasernen- und Lazarettviertel hinein. (In der Lazarettstraße befand sich übrigens bis 1979 das Hauptquartier der CSU.) Am selben Abend waren die Arbeiter- und Soldatenräte gebildet, die Regierung gestürzt, das Haus Wittelsbach seiner 740jährigen Herrscherwürde beraubt. Kein einziger Schuß wurde zu seiner Verteidigung abgegeben.

Was tun?

Aber nun begannen die Probleme. Eisner war ein Demokrat, darüber besteht kein Zweifel. Er dachte keinen Augenblick an einen leninistischen, auch nur an einen marxistischen Kurs. Sozialisierung war für ihn keine akute Frage: Da nichts vorhanden sei, erklärte er, brauche auch nichts sozialisiert zu werden. Von moderner Volkswirtschaft, etwa vom Kapital, das in Strukturen und in Qualifikationen steckt, hatte er offensichtlich keine Ahnung. Keinen Augenblick dachte er daran, die Beamten in den Ruhestand zu schicken – sie blieben denn auch »unter Wahrung ihrer Gesinnung« alle brav auf ihren Posten, wie sie typisch deutsch versicherten. Den Bolschewismus verwarf Eisner ausdrücklich. Was er ernsthaft mit den Räten vorhatte, ist nur schwer oder überhaupt nicht festzustellen – er sah sie als eine Art Nebenparlament, ohne die Befugnisse dieses Parlaments jemals präzise oder auch nur ungefähr zu definieren. Seine Mitarbeiter aus der Mehrheits-SPD taten denn auch alles, um die Räte zu neutralisieren – Roßhaupter, der neue sozialdemokratische Kriegsminister, beschränkte ihre Rolle auf »soziale Angelegenheiten« . Und was das Los der gewöhnlichen Soldaten betraf, so beschreibt es treffend Mitchell, der keineswegs radikale amerikanische Historiker der Münchener Revolution: »Das Los des gewöhnlichen Soldaten änderte sich nur insofern, als er nun den Kragen offen tragen, sich gegen eine Wand lümmeln und während des Dienstes eine Brotzeit verzehren durfte – und er Offiziere nicht mehr zu grüßen brauchte...«

Das aber ist ein Stichwort. Revolution als sinnliches Erlebnis, die Uhren der offiziellen Welt bleiben stehen, das Unterste ist wenigstens scheinbar zuoberst gekehrt: anders erlebt Kasperl Larifari, der bayerische Tagedieb und Lebenskünstler, die Umwälzung aller Dinge nicht, anders will er sie gar nicht erleben...

Sonstige Eigenarten der bayerischen Revolution

Im Dezember 1918 waren im Grunde schon die Würfel gegen das Rätesystem und für den repräsentativen Parlamentarismus gefallen, Wahlen wurden ausgeschrieben, und die Ära Eisner bereitete aufs säuberlichste ihren legalen Selbstmord vor.

Was hier, im Zusammenhang unseres Themas, besonders interessiert, ist die Eigenart dieser Revolution – und das, was man ohne weiteres als Eisners bayerische Außenpolitik bezeichnen kann.

Die Eigenart der bayerischen Revolution war, von Anfang an, die spannungsreiche, aber vorläufig arbeitsfähige Koalition zwischen den Mehrheitssozialisten und den links davon stehenden Kräften. (Genauer läßt es sich nicht definieren.) In den Arbeiter- und Soldatenräten wirkten mehrheitlich vernünftige und besonnene Leute, denen es durchaus darauf ankam, das Chaos zu verhindern und so etwas wie Ordnung herzustellen. Erst die Schüsse des Grafen Arco, die Eisner im Februar 1919 niederstreckten, zersprengten diese Koalition.

Eigenartig war ferner die verhältnismäßig gute Zusammenarbeit mit dem bäuerlichen Umland. Sie wurde bis zum unseligen Ende im Mai 1919 durch die Präsenz der niederbayerischen Gandorfer-Dynastie im Zentralrat sichergestellt.

Aber das Eigenartigste an ihr war zweifellos Eisners Versuch, die Revolution, seine ethische Revolution, in die Außenpolitik zu tragen und Bayern wieder zum außenpolitisch handelnden Subjekt zu machen.

Sein Kalkül war ebenso einfach wie pathetisch-naiv. (Wie gesagt, abgesehen von den erwähnten 48 Stunden hatte er es nicht so mit der Wirklichkeit.) Er ging davon aus, daß man den siegreichen Alliierten nur beweisen müsse, wer die wirklich Schuldigen am Kriege waren: nicht das deutsche Volk, nicht die deutschen Stämme, sondern der wilhelminische Imperialismus. Deshalb, so folgerte er, mußten sich die Vollstrecker der Revolution durch einen spektakulären moralischen Schritt der »Vergangenheitsbewältigung« als diejenigen ausweisen, die mit dieser Vergangenheit vollständig brachen.

Eisner selbst war 1914 von der Notwendigkeit des Krieges genauso überzeugt gewesen wie die Mehrheit der SPD. Aber das Studium der sogenannten »Farbbücher« (also all der Dokumentensammlungen, die unter Titeln wie »Weißbuch«, »Graubuch« usw. von den Regierungen beider Seiten herausgebracht wurden, um ihre eigene Unschuld am Gemetzel zu beweisen) zwang ihn zu dem Schluß, daß der Löwenanteil der Schuld bei Deutschland lag; besser gesagt, bei der Reichspolitik. Insbesondere das belgische »Graubuch« bewirkte dieses Damaskus-Erlebnis.

Und dieses Erlebnis wollte er nun auch bei den Alliierten bewirken. Seine Berater, vor allem der in die Schweiz emigrierte Professor Friedrich Wilhelm Förster, bestärkten ihn in der Annahme, daß so und nur so die Alliierten zu einem Frieden ohne Rache bewogen werden könnten. Eisner und die Seinen veröffentlichten also eine Dokumentation, in der die Kriegsschuld des Wilhelminismus der Welt offenbart werden sollte. Und den Genossen in Berlin, den Ebert und Scheidemann, bestritt er, als Nachfolgern des alten kriegslüsternen Zentralismus, glatt die moralische Zuständigkeit zu Friedensverhandlungen.

Dieser Schritt besiegelte Eisners persönliches Schicksal und seinen Ruf als »Novemberverbrecher«, der heute noch das offizielle Bayern daran hindert, den Gründer des Freistaates leidenschaftslos zu würdigen. Und natürlich war der Schritt falsch. Aber er war politisch, nicht moralisch falsch.

Erstens mißdeutete er schon die Lage der Alliierten. Der

Pazifist Eisner und seine weltfremden Berater glaubten allen Ernstes, es gehe jetzt, 1918, um den gerechten, wenn möglich ewigen Frieden. Aber wie etwa ein Frankreich, das vier Jahre lang zwischen Leben und Tod gerungen hatte und dessen Nordprovinzen zur Mondlandschaft geworden waren, auf massive Reparationen und Garantien verzichten sollte, das bedachte er nicht. Daß die Alliierten durch ein ganzes Netz von Interessen, in denen sich schwere Widersprüche verbargen (man denke an das bis heute fortlebende Problem Palästina!) dazu gezwungen sein würden, ihre Differenzen immer auf Kosten der Unterlegenen zu kompensieren, war ein anderer Punkt der Realität, den Eisner und seine Freunde übersahen, übersehen mußten.

Die falsche Art von Frieden

Im Grunde gab es nur ein einziges Konzept des Friedens, dem Eisners Initiative entsprochen hätte. Es wäre das Konzept gewesen, das 1930 der französische Historiker Bainville als herbe Kritik dem Versailler Vertrag in seinem Buch *Les conséquences de la paix*, »Die Folgen des Friedens«, entgegensetzte: das Konzept einer Revision von 1870/71, die Teilung Deutschlands in mehrere Staaten (Bainville schlug vier bis sechs vor) und der Verzicht auf alle Gebietskompensationen und Reparationen. Ähnliche Gedankengänge scheint, bei Kriegsende 1918 wie bei Kriegsende 1945, Sir Winston Churchill verfolgt zu haben. Genau dies aber: Zerschlagung des Deutschen Reiches, systematischer Aufbau einer neuen, auf mittelgroßen demokratischen Republiken basierenden Ordnung in Mitteleuropa – genau dies wagten die Alliierten nicht. Sie begingen denselben Fehler, der in der alten römischen Fabel vom Caudinischen Joch erzählt wird: weder Auslöschung noch großmütige Versöhnung eines gewaltigen Feindes, sondern seine letzten Endes sinnlose Demütigung.

Es ist für unsere Betrachtung nicht besonders wichtig, ob eine solche Lösung eine dauerhafte Chance gehabt hätte. Sie war jedenfalls innerhalb des Reiches unmöglich – und als das

Kabinett Eisner beschloß, Bayern an der Diskussion über die neue Verfassung zu Weimar zu beteiligen, waren die Würfel gefallen. Das Resultat war, wie wir wissen, mehr Zentralismus als unter Bismarck.

Das überforderte Volk

Der zweite entscheidende Fehler dieser Aktion war die vollkommene Überschätzung der moralischen Bereitschaft des Volkes. Mitchell bemerkt dazu trocken: »Er (Eisner) täuschte sich nicht so sehr in der politischen Wirkung als in der Reuekapazität der Bevölkerung.... Sein wirkliches Vergehen war nicht, daß er so oder so handelte, sondern daß er überhaupt handelte.«

Und daß er es wagte, die Kriegsschuldfrage aufzurollen, löste die Lawine aus, die nicht nur ihn tötete, sondern auf Jahre hinaus München unter nationalem Dreck begrub.

Man bedenke die geistlich-geistige Situation der bisherigen Machthaber, des bayerischen Freisinns und Fortschritts! Mit einem einzigen todwunden Atemzug, den das kriegsmüde, gequälte Volk gemacht hatte, war die alte Ordnung hinweggefegt, der König war vertrieben, anstelle der Macht gähnte ein Vakuum. Mehr als vier Jahre lang hatte man sich zuerst mit dem sicheren Endsieg, dann mit tönenden Durchhalteappellen über die Runden gebracht. Das Reich, auf den Geist von Sedan gebaut, war dahin. Und nun sollte man sich damit befassen, ob es nicht selbst, in tödlicher Leichtfertigkeit und tödlicher Großtuerei, seinen Untergang herbeigeführt hatte? Man sollte sich damit befassen, ob vielleicht die ganze Konstruktion – die von 1870/71 – von Anfang an nicht für schwere Belastungen eingerichtet war? Mit Müh und Not hatte man sich auf deutschen Nationalismus eingerichtet, hatte gegen den drohenden Demokratismus Schutz unter den Fittichen der mächtigen Hohenzollern gesucht, hatte sich von Bismarck die alte Selbstherrlichkeit des Apparates gegen Preisgabe der Souveränität bestätigen lassen. Aber wenigstens die Kohlen stimmten, der Gott, den Wilhelm II. in einem seiner Schwachsinnsanfälle »unseren alten Alliierten von

Roßbach und Dennewitz« genannt hatte, hielt sichtbar seine Hand über das Arrangement von 1870. Und nun dies, nun die Zumutung, der Tatsache der Niederlage noch die Arbeit der Gewissensprüfung, der historischen und kollektiven, hinzuzufügen! Das war einfach zuviel verlangt. Und die vier Jahre fürchterlichster Opfer, die man im Kriege gebracht hatte? Sollten alle diese Opfer auf dem Altar einer Chimäre verblutet sein?

Das Zentrum und die katholische Kirche befanden sich kaum in einer besseren moralischen Situation. Gegen den Freisinn, den Liberalismus hatte man sich an die alten Vorstellungen der *Bavaria sancta*, des geheiligten Bayern geklammert. Und die Geistlichkeit hatte im Krieg nicht zuletzt die Chance gesehen, durch doppelten Eifer, doppelten Opfermut die Zweitklassigkeit des katholischen Bevölkerungsteils, die immer noch aus den Zeiten des Kulturkampfes wirksam war, endgültig abzubauen. (Man lese einmal diesbezügliche Feldpredigten durch!) Michael Faulhaber, der Kardinal von München und Freising, geriet während der Rätezeit persönlich in die geistige Schußlinie der Revolutionäre und der päpstliche Nuntius Pacelli fast in die physische. (Es gibt fundierte Ansichten, daß seine spätere Haltung als Papst im Weltkonflikt 1939-1945 stark von dieser gewalttätigen Episode beeinflußt war.) Auf jeden Fall: Mit der Kirche, und damit auch mit den schwarzen Bataillonen, konnte die neue Republik, konnte der Freistaat noch lange nicht rechnen.

Der Untergang der Revolution

Zunächst kam alles, wie es kommen mußte. Eisner schrieb Wahlen aus, seine USPD verlor sie mit Pauken und Trompeten. Die schwarzen Bataillone wählten das in Bayerische Volkspartei umbenannte Zentrum und hatten damit die Mehrheit. Eisner begab sich, seine Rücktrittserklärung in der Tasche, in den Landtag. Am Montgelas-Palais, schräg gegenüber dem Portal der Hypobank,wurde er von einem aristokratischen Mörder niedergestreckt. In den bürgerlichen Gymnasien brach ob der Kunde lauter Jubel aus. Aber der Trauerzug für den ersten

Ministerpräsidenten des Freistaates war anderthalb Kilometer lang, und Volkssänger beschworen die Einigkeit der Linken angesichts des tragischen Ereignisses.

Bei der Kunde von seinem Tod drang ein wirklicher Revolutionär in den Landtag ein und schoß Erhard Auer nieder, den Führer der Mehrheitssozialisten. Er hatte, von seinem Standpunkt aus, wahrscheinlich nicht den falschen Mann erwischt. Die Mehrheitssozialisten hatten unter seiner Führung den Ansatz von 1918 systematisch torpediert. Aber was nun kam: die Flucht der SPD-Regierung Hoffmann nach Bamberg, die Entwicklung auf die Räteherrschaft zu, das Debakel vom Mai 1919, der weiße Terror – hatte mit der Revolution nur noch am Rande zu tun.

Die Münchener Räteepisode bewirkte immerhin eines: Die Exilregierung Hoffmann in Bamberg rief norddeutsche Freikorps gegen die Hauptstadt zu Hilfe – so wie einst die königlich-bayerische Ministerialbürokratie das Haus Hohenzollern gegen die Patrioten zu Hilfe gerufen hatte.

Das Volk aber – jenes Volk, das Revolution gemacht hatte, damit a Ruah is – sollte diese Ruhe noch lange nicht bekommen. Es ging dem letzten Versuch entgegen, Bayern wieder zum Subjekt der Geschichte zu machen – freilich unter gänzlich veränderten Vorzeichen.

Tote auf Urlaub

Egelhofer, Rudolf (Matrose)

Ein Toter auf Urlaub war der Egelhofer (manche Quellen schreiben ihn Eglhofer), als er es zu etwas brachte. Bayern, die das Bedürfnis haben, können sich damit trösten; viel sind's ohnehin nicht, die um ihn trauerten.

Mit Köbis und Reichpietsch war er nach dem Aufstand der kaiserlichen Flotte 1917 zum Tode verurteilt worden, dann zu lebenslänglich begnadigt. Die vier Monate vor seinem endgültigen Tod (erschossen sagen die einen, erschlagen die anderen) waren die Zeit seiner großen Auftritte – akrobatisch, dann heroisch, zuletzt blutig und burlesk im schwarzen Roten Theater.

Als Fassadenkletterer ist er zuerst zu gewahren, im Januar 1919. Kurt Eisner, der Königstürzer, wagt nicht ganz den Sprung in die Räterevolution, stemmt sich gegen das Drängen der radikalen Minderheiten; am 10. läßt er zwölf Mitglieder der Revolutionären Arbeiterräte und der KPD in München verhaften. Im Montgelas-Palais am Promenadenplatz sitzt er, während unten der Zorn der Aktivisten tobt, aber einer von ihnen – eben der Egelhofer Rudi – will's wissen. Über den Stuck schwingt er sich hinauf aus den Reihen der Demonstranten – lassen wir die Quelle reden: »Schließlich erzwang sich der Matrose Rudolf Eglhofer, der spätere Oberkommandierende der Roten Armee, den Zutritt, indem er von außen am Hause emporkletterte und durchs Fenster in Eisners Arbeitszimmer eindrang.« Die zwölf wurden freigelassen.

Heroisch wird's dann im April. Eisner, auf dem Weg zum Landtag, wurde erschossen, das Rücktrittsformular in der

Tasche; die Straße explodiert, die Regierung der Mehrheitssozialisten, ohnehin nur zähneknirschende Verbündete des Helden vom 8. November, weicht nach Bamberg aus, in München wird die erste Räterepublik ausgerufen; die KPD hält sich heraus, Toller, der Dichter voll Torheit und Grandezza, ist Kommandierender der Roten Armee in dieser kurzen Zeitspanne, er – oder vielmehr seine Männer – schlagen die Weißen bei Dachau. Die Weißen versuchen den Gegenputsch, vom 12. auf den 13. April, besetzten den Hauptbahnhof.

Um 13 Uhr am 13. beginnt der Widerstand. Der Rudi Egelhofer rafft seine Kader zusammen, der Bahnhof wird mit Geschützen und Minenwerfern beschossen, dann von den Arbeitern und Soldaten gestürmt. Es ist das Signal zur Zweiten, zur »orthodoxen« Räterepublik. Die Kommunisten machen jetzt mit, sehenden Auges in den Untergang marschierend – folgend einer Strategie, die die Rote Fahne vom 30. 4. 1919 so beschreibt: »Das Münchener Proletariat hat ein Fort gestürmt zu einer Zeit, wo das Gros des Revolutions-Heeres noch nicht nachkommen konnte... Das Münchener Proletariat gibt dem 1. Mai seine höchste Weihe. Als Winkelried der deutschen, der internationalen Revolution stürzt es sich in den Kampf, seiner heiligen Pflicht bewußt...« Die prächtige Serie der totalen Fehleinschätzungen durch die KPD begann, die 1933 enden sollte.

Aber zurück zu dem einen Winkelried, dem neuen Oberkommandierenden der Münchener Roten Armee, dem Matrosen Egelhofer (oder Eglhofer). Wer war er? War er ein Winkelried? Der weiße Pamphletist beeilt sich mitzuteilen, daß er vorbestraft war, der blasse, schmächtige, kleine Mann mit dem Blick eines durch Prügel frech Gewordenen; ja, er soll sich bei einer Diskussion über seine Vergangenheit selbst auf den Tisch geschwungen und verkündet haben, daß er zwei Jahre wegen Zuhälterei auf dem Buckel habe. Verwunderlich wär's weiter nicht, und auch die Proklamation vom Tisch herunter paßt ins Profil.

Er war kein Narr. Aber er war ein Lehrling an der Macht, umgeben von ruhmredigen Schwabingern, von denen er, der Finstere, nichts oder nicht viel hielt. »Ich kam öfter in die Räume des früheren Kabinetts«, so berichtet der Schloßverwalter der Residenz aus jenen Tagen, Herr Jakob Wimmer, »wo Eglhofer regierte... Eines Tages fragte mich derselbe in Anwesenheit von mehreren Getreuen, unter denen auch Toller war, wie lange ich schon bei Hofe wäre. Als ich sagte 34 Jahre, meinte er, da können Sie auch so manches Liedchen pfeifen über die Ungerechtigkeit, die Ihnen manchmal so widerfahren ist; ich solle ihm Namen nennen, dann ließe man diese Herren mal ordentlich beizen im Luitpoldgymnasium«, wo die politischen Gefangenen saßen. »Er sagte auch, daß ihnen ein Brief überbracht wurde, worin verschiedene Namen angegeben sind, die uns wegen der Angaben, die darin enthalten sind, ganz besonders zur Weiterbehandlung empfohlen wurden. Eglhofer las den Brief laut vor, und ich sollte bestätigen, ob der Inhalt dieses Briefes sich (sic) auf Wahrheit beruht... Ich sagte, bitte lassen Sie uns alle in Ruhe, wir haben das Vertrauen zu Ihnen, daß Sie Menschenleben sowie Privat- und auch ehemaliges kgl. Eigentum schützen... Auf dies hin glaube ich Herrn Toller etwas ins Gewissen gegriffen zu haben. Derselbe sagte: So, Sie haben das Vertrauen zu uns. Haben Sie sich über uns schon darüber unterhalten? (Ich sagte zwar ja, war aber nicht der Fall.) Toller sagte: Gut, hier haben Sie meine Hand, die er mir reichte, und sagte: Ich verspreche es Ihnen auf mein Ehrenwort, Ihr Vertrauen soll nicht mißbraucht werden, und wenn Sie etwas hören, daß jemandem zu nahe getreten wird, dann kommen Sie sofort zu uns und wir werden es abstellen. Zu Eglhofer gewandt, nicht wahr, Eglhofer? Derselbe nickte mit dem Kopf und antwortete mit Ja. Eglhofer nahm den mir vorgelesenen Brief wieder vom Schreibtisch weg und sagte: Dann ist dieser Brief für uns hinfällig und erledigt, legte ihn ein paarmal zusammen, zerriß ihn in mehrere Fetzen und warf denselben in seinen Papierkorb...«

Leninsche Konsequenz war das gerade nicht, und Radek soll wiederholt verzweifelt aus Moskau gedrahtet haben, man könne keine Omelette und keine Revolution machen, ohne ein paar Eier zu zerbrechen... Freilich, da war die Sache mit den Geiseln, den vornehmen, von der Thule-Gesellschaft, die Hakenkreuze im Briefkopf hatte. Sie saßen im Luitpold-Gymnasium, und sie wurden tatsächlich erschossen. Die Resolution der Mannschaften des Ersten Infanterie-Regiments hatte die Erschießung von 40 gefordert, Egelhofer hatte zugestimmt... aber am 30. April auf der Rückseite eines Plakats mit Bleistift geschrieben: »Erschießt 22 Leute, aber sucht euch die feinsten heraus. Eglhofer.« De facto waren's dann noch weniger.

Um diese Zeit stand es schon nicht mehr zum besten um die Räterepublik, das Ende war nahe, und Eglhofer wußte es. In der Residenz gab es Orgien, so hieß es; Orgien scheußlichster Art. Mit Dämchen sogar. Man war besoffen, und Ordonnanzen wurden mit der Einladung des Götz von Berlichingen abgefertigt. Der weiße Pamphletist war genau, er hat nachgeforscht, er hat ein äußerst diskriminierendes Dokument gefunden, eine Rechnung der nahe liegenden Konditorei, für »Herrn R. Egelhofer, Stadtkommandant«, lautend über

7 Kuchen, per Stück	5.50	M
2 Teekuchen'	2.–	M
30 Desserts,	–.45	M
10 Kartons'	–.30	M
in Summa	59.–	M

O rotes Sodom! Auch Orgien wollen gelernt sein, neunundfünfzig Revolutionsmark genügen da nicht. Der Rudi Egelhofer hätte etwas Erfahrungen als Ordonnanz in den Casinos der kaiserlichen Marine sammeln sollen, ehe er ans Orgienfeiern ging.

All das genügte natürlich, um den Ruhm der blutigen Räteherrschaft auf eine Generation lang in deutschen Schulbüchern und deutschen Bürgerherzen zu verankern. Als die Weißen dann kamen, am 2. Mai, gings ein bißchen härter her. Egelhofers Begnadigung war aufgehoben, versteht sich: erschossen, erschlagen, wie immer. Die Weißen waren, das muß man ihnen lassen, auf eine steinzeitliche Weise großzügig mit ihm, sie schickten mit ihm den arglosen Philosophen Gustav Landauer ins Jenseits, etliche andere Literaten, etliche Hunderte von Arbeitern aus Giesing und dem Lehel, und, weil's nicht drauf ankam, auch gleich einundzwanzig Kolpingsöhne als Zugabe. An deren Grab sprach dann der Pater Rupert Mayer, er sprach von Händereichen und Versöhnung, aber er sprach nicht über die Hunderte, die mit Paketanhängern an den Zehen in den Gartenschuppen des Ostfriedhofs lagen, und natürlich schon gar nicht über den Sohn der Nacht, den Matrosen Rudi Egelhofer. Der Pater fühlte schließlich vaterländisch.

Der Schloßverwalter Jakob Wimmer: »Als die Weißen die Residenz besetzten, mußten wir ihnen leider alle Räume öffnen«, Räume, die die Roten nie betreten hatten, »die wir vorher für die Roten verbarrikadierten. Diese Weißen waren aber auch nicht einwandfrei... sondern sie stahlen, was ihnen gerade in die Hände kam, und wir konnten da weiter nichts machen.«

Der proletarische Winkelried war tot, bloß dachte kein Mensch daran, in die Lücke einzudringen. Es gab wohl gar keine solche. Seine guten Eigenschaften verschwanden mit ihm, seine schlechten wurden von seinen Feinden aufgegriffen und vervielfacht weitergereicht.

Hitler – oder: Die neue Koalition

Es gibt einen wesentlichen Unterschied in den vorhandenen Dokumenten, wenn man sich mit jener Revolutionszeit in München beschäftigt – einen Medienunterschied sozusagen. Während die Novemberrevolutionäre und nach ihnen die Räte mit Fluten von Aufrufen und anderen Drucksachen arbeiteten, wird die »weiße« Seite hauptsächlich durch Bildpostkarten und Filmmaterial erschließbar. Sie, die Weißen, waren offensichtlich die besseren PR-Leute: Leser sind gegen Gaffer immer in der Minderheit.

Vom Einzug der Weißen in München gibt es dementsprechend jede Menge Film, hauptsächlich abgedreht von der Wochenschau-Firma Ostermeyer. Der Film zeigt alles, was unter der Überschrift »Heimkehr der Sieger« hätte gezeigt werden müssen, wenn, ja wenn wir den Ersten Weltkrieg gewonnen hätten; schneidige Burschen in exakten Marschkolonnen, unter dem heroischen Stahlhelm der Stahlgewitter, mit Blumen in den Gewehrläufen; begeisterte Damen in langen Kleidern und breitkrempigen Hüten, welche die Retter mit zusätzlichen Blumen überschütten; disziplinierte Kommandos, die irgendwelche roten Untermenschen abführen; und, als bayerische Spezialität, die verwegenen Oberländler mit ihren gamsbebarteten Wetterhüten – Rache für Sendling 1705.

Das war die Stimmung, in der München, in der Bayern den Marsch aus der Revolution antrat.

Die geistige wie die politische Ausgangslage war zunächst alles andere als klar; aber das hat die Rechte noch nie gestört. Nominell gab es eine Regierung Hoffmann unter sozialdemokratischer Führung, aber die Jungs unter den Stahlhelmen würden, falls nötig, sicher auch damit fertig werden. Bayern hielt nach dem offensichtlichen Bankrott des Wilhelminismus Ausschau nach einer neuen Rolle im deutschen Theater – und die Logik des eigenen Erbes wie die Logik der Ereignisse drängten es von ganz links (vom Sowjetbayern, das Lenin noch am 1. Mai 1919 vom Roten Platz aus grüßte) nach ganz rechts.

(K)ein Ende der Dilettanten

Zunächst war eines dringlich: Die Macht mußte aus der Hand der Dilettanten wieder in die der Profis zurückkehren. Schluß mit den Revoluzzern, das bedeutete in erster Linie: Schluß mit den Nicht-Fachleuten. Montgelas' Schatten erhob sich aus dem Grab, wies die beschränkten Untertanen wieder in den beschränkten Kreis ihrer Pflichten zurück.

Die Profis – das waren zunächst, wie immer, die Beamten und die Juristen. Dazu kamen die politischen Profis vor allem der schwarzen Bataillone, aber auch der »anständigen« Sozialdemokraten. (Im Ernstfall waren sie immer vom richtigen Kurs zu überzeugen.) Dazu kamen, seit neuestem, die vielen, vielen Offiziere, zweifellos Fachleute, deren Fach aber seit dem Waffenstillstand von Compiègne nicht mehr sonderlich gefragt war.

Wie brachte man dieses Potential in die richtige politische Stellung? Vor einem Hintergrund von äußerster Not, von weiterem Zerfall der Mittelklasse in einer mörderischen Inflation, von Folgelasten des verlorenen Krieges?

Zunächst einmal war die »Rote Gefahr« schon eine große Hilfe gewesen. Sie hatte die Bildung von Freikorps ermöglicht; also von Formationen, in denen die Schlachtfeldprofis aufs nützlichste verwendet werden konnten. Man konnte sie im Baltikum brauchen, in Oberschlesien am Annaberg, vor allem aber – was Bayern betraf – zur Niederwerfung der Sowjetbayern in München. Was tat man mit ihnen nach der Terrorwoche vom Mai 1919?

Neben diesen sozusagen beruflichen Fragen ergab sich ein weiteres Problem. Die Ereignisse von November bis Mai hatten gezeigt, daß man, wohl unwiderruflich, im Zeitalter der

Massenpolitik angekommen war. Neben dem alten Honoratiorensystem der gemütlichen Land- und Reichstage von einst brauchte man Agitatoren, brauchte man Ideologien und Parolen, welche den Revolutionären den Donner der Volkstümlichkeit und der Radikalität stahlen. Solche galt es zu finden. Und dabei geriet die bayerische Rechte wieder in den völligen Dilettantismus zurück.

Das »rechte« Schwabing

München, oder vielmehr sein Stadtteil Schwabing, war schon in Vorkriegszeiten die freigewählte Heimat unzähliger Heilslehren und Heilslehrer, und die Nestwärme der skurrilen Verrücktheiten, die dadurch generiert wurde, ist Gegenstand unzähliger Bücher und Aufsätze geworden. In der Regel wird darin München-Schwabing als eine Oase absoluter Toleranz gepriesen, als Stätte der Kreativität und der Vorurteilslosigkeit. Das stimmt – in Grenzen. Was diese Vorurteilslosigkeit aber auch einschloß, war der Freiraum für eine verantwortungslose Apokalyptik der Schnorrer, die jederzeit nach rechts umkippen konnte. Es ist höchst unredlich, so zu tun, als wäre die Sache Schwabings (und der Münchener Schickeria) immer die Sache der Linken, der Freiheit gewesen. Sicher, einige der farbigsten Typen der Revolutionszeit waren dort domiziliert – aber der »steile Jux« des Vorkriegs-Schwabing (der Ausdruck stammt von Thomas Mann) gab immer noch genug her für das, was sich zwischen 1920 und 1923 als Ideologie oder Ideologieersatz für die Konstituierung des »Neuen«, lies des Protofaschistischen, anbot.

Adolf Hitler war, sehen wir das einmal ganz nüchtern, ein Produkt dieser Verantwortungslosigkeit. »Adolf Hitler, Schriftsteller«: So wird er in den Polizeiprotokollen bezeichnet, die seine Diskussionsbeiträge in den unzähligen Versammlungen jener Zeit festhalten. Die Partei, in die er zunächst als »Vertrauensmann«, d.h. als Spitzel geschickt wurde und der er dann beitrat, die Nationalsozialistische Deutsche Arbeiterpartei, war ein winziger Haufen, der, unter der geistigen Führerschaft eines

Gottfried Feder, die Schwundgeldtheorie von Silvio Gesell übernahm. (Gesell selber war Berater der Räteregierung gewesen.) Hitler war, wie bekannt, Vegetarier und als solcher häufiger Gast von Reformgaststätten, in denen heftig über Anthroposophie, Weißkäsediät und ähnliche kosmische Fragen diskutiert wurde. Mit anderen Worten: Hitler war der Dilettant schlechthin, zehnmal dilettantischer als die Propheten Eisner, Landauer, Mühsam, die 1918 und 1919 zur Erneuerung gerufen hatten. Sein Berufsweg war non-existent, seine Bildung ein unverdauliches Durcheinander von sozialdarwinistischen, antisemitischen, deutschnationalen Ideen und Informationen. Aber er war, das stellte sich schnell heraus, der ideale Trommler für die Parallelaktion. Wichtig, wirklich wichtig war er nicht. Jedenfalls nicht für die Drahtzieher von 1920–1923. Wichtig war eine Jahrhundertmöglichkeit: die Bildung einer neuen bayerischen Koalition.

Schwarz und Schwarzweißrot vermählen sich

Erinnern wir uns: Über ein Jahrhundert lang war die bayerische Geschichte bestimmt durch den Gegensatz zwischen den aufgeklärten (zunächst freisinnigen, dann nationalliberalen) Schichten und dem schwarzen Populismus. Der Populismus verweigerte den Glauben an den Fortschritt; die Regierenden ließen den Weltgeist operieren und zwangen die ungewaschenen Massen in das hinein, was sie unter Fortschritt verstanden.

So blieb es bis knapp vor dem Ersten Weltkrieg. Bis durch die von Heim und Vollmar ertrotzte Wahlrechtsreform der Einmarsch der Schwarzen in den Montgelas-Staat begann.

Plötzlich waren die Fronten verkehrt. Berlin, bis 1918 der Verbündete des nationalliberalen Weltgeistes, war in den Händen einer Republik, die sozialdemokratisch regiert wurde. Die »nationalen« Kräfte, auf die man sich verlassen hatte, waren durch den verlorenen Krieg diskreditiert. Im Kapp-Putsch von 1920 versuchten sie, die Macht wieder an sich zu reißen, aber sie wurden durch den Generalstreik blockiert: Reichspräsident Ebert kehrte siegreich von Stuttgart nach Berlin zurück.

München und das bayerische Establishment der Bürokratie mußten sich auf eigene Ressourcen zurückziehen – aber diese Ressourcen waren stattlich. Wenn es gelang, die schwarzen Bataillone und ihre Abneigung gegen den Zentralismus ins Kalkül einzubeziehen; wenn es gelang, die längst liquidierte »Rote Gefahr« wenigstens als Gespenst am Leben zu erhalten und sie auf das ungeliebte Berlin zu projizieren – dann war es möglich, in einem komplizierten Doppel- und Mehrfachspiel die Verhältnisse wiederherzustellen, die das Weiterbestehen der alten Herrschaftspyramide garantierten.

So entstand die neue Koalition, die – was Bayern betrifft – bis in unsere Tage konstitutiv geblieben ist.

Das Dritte Reich, mit anderen Worten Hitlers Aufstieg zum Diktator Großdeutschlands, hat es uns schwergemacht, die relativen Gewichte der damaligen bayerischen Situation zu begreifen. Nach 1945 hat Bayern so getan, als ginge es dieses Dritte Reich überhaupt nichts an, als sei Hitler sozusagen der direkte Nachkomme von Martin Luther, Bismarck und Wilhelm II. Tatsache ist, daß die Realitäten der bayerischen Geschichte den Hitler von 1920 bis 1923 gezeugt haben. Aber es ist ebenso eine Tatsache, daß die eigentlichen Schurken der bayerischen Szene weder Adolf Hitler noch sein Putschgenosse, der allmählich senile General Ludendorff waren, sondern die hohen bayerischen Bürokraten.

Ihre Rolle ist über jeden Zweifel hinaus belegt. Sie standen in ständiger, lebhafter Verbindung mit den rechten Fememördern des Nordens, mit der Organisation Konsul, mit der Brigade Erhard, mit den Drahtziehern des Kapp-Putsches. Unter seinem Präsidenten Pöhner, der als Besorger falscher Pässe dem ganzen rechten Untergrund vertraut war, galt das Münchener Polizeipräsidium als die »Mörderzentrale in der Ettstraße«. (Dort ist heute noch das Münchener Polizeipräsidium beheimatet.) Unter ihrem Schutz und Schirm blühten die Dutzende von Kampfverbänden, feldmarschmäßig ausgerüsteten Bürgerkriegstruppen, die den 9. November 1923 erst ermöglichten.

Aber wir müssen diese Szene abrunden. Wir müssen die Tatsache hinzuziehen, daß Hitler bis 1923 den Kronprinzen Rupprecht als »Eure Majestät« ansprach. Mit anderen Worten: Hitler selbst ordnete sich, aus taktischen Gründen vermutlich, in eine partikularistische Szenerie ein, die letzten Endes von der Renaissance der Montgelasschen Staatsraison bestimmt wurde – einer Renaissance, welche aber, im Bayern von 1920 bis 1923, die Einbeziehung des antipreußischen Populismus gebieterisch forderte. Der Mythos der »Ordnungszelle Bayern« war geboren.

Wie potent dieser Mythos war, konnte ich selbst noch Jahrzehnte nach 1945 bei einer Tagung der Katholischen Akademie Bayerns feststellen, die der Aufarbeitung des Dritten Reiches gewidmet war. Auf dieser Tagung sprach Fritz Schäffer, führender Politiker der CSU, als solcher Bundesfinanzminister in einem der ersten Adenauerkabinette, aber längst vorher ein Politiker der Bayerischen Volkspartei. Er sprach ohne jedes Bedauern über die Stimmung jener Tage, über die, seiner Meinung nach, absolute Notwendigkeit, das Vordringen der »Roten« zu verhindern. Aus dieser Notwendigkeit begründete er, fünfzig Jahre später, die halb offene, halb heimliche Unterstützung der rechten Wehrverbände, die zu drei Vierteln hochverräterische Aktivität gegen die Weimarer Republik – kurz: die gesamte Praxis der »Ordnungszelle Bayern«. Schäffer hatte nichts gelernt, hielt es wohl auch für unnötig. (Dazwischendrin, kurz nach 1945, sprach er viel und oft von Jesus Christus.)

Die Lektion des 9. November 1923

Dabei ist es durchaus möglich, daß Bayerns wesentlicher Beitrag zum Dritten Reich gar nicht so sehr die Tolerierung und Förderung Hitlers vor 1923 war, sondern die »Aufarbeitung« des Putsches vom 9. November 1923 im folgenden Prozeß. Zahlreiche deutsche Historiker haben diesen Prozeß zu Recht als einen ungeheuren Skandal beschrieben. Und zweifellos wurde der Hitler, der nach damaligem Recht zumindest lebenslänglich hinter Gitter gehört hätte, von der bayerischen Justiz mit Samthandschuhen angefaßt. Seine anschließende, sehr kurze Haft in Landsberg am Lech war kaum mehr als das Stipendium für einen »Schriftsteller«, der dort auch prompt das bekannte Werk unter dem Titel *Mein Kampf* verfaßte.

Warum kam er so gut weg? Warum wurde er auf Biegen und

Brechen gedeckt? Waren die bayerischen Richter von damals alle Nazis? Keineswegs. Sie waren, schlicht und einfach, Angehörige der Schicht, welcher der Staatsbesitz seit den Tagen des Grafen Montgelas selbstverständlich war. Gedeckt wurde gar nicht Hitler. Gedeckt wurden die Fachleute in Amt und Würden, welche seit 1920 den rechten Zirkus geduldet und gefördert hatten. Gedeckt wurde der Aufbau der Bürgerkriegsverbände unter dem Schutz der Ämter. Gedeckt wurde die phantastische Informations- und Agitationsarbeit Pöhners. Gedeckt wurde die Personalpolitik in der bayerischen Division der Reichswehr, die schon alle Merkmale moderner »Radikalen«-Aufspürung trug. Gedeckt werden mußte die innere Räson hinter all dem, die der Reichswehrgeneral v. Lossow, Mitverschwörer vom 9. November 1923 und Schlüsselfigur bei seinem Scheitern, in den einen Satz zusammenfaßte: »Wer ist Herr im Staat? Ist es Hitler oder der Staat? Das war die Frage.«

Mit anderen Worten: Der Staat zog den Putsch gegen sich selbst auf. Und er geriet dabei in eine Randzone, in der Hitler selbst der Düpierte war: in die Randzone der Wirkung auf das Reich.

Hitlers Absicht am Abend des 8. November 1923 war bekanntlich, die staatlichen Kräfte der »Ordnungszelle Bayern« zum Marsch auf Berlin zu zwingen. Ereignisse in Berlin, unter anderem der äußerst geschickte Schachzug des Reichspräsidenten Ebert, den Reichswehrchef von Seeckt auf den Schutz der Republik zu vereidigen, machten den eigentlich Mächtigen in der folgenden Nacht klar, daß sie zu hoch gereizt hatten. Sie brachen das Ehrenwort, das sie Hitler gegeben hatten, und schlugen den Putsch am nächsten Morgen selbst nieder. Eine Lektion, immerhin: Einem Mann wie Hitler war nur mit gebrochenen Ehrenwörtern beizukommen. Man wünscht nachträglich den Männern vom 20. Juli 1944 diese Einsicht.

Bayern zog, für die restlichen Jahre der Weimarer Republik, die vordergründigen Lehren aus diesem 9. November. Es wurde unwiderruflich »schwarz«; der Nazismus verlegte sein Schwergewicht aus Bayern heraus und wurde gesamtdeutsch. Nach den Stürmen von 1923 wurde Bayerns permanenter Ministerpräsident der BVP-Politiker Heinrich Held: Der Freistaat fror in der Pose des mißtrauischen, antiberlinischen Föderalismus ein und belästigte das Reich mit ständigen

Beschwerden über die wirklichen oder angeblichen Beeinträchtigungen bayerischer Eigenstaatlichkeit.

Was aus der Zeit vor 1923 verblieb, war das Braune Haus in München, war (nach 1933) der gänzlich verlogene Titel der »Hauptstadt der Bewegung«. Was verblieb, waren Hitlers persönliche Verbindungen zum bayerischen Geld, zu Münchener Prominenten, war eine bestimmte Komponente der NS-Ideologie: das »Völkische«, also eine Art von anti-intellektuellem Sozialdarwinismus, und das Mißtrauen gegen jede Art von Humanismus. Was verblieb, waren die »uralten Kämpfer« der Bewegung: Nazis aus dem untersten lumpenproletarischen Fundus Bayerns Schulter an Schulter mit verkrachten Akademikern, ratlosen, ruinierten Tändlern, Handwerkern, Privatiers. Das ergab nicht die Wählerzahlen wie anderswo, aber es ergab eine besonders penetrante Mischung von Humbug und Gemeinheit.

Offiziell funktionierte in Bayern die neue Koalition. Schwarz und Schwarzweißrot hatten sich vermählt, der alte Nationalliberalismus, der selbstverständliche Herrschaftsanspruch der Gewappelten, der hohen Beamten, der Juristen, der Wirtschaftsmächte, der neuen (teils noch liberalen, teils schon schwarz unterwanderten) Bürokratie verbündete sich auf Kosten der Freiheit mit den schwarzen Bataillonen. Für innere bayerische Zwecke ließ man dem alten Populismus, dem Geiste Heims, noch etwas Luft; nach außen war man »geschlossen«, das heißt geschlossen gegen die Preußen wie gegen die Roten. Beide brauchte man natürlich, um die Kampfbereitschaft der Populisten am Dampfen zu halten. In Wahrheit jedoch tat man, wenn es wirklich zur Probe kam, alles, um den alten »preußischen« Geist (beileibe nicht den altpreußischen, sondern den wilhelminischen) am Leben zu halten.

Bayern inthronisiert Hindenburg

Eines der ersten und größten Manöver für die neue Koalition war die durch den Tod Eberts erzwungene Reichspräsidentenwahl von 1925. Kandidat der demokratischen Kräfte von der Mitte bis links war der Zentrumsabgeordnete Marx aus dem

Rheinland. Kandidat der Rechten war ein Herr Jarres, der im ersten Wahlgang kläglich ausrutschte. Aber Marx erreichte noch nicht die absolute Mehrheit, und ein zweiter Wahlgang war deshalb erforderlich.

Zwischen diesem ersten und zweiten Wahlgang nun stampfte die Bayerische Volkspartei die Kandidatur Hindenburgs aus dem Boden. Was waren ihre Gründe dafür?

Erstens war ihr Marx von vornherein nicht sympathisch; nicht wegen des im Rheinland sehr häufigen Familiennamens, sondern wegen der politischen Richtung: Er stand dem militanten Sozialkatholizismus des linken Zentrums nahe. Das wollten die geistlichen Herren in Bayern nun auf keinen Fall haben, da geriet man ja schon wieder in die Nähe der »Roten«.

Zweitens stand Bayern kurz vor dem Abschluß eines eigenen Konkordats mit dem römischen Stuhl. Für seine Ratifizierung durch den Landtag brauchte man aber die Stimmen der schwarzweißroten Liberalen, die meist mittelfränkische Protestanten waren. Ihre traditionelle Abneigung gegen römische Umarmungen mußte durch ein deutliches Zeichen beschwichtigt werden: Ein Zeichen, daß die Bayerische Volkspartei, im Gegensatz zu ihren nordwestlichen Glaubensbrüdern, gut vaterländisch allewege war. Und verbrachte der greise Marschall seine Sommer nicht im bayerischen Dietramszell? Er war also eh ein halber Hiesiger...

Die Folgen dieser Kandidatur für die Republik sind bekannt.

Der Immobilismus einer Politik, die sich im Ernstfall immer zugunsten der Rechten und zuungunsten der Republik auswirkte, war im Grunde schon der Ausweis dafür, daß die letzten Versuche gescheitert waren, Bayern wieder zum Subjekt seiner eigenen Geschichte zu machen. Sie mußten scheitern, weil sie das nach wie vor lebhafte Bewußtsein der Eigenstaatlichkeit in eine völlig künstliche Konstellation einfroren. Sie mußten scheitern, weil den Herren des Landes der alte Rock des innerbayerischen zentralistischen Verwaltungsstaats, das Bewußtsein von der Gottgesandtheit ihres Staatsbesitzes (seit neuestem sogar geheiligt durch den Konsens mit der katholischen Kirche) immer noch bequemer saß als etwa der entschlossene Aufbau einer innerbayerischen Gemeinfreiheit, die Errichtung einer demokratischen Republik.

Mit »Verfassung« hat das nur am Rande zu tun. Es hat etwas

mit Erziehung zu tun, mit der Weitung der Horizonte, mit der Ermutigung zum Mitreden. All das konnte man aber 1925 ebensowenig brauchen, wie man es 1803 hatte brauchen können.

Der Frosch zuckt noch einmal galvanisch

Eine letzte trügerische Chance kam 1933 mit der manifesten Gefahr der Hitlerdiktatur, die nun, alle Eigenstaatlichkeit bedrohend, heraufzog.

In jenen Wochen gab es, so hört man, ernsthafte Gespräche über einen Putsch in letzter Minute: die Ausrufung des Kronprinzen Rupprecht zum Kronverweser oder Generalstaatskommissar.

Es ist schwer zu sagen, welchen Erfolg ein solches Manöver gehabt hätte. Fest steht, daß es nicht einmal am neuen Todfeind, den Nazis, sondern an BVP-Ministerpräsidenten Held scheiterte. Er war selbst zu dieser Stunde nicht bereit, auch nur ein Zipfelchen der realen Macht abzutreten. Das ganze Komplott war also nicht mehr als das galvanische Schenkelzucken des bereits toten Frosches: Das Werk Bismarcks und des bayerischen Establishments von 1870 bis 1923 war vollendet, Bayern hörte auf zu existieren, verschwand in den Eingeweiden des tausendjährigen Reiches.

Es dauerte aber nicht tausend, sondern nur zwölf Jahre. Zwölf Jahre sind in der bayerischen Geschichte gar nicht viel; die neue Koalition hält nun, wenn man das unbedeutende Intervall 1933-45 einmal unberücksichtigt läßt, schon wieder ein Dreiviertel-Jahrhundert, und es ist gar nicht einzusehen, warum sie nicht auch ein ganzes halten sollte.

Ausgleich der Konten

Joseph Baumgartner

War er ein Held, der Dr. Joseph Baumgartner, oder ein eher schüchternes Opfer?

Geboren wurde er am 16. November 1904, Sohn eines kleinen Bauern und einer Hebamme in Sulzemoos bei Dachau. Er entwickelt den Studieneifer derer, die aus solchen Verhältnissen kommen. Die Mutter bestimmt ihn zur Laufbahn des »geistlichen Herrn«, und folgerichtig kommt er ins benediktinische Progymnasium zu Scheyern, dem uralten Stammsitz bayerischer Herrscher.

Da der Verfasser in Freising ins Gymnasium ging, kennt er die Scheyerer: Nach der damaligen sechsten (heute: zehnten) Klasse gingen sie ja geschlossen an das Knabenseminar auf dem Freisinger Domberg über. Eisenhart trainiert in den Korridoren lateinischer und griechischer Grammatik, alles andere als Opfer von Reizüberflutung, in derbem, halbbäuerlichem Zivil, pflegten sie stumm einen der langen, ins Lateinische zu übertragenden Bandwurmsätze zu bekauen: »Cäsar, im Vergleich zu welchem es wohl kaum je einen größeren Feldherrn gegeben haben dürfte...«, um dann den Pflug einzusetzen und gradaus, langsam, hartnäckig die Furche der ciceronianischen Periode durchzuziehen.

Aber es gab natürlich auch immer die Eifrigen, die Lebhaften und leicht Widerspenstigen, die sich das herdiskutieren wollten, was ihnen nicht an der Wiege gesungen worden war: den Weg nach oben. Aus ihnen konnten dann wortgewaltige Kapläne, später Domprediger, später Domkapitulare werden –

oder, wenn sie »absprangen«, den Entschluß zum Laiendasein faßten, Advokaten, Professoren und – wenn sie viel Glück hatten – Minister. Wie zum Beispiel der Joseph Baumgartner.

Landwirtschaft studierte er. Mit seinem Hintergrund und seinen Neigungen war damit der Weg in eine ganz bestimmte Politik vorgezeichnet: die populistische Politik, die Dr. Heim und, nach ihm, der Regensburger Redakteur Heinrich Held (übrigens auch kein Altbayer, sondern aus Limburg an der Lahn) im Zentrum und, nach 1918, in der Bayerischen Volkspartei eingeleitet und profiliert hatten: tiefschwarz im Dogmatischen, konservativ in der Auseinandersetzung mit allen äußeren Mächten, aber mit dem Zungenschlag des kleinen Mannes im Wirtschaftlichen und Sozialen. Baumgartner promovierte, der Präsident des Christlichen Bauernvereins Schlittenbauer stellt den wendigen jungen Doktor gleich als zweiten Sekretär ein. Erster war der Dr. Alois Hundhammer, was wichtig zu wissen ist für das Kommende.

Er ist jung genug, um den fälligen Hinausschmiß 1933 nicht als Tragödie zu erleben. Wie viele bayerisch-katholische Antinazis überwintert er in der Wirtschaft: im Versicherungswesen. Wenn man seinem Biographen glauben darf, ist das keine schlechte Zeit für ihn: auf dem Motorrad, später im Kleinauto durch Dörfer und Städte, mit der bajuwarischen Beredsamkeit und dem damenwirksamen Charme, der ihm eignet... Aber wie die meisten Bayern übertreibt er das nicht unnötig, gerät an Fräulein Lilly, die Tochter eines Münchener Polizei-Obermeisters, und ehelicht sie, wie sich's gehört. Den Krieg übersteht er teilweise als Versicherungsmann in Österreich, teils als Flaksoldat, knapp streift ihn der Terror, als er, wegen allzu kecker Äußerungen, neun Wochen lang in der Grazer Gestapozentrale verhört wird. Die Allianzdirektion aber verließ den Ihren nicht, sie paukte ihn heraus...

1945 war es dann soweit. Als knapp Vierzigjähriger, mit der aufgestauten Energie der erzwungenen politischen Enthaltsamkeit, mit dem Optimismus, der damals alle Antinazis erfüllt hat, stürzte er sich wieder in die geliebte Politik. Er wurde zu einem der Gründungsmitglieder der neuen Partei, die sich nicht mehr Partei nannte, sondern Union: Christlich-Soziale Union; im September 1945, er war bereits Personalchef im

Amt für Ernährung und Landwirtschaft, half er mit bei der Konstituierung des Bayerischen Bauernverbandes – einer Fusion aus den alten Bauernkammern, dem Christlichen Bauernverein und den liberalen Bauernbündnissen.

Dann wurde er Landwirtschaftsminister – und war damit, in der Zeit des Hungers, der wichtigste Mann in Bayern überhaupt.

Wenn nicht alles nachträglich täuscht, war er ein guter Minister. Freilich, Bayern hatte seinen Vorsprung, hatte die geringere Bevölkerungsdichte, hatte nicht mit den endlosen Revieren der Zerstörung im Norden und Westen Deutschlands zu ringen. Aber es gab die Millionen Flüchtlinge, es gab die notwendige Solidarität mit den Hungernden der Industriegebiete; und vor allem fehlte es an allem, was die schon modernisierte bayerische Landwirtschaft dringend brauchte, vom Kunstdünger bis zum Konservendosenblech. Dazu kam, was ihn besonders irritierte, die wachsende Weisungsbefugnis der schattenhaften, aber immer deutlicher werdenden Zentrale: des Wirtschaftsrates zu Frankfurt, des Vorläufers der Bundesrepublik.

Begriff der Dr. Baumgartner, daß hier Weichen an allerhöchster, überseeischer Stelle geschaltet wurden? Wenn er es begriff, dann wollte er es nicht wahrhaben. Der Konflikt wurde, wie das so oft in Bayern vorkommt, personalisiert: zu seiner persönlichen Auseinandersetzung nämlich mit dem Ochsensepp, dem damals noch mächtigen Chef der CSU, Dr. Josef Müller.

Müller war von den Alliierten, besonders von den Amerikanern, hochgeschätzt, er war aktiver Widerstandsmann und oft genug Kurier in lebensgefährlichen Angelegenheiten während des Dritten Reiches, ja sogar während des Krieges gewesen. Er fühlte »gesamtdeutscher« als die meisten anderen Männer der katholisch-bayerischen Nachkriegspolitik – und er wußte wohl auch genauer, was bevorstand und was unausweichlich war. Er wußte, daß es mit der allenthalben hochschäumenden weißblau-patriotischen Welle nicht viel auf sich hatte – dazu waren schon oder noch zu viele gesamtdeutsche, gesamtwestliche, gesamtkapitalistische Interessen im Spiel. Aber vermutlich hat er auch das Seine dazu beigetragen, den handfesten Partikularismus Baumgartners und seiner Gesinnungsgenossen, die einen lockeren Staatenbund mit möglichst wenig Zentralvollmachten wollten, aufs Blut zu reizen.

Baumgartner verließ die CSU nach einem höchst farbenfrohen Gespräch mit dem Dr. Müller. (»Und da ist der Ochensepp so gemein worden, so gemein – da hab' ich ›Sie‹ zu ihm gesagt...«) Er schloß sich der 1946 gegründeten Bayernpartei unter dem Kriminalinspektor Lallinger an und wurde im Handumdrehen ihr Star.

Zu seiner Sekretärin aber sagte er: »Heut hab' ich vermutlich die größte Dummheit meines Lebens gemacht.« Es stimmte.

Vorläufig allerdings wurde er zum berühmten und gefürchteten Volkstribunen. Stämmig, mit gewellter Haarlocke und fast levantinischem Gesichtsschnitt, donnerte er von den Bühnen der Festsäle, machte er den Aschermittwoch im Wolfertstetter-Keller zu Vilshofen zur beliebtesten Politschau Mitteleuropas: »Wo is no' a CSU-ler, daß i'n aufm Kraut friß?« Die Bierzelte bauschten sich nach außen, wenn er auftrat. Er peitschte die BP, die Bayernpartei, zu einer nicht unbeträchtlichen politischen Kraft in der BRD hoch, schickte 17 Mandatare in den Bundestag. Einer von ihnen lieferte die berühmte eine Mehrheitsstimme, die Konrad Adenauer zum ersten Kanzler der Bundesrepublik machte.

»Brüllend mit unglaublichem Mute«, so schildert ihn sein begeisterter Biograph, der Georg Lohmeier. Aber was brüllte er wirklich? Dompteure kennen die Reizzone ihrer Raubtiere, und diese Reizzone verließ der Baumgartner Pepperl eben niemals. Er war föderalistischer als die CSU, sicher; er entwarf Breitwand-Kolossalgemälde bayerischer Geschichte, vom entthronten und betrogenen Herzog Tassilo bis zur Gegenwart. Aber nie hat er ernsthaft den eigentlichen »patriotischen« Trumpf aus dem Ärmel gezogen, das selbständige Bayern. Nie hat er an die wahren inneren Strukturen des Landes, an seine historischen Wunden gerührt: den innerbayerischen Zentralismus, die straffe zentralistisch-bürokratische Organisation, die Weisungsgebundenheit bis hinab zu den Landräten, die mangelnde Gemeinfreiheit. Nie hat er den Komplex von Interessen enthüllt oder angegriffen, der riesenhaft und unbekümmert um alte Loyalitäten am Horizont der Nachkriegszeit emporstieg – jenen Komplex, der uns mitten in die Welt- und Heimatzerstörung hineingeführt hat. Nein, es reichte hinten und vorne nicht, das Programm des Dr. Joseph Baumgartner. Zumindest nicht gegen eine CSU, in der sich alle diese Interessen, zusammen mit denen der seit 1803 herrschenden Kräfte in Bayern, zur großen MASCHINE integrierten...

Das Ende war vorauszusehen. Es wurde durch Baumgartners höchstem Triumph, die Bildung der Viererkoalition von 1954, eher beschleunigt als verlangsamt.

Diese Koalition bestand aus den vier Parteien SPD, Bayernpartei, FDP und BHE (einer inzwischen verschwundenen Flüchtlings- und Entrechtetenpartei) unter dem Ministerpräsidenten Dr. Wilhelm Hoegner, dem markantesten Mann der bayerischen SPD. Die Koalition war eine verwegene Konstruktion, nur aus der Angst aller anderen vor der Übermacht der CSU erklärbar. Sie regierte nicht schlechter als bayerische Regierungen vor und nach ihr. Aber sie hinderte die inzwischen erstarkte MASCHINE am totalen Staatsbesitz; und damit unterschrieb der Baumgartner sein Todesurteil.

Am 8. Oktober 1957 platzte die Koalition. Und nicht mit der weißblauen Brüderschaft, sondern mit FDP und BHE schloß sich die CSU zum Seidel-Kabinett zusammen. Baumgartner soll, von einigen Verhandlungstricks hereingelegt, damals frohlockt haben: »I hab's ja allerweil g'sagt, mir kemma wieder z'samm!« Wenn das stimmt, hat er die objektive Todfeindschaft nicht begriffen, die zwischen BP und CSU gesetzt war: den Kampf um ein fast identisches Wählerreservoir draußen im Lande. Das Charisma war weg, der Aufstiegsbonus, der Geruch des Erfolges. Im November 1958 fanden Landtagswahlen statt, die der CSU 102 Mandate und 50 Prozent der Stimmen gaben, die Bayernpartei, längst aus dem Bundestag verschwunden, war nun auch in Bayern auf 14 Mandate geschrumpft; für eine Regionalpartei der Anfang vom Ende.

Die Bayernpartei war als Gefahr für die CSU vernichtet, nun stand noch das aus, was die italienischen Zeitungen, wenn sie über die geheimnisvolleren Aktivitäten der Mafia schreiben, ein *regolamento dei conti* nennen – einen Kontenausgleich. Es mußte demonstriert werden, was man in Bayern nicht machen konnte und durfte. Es fand der sogenannte Spielbankenprozeß statt.

Von der Substanz wie von der Führung her war er eine

schwarze Farce (im Doppelsinn des Wortes). Die Viererkoalition hatte sich dafür stark gemacht, Spielbankenkonzessionen auszugeben, und die Anteile, auch nur die Aussichten auf solche Anteile, brachten die Art des geschäftlichen Bodenlebens in Bewegung, die sich um Schwarzmärkte und windige Wiedergutmachungstricks etabliert hatte. Der Plan an sich und die Summen, um die es ging, waren zunächst unbedeutend genug.

Für die CSU, genauer gesagt für die MASCHINE, lag hier der Ansatzpunkt, die Spalte, in die man den Desintegrationskeil trieb. In jenen Jahren war der klerikale Flügel, der Flügel der katholischen Integralisten unter Führung des Dr. Alois Hundhammer, noch mächtig in Bayern. Er trat, mit voller Kanzelunterstützung, gegen das Laster des Glücksspiels an. Heute rollen, in Bad Wiessee und anderswo, die staatlich-bayerischen Roulettekugeln, offensichtlich ist die Frage mittlerweile moraltheologisch geklärt.

Gerüchte von Nebengeschäften tauchten auf; witzigen kleinen Nebengeschäften, bei denen etwa ein Sparbuch mit zehntausend Mark auf einer Herrentoilette den Besitzer gewechselt haben sollte. Konzessionäre, mögliche Konzessionäre – und die Bayernpartei geriet ins Zwielicht. Die CSU, trotz ihrer Opposition die eigentliche Macht im Lande, strengte eine Anhörung im Landtag an, die auch die Minister Baumgartner und Geislhöringer erfaßte. Gegen die Gewohnheit wurden die Angehörten dabei vereidigt. Die Anhörung ergab, wie üblich, nicht viel Konkretes. Aber nach 1958 erhob sich eine der schrägsten Figuren dieses Karussells, ein Herr Freisehner, und klagte sich selbst dramatisch des Meineides vor dieser Kommission an. Seine Selbstbezichtigungen, ein Ozean von Reue, wogten nun vor der erstaunten Öffentlichkeit.

Das *regolamento dei conti* konnte beginnen. Im Sommer 1959 fand der Meineidprozeß gegen die Herren Baumgartner, Geiselhöringer und andere statt. Der alte, längst geschlagene Löwe der Bayernpartei wurde nicht einmal wirklich überführt; man legte ihm eine formell richtige Antwort als Irreführung der Kommission unter Eid aus, donnerte von »Desavouierung« des Rechtsstaates und verurteilte ihn in einem Lande, wo Meineid mit Todesfolge in der Regel mit sechs Monaten auf Bewährung rechnen kann, zu zwei Jahren Zuchthaus, sofort und ohne

Bewährung anzutreten. Man verhaftete ihn im Gerichtssaal, man führte ihn in Handschellen ab.

Längst steht fest, daß der Schmutz, der durch diesen Kontenausgleich erst geschaffen wurde, an Ernst und Zukunftswirkung die Prozeßmaterie weit überflügelte. Am Rande des eigentlichen Prozeßgeschehens wurden mögliche Störenfriede ebenso rücksichtslos zermalmt wie der Bayernlöwe selber – wer Näheres darüber wissen will, lese den kleinen Taschenbuchroman von Oliver Hassencamp *Das Recht auf den Anderen*, der die systematische Zerstörung eines solchen Zeugen beschreibt. Die Person, von welcher der Schlüsselroman handelt, ist bekannt.

Die Brutalität dieses Angriffs ist nicht entschuldbar. Sie wäre erklärbarer, hätte die Bayernpartei noch eine politische Gefahr dargestellt. Aber das war sie, wie erwähnt, längst nicht mehr. Es ging nur noch um die persönliche Vernichtung des Dr. Baumgartner und des kleinen, siebzigjährigen Dr. Geislhöringer, die das unverzeihlichste aller Verbrechen begangen hatten: die drei Jahre währende Verhinderung des totalen Staatsbesitzes durch die MASCHINE.

Heute ist dies verweht und vorbei. Unsere Kinder wissen nicht mehr, wer Joseph Baumgartner war. Es rollen nicht nur die Roulettekugeln in Wiessee und anderswo, auch der klerikale Flügel der CSU, damals der Racheengel der öffentlichen Moral, ist neutralisiert, seit es um wichtigere Geschäfte geht. Einmal noch wurde dieser Flügel aktiv, ein paar Jahre später, als er versuchte, den Parteivorsitz dem neuen, rasch zur unbestrittenen Selbstherrschaft aufsteigenden Tribunen streitig zu machen, der im Grunde Antiklerikaler war. (Aber davon wird ausführlicher die Rede sein müssen.)

Dr. Baumgartner lebte nicht mehr lang. Er war krank, er wurde deshalb vorzeitig (wenn auch nicht so vorzeitig wie Freisehner) aus der Haft entlassen. Er lebte im Schatten und starb am 21. Januar 1964. Bei seiner Beerdigung entglitt seinen Trägern der Sarg und rutschte senkrecht in die Grube. Keltisch gestimmten Landsleuten ist das heute noch ein Omen: »Dös hat was zum bedeuten, Mannder! Der is no net tout!« Sie mögen bedenken, daß der Unglücksfall den Dr. Baumgartner nicht auf die Füße, sondern auf den Kopf gestellt hat. Wenn wir das schon als Vorzeichen nehmen: Wollte er uns nicht aus dem

Grab einen Wink geben? Einen Wink, den bayerischen Patriotismus endlich auf die Füße zu stellen?

Zu Sulzemoos im Friedhof
Da liegt ein stilles Grab,
Baumgartner Joseph ruhet hier
Wohl bis zum Jüngsten Tag...

So singt, im ganz gut nachgemachten Volkston, sein Biograph, der Schorsch Lohmeier. Sollten wir, liebe Landsleute, mit dem *regolamento dei conti*, dem Ausgleich der wirklichen Konten, tatsächlich so lang warten müssen?

V
DER/DAS UNSTERBLICHE

Die zweite Säkularisation

Einmal, so sagten wir, flatterte der klerikale Flügel noch einmal; er hätte es nicht tun sollen. Es stellte sich nämlich heraus, daß er die Lage gänzlich falsch beurteilte – und damit seinen eigenen Untergang heraufbeschwor. So machte er den Weg frei für die zweite bayerische Säkularisation – was er bestimmt nicht vorgehabt hatte.

Diese Entwicklung war logisch; aber für die Zeitgenossen dramatisch genug.

Wieder rechts vom Kaiser

Als sich die Bundesrepublik formierte – also zwischen 1946 und 1949 – existierte Bayern bereits als komplette staatliche Struktur, mit allem, was dazugehört: mit nicht nur einer, sondern zwei Kammern (wenn auch der Senat keinerlei legislative Befugnis hat), mit einer Regierung und einem Instanzenzug von Gerichten. Sein Beitritt zur Westrepublik erfolgte zögerlich, schließlich doch ohne größere Widerspenstigkeiten. Aber fast instinktiv nahm Bayern in diesem Bund, unter diesem Übervater Adenauer, die Position ein, die ihm schon in der Gegenreformation so dienlich gewesen war: rechts vom Kaiser, d. h. rechts von dem in der Bonner Pfalz herrschenden konservativen Kanzler.

Letzten Endes waren es zwei große traditionsbeladene Parteimaschinen, welche die Motorik des neudeutsch-westdeutschen Geschehens ausmachten: die alte rheinische Zentrums-

und die alte bayerische Volkspartei-Maschine.(Zur Verwirrung außerirdischer Beobachter nannte sich die linkere, d.h. die rheinisch-westliche Formation, »christlich-demokratisch«, die bayerische Sonderform »christlich-sozial«. Hinter den Kurzformeln CDU und CSU assoziiert der Laie heute so gut wie gar nichts mehr, und das mit Recht.)

In ihren turbulenten Anfängen war die CSU durchaus klerikal geprägt; klerikal-konservativer, so schien es, als die vom Sozialkatholizismus der Mönchengladbacher Art berührten Christen an Rhein und Ruhr. Ja, in der Person des nordrhein-westfälischen Ministerpräsidenten Karl Arnold, der eine große schwarzrote Koalition begünstigte, gab es sogar so etwas wie ein Gegenmodell zu Bayern.

Hier, in Bayern, ging es zunächst um nichts anderes als die Rückkehr ins Gute Alte, in seine zeitlose Wärme (die es natürlich nie gegeben hatte). Und man hoffte sie durch die alten Formen der Frömmigkeit, die alten Schulformen, die alte, wenn möglich legal verfestigte Gesittung zu erreichen, das, was einst Edmund Jörg »die süße Gewohnheit des Daseins« genannt hatte.

(Und von alter süßer Gewohnheit erhoffte man sich, ob man es sagte oder nicht, das Verschwinden, zumindest aber das Vergessen der Leichenhaufen im Keller des Bewußtseins.)

An diese Aufgabe ging die CSU der ersten Stunde, ging vor allem ihr klerikaler Flügel voll List und Hartnäckigkeit.

Sicher, eines gab man schnell auf, mußte man schnell aufgeben: den totalen Separatismus. Da waren Mächte am Werk, deren Gang man nicht kontrollieren, höchstens verzögern konnte. Aber an der kulturellen Eigenart, die man mit klerikaler Eigenart gleichsetzte, galt es festzuhalten.

Der Zufall oder die Vorsehung wollte es, daß die Amerikaner, die zunächst solchem Streben äußerst mißtrauisch gegenüberstanden, einen High Commissioner namens George Schuster für Bayern einsetzten. Schuster kam aus den deutschkatholischen Traditionen des Mittelwestens und war ein wirklicher Gentleman – infolgedessen den Rankünen Hundhammers und seiner Prälaten keineswegs gewachsen. Sie nahmen ihn überland mit, so wie einst, 1918/19, die Franzosen Präsident Wilson auf die Schlachtfelder mitgenommen hatten, um ihm seine vierzehn Punkte auszutreiben. Hundhammers

Schlachtfelder waren die weißblaugoldenen Kultur-Herrlichkeiten der Heimat, und irgendwie brachte er es fertig, dem katholischen Gentleman einzureden, daß diese etwas mit Konfessionsschulen, humanistischen Gymnasien alter Art und anderen vorrepublikanischen Errungenschaften des Untertanenstaates zu tun hatten. Klares, wenn auch verschwiegenes Ziel war es, letzten Endes den Kulturkampf des 19. Jahrhunderts rückgängig zu machen; das war, in aller Kürze, die Gegenreformation.

Ganz konnte das natürlich nicht klappen, aber es kostete Bayern gut und gern zwanzig Jahre, erzwang eine zweite Säkularisation.

Diese fand unter theatralischen Umständen statt. Gezeugt wurde sie durch ein Gespinst faustdicker Lügen anno 1962.

Die Republik schaut in den SPIEGEL

Während die Welt voll angstgeladener Spannung auf die sowjetischen Schiffe starrte, die, mit Raketen bepackt, Cuba anzulaufen und den Atomkrieg auszulösen drohten, leistete sich Bonn eine etwas komischere Sensation: die strafrechtliche Verfolgung des unnennbaren Hamburger Magazins, unter Vernachlässigung einer Reihe von rechtsstaatlichen Normen. Ein verdächtigter Artikel (er war überschrieben mit *Bedingt abwehrbereit*) war nichts als eine gut recherchierte Reportage, öffnete aber angeblich den Blick in einen »Abgrund von Landesverrat« (Adenauer). Während die SPIEGEL-Herren Augstein und Ahlers im Gefängnis einsaßen, zog sich um die Autoren dieses Piratenstücks, den Kanzler und seinen Verteidigungsminister, das Gewitter der Aufklärung zusammen. Besonders bedroht von ihm war der Verteidigungsminister, der damals Franz Josef Strauß hieß. Er versicherte vor dem Bundestagsplenum, »nichts, im Wortsinne nichts« mit der Verhaftung von Ahlers in Spanien zu tun zu haben, aber damit log er im Wortsinne und in vollem Umfang. Die Umstände, zu denen nicht zuletzt eine wachsende politische Reife der Öffentlichkeit zählte, erzwangen seinen Rücktritt, und er kehrte eine Zeitlang nach

München zurück, nur noch mit dem Amt des CSU-Vorsitzenden bekleidet, das er seit 1961 innehatte. Seine Wiederwahl war 1963 fällig.

Und hier begingen die Klerikalen ihren entscheidenden Fehler: Sie gewahrten die Möglichkeit, den Mann loszuwerden, der zwar unstrittig das größte politische Talent der Partei war, aber den sie nicht nur als moralische Belastung, sondern auch (und zu Recht) als Exponenten und Vorkämpfer eines laizistischen Kurses der Partei einschätzten.

Wohlgemerkt: Ihr Fehler bestand nicht darin, Strauß etwas anzuhängen. Das war völlig unnötig. Was von ihm bekannt und ruchbar geworden war (schon längst vor der SPIEGEL-Affäre ruchbar geworden war), hätte nach jedem einigermaßen gültigen Ehrenkodex zur Abwahl gereicht. Nein, der Fehler bestand in der völlig falschen Einschätzung der Gewichte und ihrer Verschiebungen seit Kriegsende.

Und so kam es, daß man mit gänzlich unzulänglichem, ja kontraproduktivem Werkzeug hantierte. So vermahnte etwa der keineswegs weltfremde Münchener Kardinal Julius Döpfner den Malefikanten, sozusagen eine therapeutische Bußpause einzulegen und den Vorsitz für eine Weile abzutreten. Und eine Kabale, in die zwei fränkische Freiherren verwickelt waren, lief über die Katholische Aktion an.

Katholische Aktion: Den Begriff muß man heute schon ein wenig erklären. Sie war (und vielleicht ist sie noch) nichts anderes als die Karteisumme aller Laien, die in irgendeiner Weise, über Pfarrgemeinderäte, kirchliche Vereine und Aktionsgruppen tätig sind – oder zumindest erfaßt werden. Die Summe ging in die Millionen; aber natürlich waren weder die subjektive Verbundenheit dieser Karteichristen mit der Kirche noch die massenhaften Doppelerfassungen einer Kontrolle zugänglich. Immerhin, die Katholische Aktion (KA) hatte einen Sekretär namens Kuen, und der schrieb nun einen Brief an mehrere politisch wichtige Persönlichkeiten, in dem er die »Gefahr einer Entfremdung zwischen dem katholischen Volksteil und der CSU« durch eine moralisch verdächtige »Zusammensetzung der Parteispitze« beschwor.

Wenige Tage vor dem Parteikonvent wurde noch ein Treffen zwischen Kuen und Strauß arrangiert, der katholische Aktionist sagte es »wegen Terminschwierigkeiten« ab.

Die Botschaft war klar und deutlich: FJS ist untragbar, er muß weg. Und unter dem Schatten dieser Botschaft strömten die Delegierten am 6. Juli 1963 in München zusammen.

High Noon in CSU-Wildwest

Prälaten waren, wie noch wenige Jahre vorher, keine mehr dabei – und das war auch gut so. Die Stimmung war heiß und roch nach Aufstand gegen die Pfäfferei. Ein gewogener Publizist hat Bayern, gerade das CSU-Bayern, einmal als die Vendée, das heißt die große konservative Revolte nicht nur der Bundesrepublik sondern Mitteleuropas beschrieben – an diesem 6. Juli stimmte diese Definition ganz und gar nicht, die Luft roch nach dem Ozon des Jakobinertums.

Der Vorsitzende zögerte keinen Augenblick, er konterte sofort. Sein Rechenschaftsbericht ging schnurstracks auf die Gegner los, für die Presse hatte er einige Passagen gemildert, im Saal aber, wo die Worte gesprochen wurden, die galten, tat er es nicht:

»Ich möchte darauf hinweisen, daß durch unsere Außen- und Sicherheitspolitik auch die Wirkungsfreiheit der Kirchen geschützt worden ist und daß durch unsere Wirtschaftspolitik den Kirchen die materiellen Mittel zur Erfüllung ihrer großen Aufgaben zufließen können...«

Der Satz hat Gewicht, So mochten schon Konstantin und seine cäsaropapistischen Nachfolger, so mochte Ludwig XIV. geredet haben – und so hatte in unserem Jahrhundert Benito Mussolini geredet, als der Vatikan aufmüpfig wurde: Der Staatsmann weist dem Klerus seinen Platz an und macht ihm klar, was er dem Regime verdankt....

Die Delegierten hörten das gern, sehr gern. Der Beifall war ungeheuer, die frommen Gegenredner kamen keineswegs gut an – der fromme Hans Hutter nicht, der sich »einen der treuesten und verläßlichsten Kernwähler der CSU« nannte, der alte Baron von Franckenstein nicht – und auch nicht Karl Theodor Freiherr von und zu Guttenberg, der ruhig mitten im Orkan sprach, die Hand lässig in die Jackentasche geschoben. Der

Freiherr stand für alles, was FJS fehlte, er lebte noch in einer Welt, deren Herz die Reichskleinodien in der Wiener Schatzkammer waren, er hatte das, was man früher unbefangen »Rasse« genannt hat – aber die ist oft nur noch dafür gut, den Untergang das Überholten ehrenvoll zu gestalten.

Und der war eben fällig. Hutter und die Freiherrn wurden ausgepfiffen, und in der allgemeinen Aussprache brachen die Dämme der Begeisterung, die Loyalitätsbekundungen für den Großen Vorsitzenden strömten zu Tal, ein junger Oberpfälzer rief unter Tränen: »Unser Franz Josef Strauß soll durch Lügen wie ein waidwundes Reh zu Tode gehetzt werden!«

Das ist solide altbairische Rhetorik – und Polit-Psychologie. Aber bezeichnender noch war die trockene Bemerkung eines anderen (des Landrats von Schongau, wenn ich mich recht erinnere), der sich als ein Mitglied der Katholischen Aktion zu erkennen gab – aber als Mitglied, das nicht im Traum daran denke, dem Verdammungsurteil der ganz Frommen zu folgen.

Hier öffnet sich die Perspektive in die grundsätzliche Schwäche der klerikal-konservativen Position: den Mangel an zuverlässigen Rückmeldungen. Rückmeldungen, die diesen Honoratioren klargemacht hätten, wie weit die bayerische Gesellschaft und mit ihr die CSU bereits säkularisiert waren. Schon seit mindestens zehn Jahren war die Industrialisierung im Gange, der alte Antiklerikalismus vor allem Ostbayerns war nach dem Zusammenbruch der Bayernpartei zur CSU gestoßen, die schwarzweißroten Franken waren dem klerikalen Kurs ohnehin seit den Tagen des Ochsensepp nicht gewogen. Sicher, man stand noch in den Karteien der kirchlichen Apparate; aber das begründete in den Augen der erdrückenden Anzahl der Landeskinder noch lang keinen Anspruch auf Königsmacherei. Man hielt Strauß die Treue – gerade weil er in Bonn gescheitert, gerade weil er von den »Scheinheiligen« verfolgt wurde. Die Blessur hatte sich das waidwunde Reh zwar selber beigebracht, aber das nahm man im Loyalitätsrausch nicht so genau ...

(Und wie viele standen wohl zu ihm, weil sie an diesem 6. Juli, die Nemesis Baumgartners nach seinen Verderbern greifen sahen?)

So begann die eigentliche Macht-Ära der CSU.

Es ist keine Frage, daß sie den Übergang Bayerns von einem überwiegend agrarischen in ein sehr modernes Industrieland ohne wesentliche Erschütterung bewerkstelligen half. Es ist keine Frage, daß sie ein Hegemonialsystem ausbaute, das weit über die reine Parteipolitik hinausgriff und greift. Vor allem aber: Dieses Hegemonialsystem kam und kommt scheinbar ohne jede Ideologie aus.

Das mag überraschen – vor allem den norddeutschen Leser. Es mag ihn überraschen, wenn er an die ständigen Scharfmachereien denkt, die während des Kalten Krieges vom Generalhauptquartier des Großen Vorsitzenden ausgingen; wenn man an die wahnwitzige, menschenverachtende Anwendung des sogenannten Radikalenerlasses in Bayern denkt, die Hunderten von begabten und tüchtigen jungen Menschen das Berufsleben zerstörte; wenn man die Tiraden nachliest, die jahrzehntelang von der Staatsparteizeitung, dem *Bayernkurier*, gegen den Roten Osten, gegen die SPD, die Intellektuellen und andere Staatsfeinde abgesondert wurden und werden. Aber all dies erklärt sich zwanglos, wenn man die fast zeitlose Taktikformel Bayerns bedenkt, die da lautet: Immer rechts vom Kaiser!

Wie wenig Ideologie letzten Endes zählte, das erwies sich in den achtziger Jahren, als Strauß ohne Bedenken einen Milliardenkredit für die DDR fingerte – für eben jene realsozialistischen Monster, denen er und die Seinen fast eine Generation lang die finsterten Komplotte mit der bundesdeutschen SPD nachgesagt hatten. (Zwei, drei desillusionierte Schildgenossen sprangen ab und gründeten die »Republikaner«, aber das war's auch schon.) In diesen achtziger Jahren war der Übergang von CSU-Bayern in eine säkularistische, ideologie-, ja ideenfreie Gesellschaft so gut wie komplett. Die Kirchen waren zu einem Sektor des Kulturbetriebs geworden und hatten sich in diese Zuweisung gefügt, Aufmüpfigkeiten kamen so gut wie nicht mehr vor, und die Sonntagskirchgänger blieben weiterhin CSU-Wähler, was sonst. (Über 76 Prozent sind's heute noch, heißt es.). Nach einer der wie üblich siegreichen Landtagswahlen unterhielten sich Bayern-Korrespondenten im Rundfunk darüber, wie sich die Verhältnisse zwischen Staat und Kirche im Laufe der Zeit verändert hätten. Einer, der sich auskannte, meinte dazu: »Früher, wenn es zwischen CSU und Kirche knirschte, hieß es: Da müssen wir zum Kardinal rauf. Heute heißt's: Da muß der Kardinal her...«

Von Wahl zu Wahl legte sie nun zu, die CSU; eroberte den mittelfränkischen evangelischen Korridor, färbte rings um die großstädtischen Inseln das Territorium schwarz ein, kletterte in die absolute Mehrheit und hinauf bis zu 62 Prozent.

Das war, bei aller Heldenverehrung, natürlich nicht nur das Werk des Großen Vorsitzenden. Es war einfach so, daß sich in der Staatspartei die wichtigsten Strömungen des bayerischen historischen Kontinuums mit Ausnahme der Arbeiterbewegung sammelten. Die nationalliberale, historisch »rechts« gestimmte Beamtenschaft; der amorphe Katholizismus der Altbayern, aber auch der viel profiliertere der Schwaben und Unterfranken; der Pragmatismus der Wiederaufbauphase, in dem man sich der alten hinderlichen Staatsethik entledigte; ein nach wie vor präpotenter juristischer und administrativer Apparat; rhetorische Solidarisierung gegen die »rote Gefahr« (1918/19 ging einfach nicht aus den Knochen): das alles wurde strategisch verbunden und ausgelegt zu einem verzweigten Grabensystem, das so gut wie kein Territorium mehr preisgab. Wenn Strauß in solcher Lage seine Partei als »konservativ-liberal-progressiv« beschrieb, hatte er – auf der pragmatischen Ebene, die einzig allein die seine und die der Nachkriegserfahrung war – durchaus recht. Die CSU war und ist tatsächlich die Formation, in der die wesentlichen Erkenntnisse und Mißverständnisse, die wesentlichen Ressentiments und Sehnsüchte bayerischen Eigenverständnisses scheinbar logisch zusammengefaßt sind. (Andere Parteien, im übrigen Bundesgebiet respektabel und durchaus gouvernemental, spielen höchstens vor Ort als eine Art Lobby eine Rolle.)

Eine Panne: Der Kaiser wird calvinisch

Es gab allerdings eine Panne im taktischen System: die verflixten elf oder zwölf Jahre der sozialliberalen Koalition von 1969 an in Bonn. Sie setzten die gute alte Formel der Gegenreformation, die Formel ›Immer katholischer als der Kaiser‹, außer Kraft: Was macht man, wenn der Kaiser Calvinist wird?

Die Folgen waren teilweise grotesk. Nicht nur eine emotionale, sondern sogar eine physische Flucht nach Bayern setzte ein. Chefärzte und Zahnärzte erwarben massenhaft Wohnsitze südlich der Donau, hinterstellten Motorräder im Keller ihrer rheinischen oder niedersächsischen Villen, um bei Einbruch des Sozialismus rechtzeitig nach Süden fliehen zu können. Man sah vor dem geistigen Auge Egon Bahr bei wochenlangen Geheimgesprächen mit Breschnjew. Man zitterte vor den wilden Haufen der 68er, die schon danach geiferten, den Leistungsträgern das Sèvres-Porzellan, die Rolexuhren und die hochgezüchteten Schlitten wegzunehmen. (Der Verfasser kann sich lebhaft an solche Gespräche erinnern.) Die einzige Rettung für das Gute, Wahre und Schöne sah man – wie historisch! – in der »Ordnungszelle Bayern«.

Und der Große Vorsitzende tat das Seine, um diese Stimmung zu nähren. Das klang dann, etwa in der berühmten Sonthofener Rede, so:

»...Da muß man die anderen (gemeint war natürlich die sozialliberale Koalition, CA) immer identifizieren damit, daß sie den Sozialismus und die Unfreiheit repräsentieren, ...daß ihre Politik auf die Hegemonie der Sowjetunion über Westeuropa hinausläuft. Daß es bei den andern eine ganze Menge von Leuten gibt, die das nicht wollen, soll uns nicht daran hindern, unter einem Übermaß an Objektivität zu leiden und das hier zu sagen....«

Dem Vorsitzenden mochten in solchen Sätzen Bejahung und Verneinung etwas durcheinandergeraten – dennoch war er sicher, verstanden zu werden, vor allem von denen, auf die es ankam. Für die wirtschaftsmächtigen Kreise wurde FJS zum Garanten des richtigen Kurses in trüber Zeit, während man bei der CDU nie ganz sicher vor ein paar Herz-Jesu-Sozialisten war. (Der Ausdruck soll von Strauß stammen.) München wurde zum

Magneten für solche besseren Herrschaften – und für die Einheimischen entsprechend teuer, Starnberg wurde der deutsche Landkreis mit dem höchsten Pro-Kopf-Vermögen, München-Grünwald zur beliebtesten Kulisse deutscher TV-Krimi-Serien, die unter den ach so unglücklichen Millionären spielen, und von Grünwald nach Süden zu den Bergen gab es bald keinen Weiler mehr, der nicht mindestens zur Hälfte von Steuerexperten, Designern oder hochbezahlten Wissenschaftlern bewohnt war. Bayern prosperierte, ganz offensichtlich wurden seine Städte und Fluren, wie es in der Landeshymne heißt, von Gott persönlich beschützt und geschirmt.

Der Export gelingt nicht

Bei so viel konservativ-kapitalistischer Liebe und Gegenliebe lag es eigentlich nahe, darüber nachzudenken, ob man die zweifelsfreie Eigenständigkeit der CSU rechts vom Kaiser nicht überregional nutzbar machen konnte. Wieder und immer wieder bildeten sich deshalb im Norden und Westen »Freundeskreise« der CSU, wieder und wieder tauchte die Fata Morgana der Vierten Partei im politischen Morgennebel auf. Rechts von der CDU/CSU-Gemeinschaft hatten sich öfters als einmal rechte, ja rechtsradikale Parteihaufen herumgetrieben – sie hießen nacheinander Deutsche Reichspartei, Deutsche Union, NPD, Republikaner und dergleichen mehr. Manchmal gelang es ihnen, sich bis an die Fünfprozenthürde heranzurobben, meistens gelang es ihnen nicht. Einmal, 1966, wies die NPD im bayerischen Landtag stolze 7,4 Prozent auf, vor dem Ablauf der Legislaturperiode hatte ihnen, wie das wörtlich (und stolz) hieß, die CSU wieder den »nationalen Donner gestohlen«. Offensichtlich war es immer etwas Windiges, Unsolides, vor allem für das Kapital und die Unternehmer Inakzeptables um diese Randerscheinungen und -figuren; was Freunde und Freundeskreise im Auge hatten, war eine mächtige Gruppierung mit einem machtvollen Chef, die sowohl vom eigenen Erfolg wie auch von den großen alten Parolen des abendländischen Bollwerk-Denkens und Fühlens getragen wurde – und die nicht von vornherein das Mißtrauen der westlichen Freunde heraufrief. Mit anderen Worten: Man wünschte sich die CSU als Vierte Partei.

Daraus ist nie etwas geworden. Und die Basis der CSU wie ihre Führung (wohl auch FJS selbst) wußten warum. Zwar war das Gespenst der Vierten Partei ab und an trefflich als Folterinstrument für die Bonner Freunde zu verwenden, aber letzten Endes hätte die CSU draufgezahlt, und zwar mächtig. Niemand hätte voraussagen können, wie viele »Kernwähler« etwa im Fränkischen und Schwäbischen dann an die sofort einziehende CDU fallen würden – und dann wäre es mit der komfortablen Marge über fünf Prozent in der bundesweiten Parteienlandschaft nicht mehr weit her gewesen.

Nein, das seltsame Doppelkonstrukt einer mächtigen Regionalpartei in Fraktionsgemeinschaft mit dem sonstigen deutschen Konservativismus bewährte sich für beide Seiten. Es erlaubte der CDU, an ihrer »Stahlhelm-Fraktion« festzuhalten, und es vermehrte das Gewicht der Bayern »rechts vom Kaiser«.

Ein einziges Mal wurde die Sache ernst: durch die Kanzlerkandidatur des Großen Vorsitzenden 1980. An sich war bei dieser Bundestagswahl ein Sieg der Rechten vorauszusehen; die Intervention von ein paar Königsmachern, die Strauß auf den Schild hoben, hat diesen Sieg verhindert. Der Bayer war in mehreren Bundesministerien tätig gewesen, in zweien nicht einmal schlecht; er war als bayerischer Ministerpräsident in etwas enge Verhältnisse geraten, aber gänzlich unbeißbar geworden. (»Beißbarkeit« ersetzt heute in der Politik längst die moralische Tragbarkeit.) Sein Ausgriff in die große Schlacht der Ebenen enthüllte, wie zurückgeblieben sein Typus schon war. In einem seiner herrlichen polemischen Aufsätze unterscheidet Pier Paolo Pasolini zwei Typen von christdemokratischen (italienischen...) Politschurken: die Schurken vor und nach dem Aussterben der Glühwürmchen, also dem Beginn der großen biosphärischen Katastrophe. Straußens Rivale, der Niedersachse Albrecht, hatte zweifellos das Sterben der Glühwürmchen schon erlebt und gleichmütig weggesteckt, während Strauß noch zu den altmodischen Aufgeregten und Aufregern gehörte. Die Leute kamen zu seinen Auftritten – aber sie wählten ihn deswegen noch lange nicht alle. Er, um diese Zeit längst Mister CSU (»Der Name Strauß ist Programm«, so hieß das tatsächlich in Vilshofen und anderswo ...), verkörperte in und mit seiner Partei einen Rest von altväterisch-landsmännischem Politgebaren, einen unbewußten Protest gegen das Kalt-Schnittige, dem, so nahm man an, die Zukunft zu gehören schien.

Der Kandidat kehrte in die Münchener Staatskanzlei zurück, betrieb etwas Außenpolitik auf eigene Faust in Pinochets Chile, Maozedongs China, in Togo und an anderen Stellen, wo solide Verhältnisse herrschten.

Und sein Bayern blühte weiter, erfuhr unter seinem Szepter etwas äußerst Angenehmes: den Verlust seines Minderwertigkeitskomplexes gegenüber dem flinkeren, reicheren, skrupelloseren Norden. Flink, reich und skrupellos – das war man jetzt selber.

Freilich, das alles hat seinen Preis – und seine Grenzen.

Der Preis – und die Grenzen

Es ist eine alte Erfahrung, daß sich in jedem, scheinbar so erfolgreichen Körper, in jedem, scheinbar so expansiven System, unterhalb jeder scheinbar so dominierenden Spezies keimhaftwinzig, aber unerbittlich-bedrohlich das Neue vorbereitet. Warum sollte es Bayern, dem schönen, glänzenden, reich und selbstbewußt gewordenen CSU-Bayern besser gehen?

Die Signale des Dorfes

Das neue, das CSU-Bayern schaffte und schafft eines genausowenig wie jeder andere Kapitalismus: die Rettung der Heimat, also gerade dessen, was den bayerischen Konservativen so sehr (und großenteils ehrlich) am Herzen gelegen hatte.

Heimat – das ist hier so sinnlich wie möglich gemeint. Es ist der Zusammenklang der Sinne, der Heimat konstituiert, und zwar aller fünf Sinne. Ein Mensch wie der Verfasser, der in den zwanziger Jahren seine Kindheit in einer bairischen Kleinstadt verbrachte, wird heute noch heimatlich empfinden, wenn er den Kot der Büffel und der Esel auf mediterranem Pflaster riecht: Die Logistik der Wochenmärkte wurde damals in Bayern noch großenteils von Ochsenfuhrwerken gestellt.

Heute assoziiert man mit dem Wort HEIMAT fast sofort das Doppelwort HEIMATMUSEUM: Heimat also unter Klarsichtfolie, pasteurisiert, jedes Geruchs von Kot, Blut und Schweiß – und damit jeder wahren Sinnlichkeit entkleidet. Die Subsistenzwerkzeuge von gestern und vorgestern werden zu Dekorationsstücken tümelnden Wohngeschmacks, ganze Stadtkerne (wie etwa der von Passau) verlieren ihre alten Produktions- und Verteilungsfunktionen und degenerieren zu Tourismusfallen.

Am merklichsten ist das auf und in den Dörfern. Sie haben heute (wenn sie nicht als »Unterzentren« firmieren) keinen Lehrer, keinen Pfarrer, kein Wirtshaus und keinen Kramladen mehr. Ja, es gibt Dörfer, die schon keinen Bauern mehr haben. Wäre nicht die Hartnäckigkeit der Nebenerwerbslandwirte (das Wort ist dürr, aber die Sprache des Landfunks ist die dürrste im ganzen Medienbereich), gäbe es überhaupt keine Haustiere und keinen Anbau mehr. Der vorhandene Weidegrund wird für Siedlungen versiegelt, oder er wird zu Pferdekoppeln für die Freizeitreiter, oft genug die Söhne und Töchter der Einheimischen.

Was an Farben und Zeichen einst Wirklichkeit bot und benannte, ist Dekoration geworden – bestenfalls. Man kann getrost davon ausgehen, daß ein altes Haus in der Landschaft um so stilechter wirkt, je betuchter der Münchener oder Düsseldorfer es als Zweitwohnsitz hergerichtet hat.

Dahinter steht natürlich mehr und Schlimmeres. Dahinter steht die Ideologie (wenn man will, die Religion), in der wir tatsächlich leben.

Die Lebenswelt des Ökonomismus

Es sind ausschließlich die Werte des Ökonomischen, ja des Ökonomismus, die unsere Leben prägen – unser Leben und seine Lebenswelt. Der Bayer, seit jeher dem Konkreten zugetan und dem Imperativ des »s' Sach-Zammhaltens«, hat sich dieser Welt umstandslos bemächtigt – und sie hat sich seiner bemächtigt.

Selbst dem gewissenhaftesten Kirchgänger und CSU-Wähler wird es schwerfallen, auch nur eine einzige wesentliche Entscheidung seines Lebens zu nennen, die nicht von der Kosten-Nutzen-Analyse, das heißt von der D-Mark, bestimmt wurde und wird.

Natürlich, besonders rational sind wir Bayern nicht, und so

schleicht sich mancher verdeckte Wert, mancher Hunger und Durst von gestern und vorgestern unter der Hand und unter dem Konto-Auszug wieder ein: Wofür steht etwa die Disco-Raserei der Dorfjugend, welche Ziele hat der Heldenmut verloren, der sich heute mittels einer Harley-Davidson auf der Bundesstraße 12 austobt? Dennoch: Die zentrale Herrschaft, die zentrale Prägung ist die des Ökonomismus. Sein Zentralsakrament ist die D-Mark; in strahlenden Schweigen ist sie damals, an jenem Wochenende im Juni 1948 als Sonne über uns aufgegangen. Sie hat die goldenen Ketten hervorgezaubert, die uns alle fesseln. Und alle öffentliche Tätigkeit, alle Politik, so scheint es, wird heute wirtschaftlich definiert und kehrt zur Wirtschaft zurück. Mit dem Wort »Wirtschaftsstandort« ist die letzte, entscheidende Entwürdigung der HEIMAT umschrieben.

Die Achse München–Palermo

Aber natürlich schaffen wir es durchaus, auch in diese triste Lage bayerische Eigenart einzubringen – und hier war das Vorbild des Großen Vorsitzenden überaus wirksam. Es konnte nicht ausbleiben, daß in dem verzweigten Grabensystem, das die Hegemonie der Staatspartei schuf und befestigte, die Werte- und Unwert-Ströme des Ökonomismus ziemlich freizügig hin- und herschwappen: zwischen Wirtschaft, Justiz und Verwaltung, zwischen Instituten und Institutionen, unter- und oberhalb der Kriminalitätsschwelle. Vieles daran ist älter als die CSU-Herrschaft; Ruederer hat schon recht präzis das Spezltum Münchens vor dem Ersten Weltkrieg beschrieben, und kein Honoratiorenwesen hat sich je durch besondere Unbestechlichkeit ausgezeichnet. Dennoch: Was sich in der Ära Strauß hierzulande herausbildete, hat schon seinen ganz eigenen Hautgoût. Der regierende Münchener Oberbürgermeister kann, ohne verklagt zu werden, die CSU als »Gewinnerwerbs- und Verteilungsverein in folkloristischer Umhüllung« bezeichnen, man kennt und schätzt die Kette großer und kleiner Skandale, die sich im Grabensystem fortsetzt, und die – etwa im Gegensatz zu den Düsternissen der nordischen Barschel-Tragödie – fast immer etwas bezwingend Operettenhaftes an sich haben. Da geht's um einen frommen Bankdirektor in den Fängen einer knallharten Geschäftsdame, um einen bankrotten Backhendl-König, um eine millionenfach illegal subventionierte Käseschachtelfabrik – all das schreit geradezu nach Dramatisierung durch Feydeau oder Vertonung durch Leo Fall.

Aber Spaß beiseite – denn er gehört wirklich beiseite. Das Unheimliche daran ist, daß der Große Vorsitzende, solange er lebte, all dies in einem Format betreiben konnte, das seinen Nachfolgern sofort nach seinem Ableben zum Verhängnis wurde. Es war ein offenes Geheimnis, wie viele unbequeme Finanzbeamte in jener Ära von belastenden Dossiers durch Versetzung und/oder Beförderung getrennt wurden; wie viele Richter wegen unbequemer Wahrheitsfindung etwa an die Sozialgerichte versetzt wurden. Zeitzeugen, die keineswegs der gesellschaftlichen oder politischen Opposition angehören, behaupten, daß in jener Ära etwas eintrat, was Bayern bisher trotz allem erspart geblieben war: eine weitgehende Korruption der Verwaltung. Man kann (oder konnte) das bayerische System als die Achse München-Palermo beschreiben: Was der hiesigen Ehrenwerten Gesellschaft allenfalls an krimineller Entschlossenheit fehlte, wird durch die nördliche Kohäsion und Funktionsfähigkeit der amtlichen Institutionen ausgeglichen. Bayern vereint, so könnte man sagen, das Beste beider Welten...

Und die Wähler wählen wacker weiter. Es liegt auf der Hand: Es geht um die Macht der Patrone. Und diese Macht wird durch nichts schlagender bewiesen als durch die kriminelle Energie dieser Paten. Das System lebt in voller Harmonie mit seinen Untertanen.

Vom Fluß kommt's schon kalt

Zuletzt gelang dem Ministerpräsidenten und Vorsitzenden nicht mehr viel. Die Stromkonzerne und Betonkönige ließen ihn und den ganzen bayerischen Staat um das Baugelände der geplanten Wiederaufbereitungsanlage Wackersdorf in der Oberpfalz monatelang ein Staats- und Polizeidrama gegen rebellierende Christenmenschen aufführen und zogen sich dann eiskalt zurück, als ein anderes Arrangement profitabler erschien.

Der Vorsitzende selbst trank immer mehr, zog immer schlechtere Gesellschaft vor, sorgte für dubiose Fleischfabrikanten und Badeärzte durch sehr persönliche Interventionen, kassierte höchste Gebühren als Testamentsvollstrecker, für die er keinen Streich tat. Als er gestorben war, als man ihn mit diokletianischem Pomp beigesetzt hatte, stand seine Partei am Rand des moralischen Offenbarungseides, und sein glückloser Nachfolger Max Streibl stürzte über eine im Vergleich geradezu lächerliche Reisespesen-Affäre.

Aber dann bewies die Staatspartei ihre Geschmeidigkeit: Mit Edmund Stoiber verschrieb sie sich den absoluten Gegentyp, den Typus des schmalen, aktenfreudigen, hektischen Arbeiters, der sich den Maximilian des Dreißigjährigen Krieges zum Vorbild wählte: *urendo consumor* – brennend verzehr ich mich. Langsam, zäh kam unter ihm so etwas wie eine Selbstreinigung in Gang – oder vielmehr die Initiation einiger Sündenbock-Rituale, die geeignet sind, das alte Ethos der historisch sauberen Verwaltung wiederzubeleben oder wenigstens vorzutäuschen.

Was allerdings Bayern, was die CSU nicht schaffte: der deutschen Vereinigung des Jahres 1989 irgendeinen spezifischen Sinn abzugewinnen. Es blieb bei zwei Versuchen, von denen der eine lächerlich, der andere kläglich war.

Leise brüllend hinter vorgehaltener Pfote

Zunächst der lächerliche.

Niemand in Westdeutschland hatte die Vereinigung wirklich erwartet, und die Bayern am allerwenigsten. Ja, sie standen dem wundersamen Ereignis zunächst voll Unbehagen gegenüber: Würde das relative Gewicht des Freistaats nicht bedrohlich abnehmen, wenn 17 Millionen weitere Deutsche dazukamen? Und überhaupt: Was würde das kosten? Max Streibl, neu im Amt und auf vorauseilenden Gehorsam gegenüber der

Volksmeinung bedacht, bestellte sich – nicht sehr öffentlich – ein Gutachten, und zwar ein staatsrechtliches, über die Frage: kann Bayern von sich aus die Zugehörigkeit zur Bundesrepublik kündigen?

Das Gutachten meinte, es ginge... Aber damit war auch schon Schluß, mit den Schemen von 1945/46, wo solche Szenarien (vielleicht sogar eine nie erprobte Donauföderation?) ernsthaft gehandelt werden konnten. (Immerhin: ein weiterer Bund mit Präsident Havel im Hradschin als Oberhaupt – poetisch wäre das schon gewesen.) Nein, diese Initiative verschwand schleunigst im Nebel. Der bayrische Löwe hatte wieder, wie es seine Art ist, nur leise hinter vorgehaltener Pfote gebrüllt...

Nicht so schnell verschwand, leider, ein weiterer Versuchsballon; ein Ballon, auf dem zwar das Kürzel DSU stand, der aber als die wiederaufgeblasene Idee der Vierten Partei gemeint war – diesmal auf dem Umweg über die *Nebulae*, die Neuen Bundesländer. DSU: Das stellte sich tatsächlich in ersten Stimmenkämpfen im Osten zur Wahl, neben der CDU, im ungefähren Spektrum rechts vom Kaiser.

Nun, auch daraus wurde nichts – die Idee war zu altbacken, das Personal zu verdächtig und schmächtig.

Und sonst hatte Bayern zum großen Umsturz des Jahrhundertendes nichts, nichts, nichts beizutragen.

Entscheidender als all dies wird für uns alle etwas anderes: der Aufstieg des neuen Paradigmas, der neuen Perspektive, die seit einer Generation unser aller Lebensgefühl verändert hat und verändert.

Die letzte Grenze

Die letzte Grenze: Sie wurde 1968 bis 1972 sichtbar, mit dem Aufsatz von Garrett Hardin über *Die Tragödie der Commons* und dem Club-of-Rome-Bericht der Meadows: *Die Grenzen des Wachstums*.

Sie traf die Wirtschaftsreligion ins Mark – ob sie das nun weiß oder nicht, ob sie es zugibt oder nicht. Beide großen Konfessionen der Religion – der Realsozialismus wie der Kapitalismus – wollten es weder wissen noch zugeben, daß der Fortschritt alter Art erledigt, ja daß er zum Verbrechen geworden ist.

Bayern, das Bayern der siegreichen Staatspartei, traf das natürlich besonders hart. Jetzt, wo man endlich aufgeholt, ja überholt hatte; wo allenthalben die Motoren brummten, die besten davon sogar in Bayern hergestellt; jetzt, wo der Mistgeruch endlich beseitigt, der alte Agrarmief, die sanfte Idiotie des Landlebens Vergangenheit geworden waren – jetzt sollte sich das alles als Irrweg herausstellen?

Man, das heißt der Vorsitzende und die Partei, reagierte mit einer Doppelstrategie. Erstens: Man zeigte nochmals, daß man die Nase vorn hatte, und schuf das erste Umweltministerium aller Bundesstaaten. Es bekam aber gleich den dubiosen Titel *Ministerium für Raumplanung und Umweltfragen*, womit der ablaßkrämerische Charakter dieses Instituts sofort fixiert war. Max Streibl, der erste Minister, verließ seine Wirkungsstätte in der Rosenkavalierstraße denn auch sehr rasch zugunsten des klassischen Ressorts Finanzen, und sein Büchsenspanner, der Edmund Stoiber hieß, schaffte den Sprung in die Staatskanzlei – zunächst noch als Sekretär des Vorsitzenden. »Umweltschutz mit Augenmaß« – so hieß das von nun an – man kann sich denken, wessen Auge und wessen Maß gemeint ist.

Zweitens aber wurde nirgends unflätiger über die eigentlichen Träger des neuen Bewußtseins, die neuen sozialen Bewegungen und die neue Grüne Partei, gelästert als in Bayern. Was der Große Vorsitzende dazu zu bemerken hatte, war noch nicht einmal falsch – es hatte keinerlei Bezug zur Wirklichkeit. Und noch heute gibt es wohl keine Partei in Deutschland, die bei der Erwähnung einer Koalition mit Grünen so allergisch zusammenzuckt wie die CSU.

Nutzen wird es ihr und uns allen nichts. Die Grenzen werden erreicht, die stumme Gleichgültigkeit der wahrhaft großen Dinge, die Gesetze der Thermodynamik und der Entropie lassen ihrer nicht spotten. Sie sind, jedenfalls in unser aller Bewußtsein, den alten konservativen Bedenken zuhilfe gekommen, dem Franz von Baader und dem Franz Ringseis, den alten mißtrauischen Bauernköpfen und -herzen, die es immer wußten, daß die Bäume nicht in den Himmel wachsen. Keine

Wallfahrt nach Altötting oder Tuntenhausen, aber auch keine historisch-materialistische Zirkuskuppel-Artistik wird etwas daran ändern können, daß die Wirtschaftsreligion, in der wir alle atmen und uns bewegen, zu einem erbärmlichen Fundamentalismus verkommen ist; einem Fundamentalismus, der wie alle Sekten davon lebt, daß er Dimensionen und Wahrheiten, die nicht zu ihm passen, einfach ausschließt und die Tür zu seiner kleinen Wahrheit hinter sich zusperrt.

Denn die Türen jeder Hölle, das wußte John Milton, der englische Dichter, sind von innen versperrt.

Ein passendes Denkmal

Um das Andenken des Großen Vorsitzenden unsterblich zu machen, wurde der neue große Flughafen München II im Erdinger Moos Franz-Josef-Strauß-Flughafen genannt.

Der Flughafen ist, wie jeder seiner Art, eine Mordmaschine an Mensch und Tier. So fanden denn die Bewunderer, ohne es zu wollen, genau die richtige Huldigung für den Großen Modernisierer. Unsere Enkel werden es dankbar vermerken.

Die erniedrigten Gebeine

Patriotische Rede, in eine Kapuzinerpredigt übergehend

> I bin da-r-oinzig Untertan, wo s'd' host,
> Und bin do' selm a Kini g'we'n – du spirrst mi
> Ins harte Gwänd ei, laßt ma bloß des Fleckerl
> Vo meiner ganzen Insel...
> *(The Tempest)*

Liebe Landsleute!

Aus gegebenem Anlaß, nämlich dem Anlaß des Wittelsbacherjahrs (1180 wurde jener Otto mit dem Herzogtum betraut), haben wir seinerzeit einige Erwägungen angestellt, einige Jahrhunderte unserer Geschichte abgeschritten, und wir stellen sie nochmal vor – ergänzt und verbessert. Wir sind dabei allerdings auf die – gar nicht überraschende – Tatsache gestoßen, daß diese unsere bayerische Geschichte sich nicht recht in die Schablonen pressen läßt, die von eifrigen Parteigängern jeder Art für sie bereitgehalten wurden und werden.

Kein Wunder. Es ist nämlich eine eigene Geschichte. Deutsche Geschichte, gewiß, gewiß, aber deutsche Geschichte mit schwerwiegenden Ausnahmen und Variationen.

Daneben aber auch (und nicht darunter) bayerische Geschichte. Die Geschichte eines Stammes, der das Zeug dazu hatte, seine eigenen Maßstäbe zu setzen – und sie ja auch (wenigstens teilweise) gesetzt hat. Die Geschichte eines Staates, keineswegs eines kleinen, der durchaus das Zeug dazu gehabt hätte, seine eigenen Schicksale in die Hand zu nehmen, sein eigenes Geschick zu erfüllen.

Dabei ist einiges schiefgegangen. Es ist nicht schiefgegangen, weil wir von außen immer unterdrückt wurden (jedenfalls nicht mehr als andere). Es ist auch nicht schiefgegangen, weil es anders nicht möglich gewesen wäre.

Aber es ist nie zu spät, nachzudenken. Es ist nie zu spät, die Frage zu stellen, wo und wie wir uns haben ins Bockshorn jagen lassen.

Und wenn man diese Frage stellt, dann ist Selbstkritik nötig. Selbstkritik deshalb, weil sie die Voraussetzung zum Erwachsenwerden ist. Das sind wir nämlich leider – ich sage das offen – nie geworden.

Erwachsen werden: Das heißt, im Zusammenhang europäischer Geschichte, mündig werden zur Selbstbestimmung; zur nüchternen und freien Bestimmung unseres Platzes in der Welt. Die ist uns, manchmal ganz knapp, manchmal ganz gründlich, immer verwehrt geblieben.

Natürlich ist es uns dabei nicht anders gegangen als allen anderen Deutschen. Aber die Lektion, die wir lernen müssen, unterscheidet sich doch, in ganz wesentlichen Punkten, von den Lektionen unserer Vettern und Brüder deutscher Zunge.

In der Gegenreformation sind wir von ein paar starken und selbstbewußten Männern – dem Kanzler Eck, dem Kurfürsten Maximilian – fest und sicher auf den rechten Flügel der Gegenreformation gestellt worden. Das hat uns, weiß Gott, zu treuen Untertanen vorherbestimmt.

Im 18. Jahrhundert haben wir durch dick und dünn zu unseren wittelsbachischen Fürsten gehalten, die uns – durch dick und dünn – loswerden wollten.

Die Aufklärung hat uns, sozusagen, von hinten überfallen, in Form und Gestalt des napoleonischen Systems. Es war der Graf Montgelas, der das bewirkte, und er hat das staatliche Netz gestrickt, das uns seitdem festhält. Wir sind, bis in unsere Gegenwart von 1996, ein straff regierter, zentralistischer, bürokratischer Staat geblieben – mit vielen Vorteilen, aber auch vielen Nachteilen:

Bürokratische, straff zentralisierte Staaten sind zu schwach, um ihre Selbständigkeit gegenüber noch strafferen, noch zentralisierteren Staaten (lies Preußen) zu behaupten.

Aber als es 1866-1870 zur Probe kam, war es zu spät. Die Patrioten haben das gerochen, zweifelsohne; sie haben versucht zu retten, was zu retten war. Aber der Freisinn war gegen sie, der »Fortschritt« war gegen sie, es blieb ihnen nichts anderes als der Rückgriff auf die alte, gegenreformatorische Kirche, um den Widerstand zu organisieren.

Unser wirklicher Beherrscher, nämlich die Beamtenschaft, war dagegen. Sie schlüpfte lieber im neuen, kleindeutschen Reich unter, um ihre Position an der Spitze der Pyramide zu retten, als das ungewaschene Volk zur Rettung der Krone aufzurufen: Finis Bavariae! Und Ludwig II. schrieb den Kaiserbrief...

Bismarck hat uns klug behandelt, und er wurde sogar richtig populär bei uns, als ihn der junge Kaiser Wilhelm II. hinausschmiß. Zwei Generationen zu spät haben wir dann die Kontrolle der Regierung durch das Parlament durchgesetzt – immerhin aus eigener Kraft, immerhin!

Aber das Reich kam an, als konkrete Wirklichkeit, im Ersten Weltkrieg – als die große Maschine unterm Stahlhelm. Wir haben Revolution gemacht, damit eine Ruh' ist – mit anderen Worten, damit das wiederhergestellt werde, was wir unter einem normalen Leben verstanden.

Die Revolution hat das nicht bringen können. Und dann, in den Jahren 1919-1923, begingen wir den entscheidenden Fehler: Wir haben es den schwarzweißroten Herrschern, den gleichen Leuten, die uns bis dahin als ungewaschene Untertanen behandelt haben, erlaubt, uns gegen das »rote« Berlin zu mobilisieren. Wir glaubten damals – wohl guten Willens –, daß uns das eine eigenständige Rolle in Deutschland zurückgeben würde. Aber es war nichts als unser Beitrag, unser ganz spezieller Beitrag, zum Aufstieg Adolf Hitlers. Und unter dem ist Bayern verschwunden, total.

1945 haben wir versucht, eine eigene Rolle zu übernehmen – es ist nicht viel daraus geworden. Gewiß, die Verfassung der Bundesrepublik ist nicht so zentralistisch, wie es etwa die von Weimar gewesen ist, aber wirklich auf die Hinterbeine gestellt hat sich der bayerische Löwe nicht – auch diesmal nicht. Dafür hat er gebrüllt – meist hinter vorgehaltener Pfote.

Die Gründe dafür sind einleuchtend, wenn man einmal die Arbeit leistet und alle Daten unserer Geschichte heranzieht.

Wir haben uns, kurz und brutal gesagt, wieder regieren lassen. Wir haben uns regieren lassen, wie wir spätestens seit

Montgelas regiert worden sind. Wir sind, nach dem Ende Preußens, sogar eine Nummer aufgerückt, wir sind der traditionsreichste, das heißt aber auch der zentralistischste und bürokratischste Staat der Republik geworden.

Haben wir unseren eigenen Regionen – und das heißt nicht nur den Franken, den Schwaben, das heißt auch den Oberpfälzern und Nieder- und Oberbayern – eine maßgebliche Stimme in ihren eigenen Angelegenheiten gewährt? Mitnichten.

Haben wir Gemeinfreiheit geschaffen? Haben wir uns um das wichtigste Erbe bemüht, das es vor allem anderen zu wahren gilt: um die künftige Bewohnbarkeit unseres Landes? Mitnichten.

Versuchen wir kurz zu umreißen, was sich seit der Zeit vor 1933 wirklich geändert hat. Es hat sich einiges geändert, da besteht kein Zweifel. Die MASCHINE hat sich etabliert; die modernste Maschine dieser Republik wahrscheinlich, denen anderer Bundesländer an Effizienz (möglicherweise tödlicher) überlegen.

Enger noch, viel enger als im Erfolgs-Bayern des Lion Feuchtwanger, sind geschäftliche Interessen, juristisches Knowhow, parteipolitische und staatliche Organisation zusammengerückt, ja miteinander verschmolzen. Glatter als damals noch funktionieren die Gefälligkeitsdrähte, die von der Hauptstadt zu den Mächtigen der Provinzen laufen, besser funktioniert die Patronage, besser auch die kombinierte PR-Arbeit (lies: Überredungstaktik) von Staat und Partei, von Partei-Staat und Staatspartei – und ihre Beziehungen zu den Herren der Wirtschaft...

Ein ganz glückliches Land sind wir danach, ein Land, in dem sich leben läßt, in dem die Liberalitas Bavariae herrscht (wer das Wort schon so oft gehört hat wie ich, kriegt einen Schreikrampf), in dem der Landesvater, unter äußerster Anteilnahme der Bevölkerung, die Polizeihundeschule von Hinterkretschmering einweiht und in dem der letzte Weiler durch Teerstraßen erschlossen und in dem das erste Umweltschutzministerium der Republik errichtet worden ist und in dem wir, das ist unsere spezielle deutsche Aufgabe, immer und ewig seit 1920 (mit einer kurzen, kaum nennenswerten Unterbrechung) die rote Flut abwehren müssen – mit möglichst hochliegenden Wahlprozenten.

Man sorgt für uns. Die MASCHINE sorgt für uns, die, wenn man nicht genau hinsieht, sogar mit einer demokratischen Art des Regierens verwechselt werden kann. Denn haben nicht immer Minderheiten regiert? Wäre die Mehrheitsregierung nicht öde Gleichmacherei, eben schon Sozialismus, zumindest spinnerte Reformitis?

So sorgt man für uns und sorgt dafür, daß wir fromme Untertanen bleiben. »Fromm«, das heißt freilich nicht mehr, wie zu des Kurfürsten Maximilian oder des Kanzlers Eck Zeiten, daß wir fromm in die katholische Kirche gehen. Es heißt nicht einmal mehr, daß wir uns besonders moralisch benehmen sollen. Im Gegenteil, wenn wir ehrlich sind, dann bilden wir uns sogar noch etwas darauf ein, daß wir nicht so ganz moralisch sind wie andere Provinzen deutscher Zunge: »Barock« sind wir eben. Und die Kirche, die katholische Kirche speziell, hat wirklich nicht mehr viel zu sagen. Natürlich haben wir den Kardinal in München, gewiß, und er hält auch, was an ihm liegt, wacker zur CSU und zu den alten Kategorien. Aber es würde nichts oder fast nichts ändern, wenn er es nicht täte – oder gar zur anderen Seite überliefe, wie so viele aufmüpfige Katholiken anderswo. »Was hat der Helder Câmara bei uns verloren?« So fragte angesichts des Besuches eines Drittwelt-Bischofs in Bayern der Parteichef, und die Kirche hat ihm nicht widersprochen.

Was, ja was hat in der Tat die ferne fremde Welt bei uns zu suchen? Es ist ja gut, daß sie kommt, es ist gut für den Fremdenverkehr. Wir haben in der Generation seit dem Krieg etwas aufgezogen, was nur wir aufziehen können: BAYERN ALS WARE. Vom kgl.-bayerischen Unterhemd und dem kgl.-bayerischen Brotzeitbeutel, der in schrägschicken Boutiquen allenthalben zu haben ist, bis zur Patrona Bavariae, die der Landesvater ersterbenden norddeutschen Journalistinnen in die Busenkerbe hängt. Vom Ruhpoldinger Heimatabend bis zur Liberalitas. Von den Rokoko-Bildprachtbänden bis zu den Weilern, den stilechten, in denen Diplomaten, Werbeberater und Fernsehfritzen hinter ungesäumten stilechten Stadelbrettern wohnen, während die wirklichen Städel längst aus Eternit sind. In argloser Selbstgefälligkeit ziehen wir selbst die Kulissen des landesweiten Komödienstadels hoch, vor dem wir weniger für Gott als für die zahlende Welt agieren. Und es bringt was ein.

Aber es ist das genaue Gegenteil des Selbstbewußtseins, der eigenständigen Anstrengung, die nottut.

Denn BAYERN ALS WARE, das bringt noch nicht alles herein, was wir brauchen. Wir brauchen, darüber sind wir uns einig, das Bruttosozialprodukt pro Kopf, das andere – und gemeint sind die reichsten anderen – auch haben. Zu diesem Zweck wird das Bayern, das sich nicht als Ware verpacken und mit Plastikfirnis überziehen läßt, rücksichtslos als Rohstoff der Industrialisierung vermarktet. Oder zu Zwecken der Erschließung zubetoniert. Oder mittels einer restlosen Landwirtschaftsindustrie ruiniert. Oder zwecks Rationalisierung des Forstbetriebs mit Wäldern bedeckt, die entweder Lieferanten von Stangenholz sind – soweit sie nicht, Stichwort BAYERN ALS WARE, Lieferanten von Jagdtrophäen sind.

Nein, fromm im alten Sinn sind wir wahrhaftig nicht mehr. Wir sind keine Beter mehr wie der Herzog Wilhelm V. oder der Kurfürst Maximilian I. oder die heiligmäßigen Nonnen in unseren alten Klöstern. Wir sind keine frommen Theologen mehr wie der alte Sailer oder auch der Franz von Baader. Wir sind nicht einmal mehr fromm wie die alten Holzknechte im Bayerischen Wald, die, wenn sie einen großen stattlichen Baum umschlagen mußten, das Hütl vor die Brust nahmen und murmelten: »Der Herr gib ihm die ewige Ruh.« Mit so was haben wir nichts mehr im Sinn. Welt als Ware, Welt als Rohstoff: Da braucht's andere Burschen, und die sind wir auch geworden. G'sund sind wir, schlau sind wir, da wär's gelacht, wenn wir nicht auch modern wären. Die MASCHINE, die seit 1945 zunehmend durch die Interessen von Weltfirmen, von internationalen Verflechtungen verstärkt worden ist, braucht Maschinisten, denen Gefühle nicht mehr in die Quere kommen. Gefühle, das ist etwas für das Wochenende, wenn man Freunde von auswärts durch ein halbes Dutzend Rokokokirchen fährt. Oder auch für die Zeit des Oktoberfestes. Oder, je nachdem, für die Oper oder das geistliche Theaterstück auf der Bauernbühne. Sonst heißt es: das Sach z'sammhalten. Und je mehr Sach es wird, desto mehr müssen wir es z'sammhalten, logisch.

Natürlich, gegenreformatorisch sind wir geblieben. Gegenreformatorisch, das heißt gegen Reformen. Gegen Schulreformen zum Beispiel. Haben wir nicht die besten Abiturdurchschnitte der Bundesrepublik? Na also. Was sollen wir da reformieren? Umverteilung der Vermögen – wer hat uns etwas geschenkt? Wer teilt mit uns? Das Bankhaus Merck und Finck etwa? Na also. Freiheit statt Sozialismus, wir sind so frei.

Denn wir sind auch noch fromm, wenn auch in der Weise des 20. Jahrhunderts. Wir glauben an Autoritäten – wenn's auch nicht mehr die gleichen sind wie zur Zeit des Kurfürsten Maximilian. Wir glauben jetzt an den Fortschritt, zum Beispiel. Das war ein Irrtum unserer Väter, daß sie gegen den Fortschritt so mißtrauisch waren. Fortschritt, das bedeutet Bruttosozialprodukt, Fremdenverkehr, Skilifte, hohe Erträge pro Hektar, Erschließung. Da kann kein Mensch dagegen sein.

Wir glauben auch an Autoritäten, weil das bequemer ist. In der Politik zum Beispiel. Wir glauben, daß es die Gemeinderäte, über ihnen die Bezirksregierungen, über ihr die Staatsregierung schon richtig machen. Wir schimpfen zwar über sie, oh ja, das tun wir nach wie vor – aber das haben auch unsere Vorväter 1525 schon getan und sind trotzdem nicht in den Bauernkrieg gezogen. Einmal haben wir Revolution gemacht, damit a Ruah is – aber ist die Ruhe gekommen mit der Revolution? Na also...

Aber ich merke, liebe Landsleute, daß ich unversehens in eine sehr alte und sehr kräftige Tradition der bayerischen Literatur hineingeraten bin: in die Kapuzinerpredigt. Das Urbild und Vorbild aller Kapuzinerprediger, Abraham a Santa Clara, war schließlich einer von uns. Ich merke es und stelle fest, daß die Kapuzinerpredigt in der Tat die beste Art ist, unser Thema zu beschließen – unser Thema »Bayern« über mehr als zweihundert Seiten. Bleiben wir also dabei und kommen wir zur geistlichen Ermahnung.

Stellen wir ihr, wie sich das gehört, liebe Landsleute und andächtige Zuhörer, einen geistlichen Vers voraus, einen Psalmvers: »DER HERR SPOTTET IHRER.« Ja, er spottet ihrer in der Tat, und er spottet unser, wenn wir uns von denen, die er mit »ihrer« meint, weiterhin etwas vormachen lassen. Aber hier muß unsere Betrachtung etwas genauer werden.

Zunächst: Wer ist der Herr, der da spottet? Der Herr in den Dreifaltigkeitswolken unserer Kirchen ist es nicht – oder doch nur bedingt. Er ist älter, dieser Herr. Er ist nicht der Trockner der Tränen und der Adressat von Gelübden und Votivbildern; auch nicht der gestrenge Buchhalter über unsere Sünden, der sich schließlich von einem Himmel voller Heiligen versöhnen läßt. Er ist, vielmehr, der Herr der Schöpfung, der unser spottet, weil wir Seiner gespottet haben und spotten.

Er ist auch nicht der Weltgeist des Professors Hegel – an den haben wir sowieso nicht besonders fest geglaubt, dafür unsere Vormünder und Regierer durch gut hundertdreißig Jahre. Sie haben daran geglaubt, daß Er etwas mit uns vorhat, nämlich den Fortschritt – so oder so. Sie haben geglaubt, daß im Fortschreiten dieses Fortschritts die Welt immer besser wird, daß wir – ob wir wollen oder nicht – individuell und gesellschaftlich einer Vollendung entgegenschreiten.

Nun, liebe Landsleute, das haben wir eigentlich immer besser gewußt als der Professor Hegel. Wir haben – um zu unserem Landsmann Herbert Achternbusch zurückzukehren – auf der ewigen Präsenz des Mistes bestanden; auf der Weisheit des Stoffwechsels zwischen Mensch und Natur, der uns, so oder so, nie aus seiner Zwangsläufigkeit entlassen wird. Wir haben's gewußt; wissen wir es noch? Haben wir nicht ausgerechnet die mieseste Seite dieses Fortschritts, das Wachstum, das Bruttosozialprodukt auf unsere Altäre gestellt? Und bekommen wir jetzt die Quittung dafür oder nicht? Nicht vom Herrn des Fortschritts und nicht von dem ewigen Buchhalter, sondern vom Herrn der Schöpfung?

Denn – um das zweite Blatt von der geistlichen Rose unserer Betrachtung abzuzupfen – WIE spottet der Herr ihrer beziehungsweise unser? Er spottet unser einfach, indem er uns machen läßt. Keinen Finger braucht er zu rühren in Seinen ewigen Sphären, andächtige Zuhörer, verstockte Sünder, denn die Dreckarbeit (und damit ist nicht mehr die fromme Befassung mit organischem Mist gemeint, sondern mit gesellschaftlichem, politischem, industriellem, psychologischem Dreck, dessen Erzeugung unsere zentrale Tätigkeit ist) leisten wir selber.

Wir leisten sie, indem wir uns nicht um unsere zentralen Angelegenheiten kümmern, sondern die Zentralisten machen lassen. Und mit den »Zentralisten« sind nicht so sehr die in Bonn gemeint wie die in München.

Wir leisten sie, indem wir vom Begriff des Fortschritts, den uns unsere Regierer generationenlang einzubläuen versuchten, ausgerechnet die zweifelhafteste Seite übernommen haben: die materielle; und indem wir uns dagegen sträuben, den einzigen wirklichen Fortschritt zu betreiben, nämlich die Entfaltung unseres Bewußtseins im Lichte der Wahrheit. Das wäre die Sorte Aufklärung, Andächtige, die landauf, landab von jeder Kanzel, ob geistlich oder weltlich, betrieben werden müßte, bis sie auch in das verstockteste Herz eingedrungen ist!

Wir leisten sie, indem wir unsere Wälder zerstören, unsere Wiesen zubetonieren, unsere Flüsse versauen, unsere Äcker aushagern lassen, weil es das heilige Bruttosozialprodukt so will.

Wir leisten sie, indem wir neue Ideen ablehnen und glauben, daß damit alles beim alten bleibt. Und das ist der Spott des Herrn, der am gründlichsten das Werk der Gerechtigkeit tun wird.

Denn was wird geschehen, wenn alles beim alten bleibt?

Wenn alles beim alten bleibt, wird jedes Jahr die Fläche des Chiemsees zubetoniert.

Wenn alles beim alten bleibt, stirbt jedes Jahr ein Dutzend von Pflanzen- und Tierarten aus.

Wenn alles beim alten bleibt, werden unsere Städte mit jedem Jahr unregierbarer, unsere Flüsse mit jedem Jahr dreckiger, dafür werden mit jedem Jahr die Bücher, in denen sich unsere Gesetze und Vorschriften sammeln, um etliche Zentimeter dicker.

Wenn alles beim alten bleibt, steigen weiter die Kurven des Alkoholismus, der Verhaltensstörungen bei Jugendlichen, die Prozentzahlen der gescheiterten Ehen, steigt weiter die Kundschaft unserer Nervenheilanstalten – bis, ja bis, wie die Prognostik der Wiener »Studiengruppe für Internationale Analyse« knochentrocken feststellte, die Gesellschaft nicht mehr in der Lage sein wird, die primitivsten Aufgaben ihrer Selbsterhaltung zu erfüllen – und das alles bei einem möglichen Durchschnittseinkommen von 85 000 soliden DM pro Jahr.

Mit anderen Worten, andächtige Zuhörer: Wenn alles beim alten bleibt, sind wir verloren.

Aber welche Lehre haben wir aus all dem zu ziehen, meine Lieben, welche Nutzanwendung, die wir als letztes Blatt von unserer geistlichen Rose zupfen wollen?

Und da kann ich euch eine tröstliche Antwort erteilen: Besinnen wir uns auf unser Erbe.

Der Dr. Wilhelm Hoegner, ein gestandener bayerischer Sozialdemokrat und zweimal Ministerpräsident dieses Freistaats (gebrauchen wir das Wort, auch wenn es schwerfällt) hat in der Emigration ein Buch unter dem Titel *Flucht vor Hitler* geschrieben, in dem er schonungslos mit der eigenen Partei und mit sich selbst abrechnet. Es ist auch in unseren geistlichen Kreisen viel zu wenig bekannt. In diesem Buch schildert er seine eigene Flucht im Sommer 1933, nachdem er einige lebensgefährliche Monate in Hitlerdeutschland, Hitlerbayern verbracht hat. Am letzten Abend seines Aufenthalts im Oberland sitzt er auf einem Hochstand und betrachtet die Gebirgswelt, die er immer heiß geliebt hat, dabei kommt er ins Sinnieren beim Anblick eines einsamen Bauernhofes, der auf buckligen Matten inmitten der Vorberge liegt. Und was ihm dabei einfällt, ist bemerkenswert.

So ein bayerischer Freibauer, sinniert der Emigrant und künftige Ministerpräsident, war ein König in seinem Reich. Das meiste von dem, was er brauchte, stellte er selbst her, die Regierenden kümmerten ihn kaum, er erlebte sie meist nur dann, wenn sie Rekruten oder Steuern brauchten. Sonntags kam er in die Kirche, nahm Kontakt mit seinesgleichen auf – aber ohne unwürdige Abhängigkeit von der Kirche, der er eher skeptisch gegenüberstand. Er hat, und vor ihm seine Väter hatten, einen genauen Überblick über das, was sie dem Land abfordern konnten, und was das Land von ihnen forderte. Und, so schließt der Emigrant Hoegner: Wenn, nach den Jahren der Diktatur, ein Wiederaufbau beginnen kann, dann muß er auf Grundlagen zurückgreifen, die radikal anders sind als die, auf denen die Gesellschaft von 1933 beruht. Viel, so ahnt er, wird man von diesem einsamen Bauern lernen müssen.

Wilhelm Hoegner hat sich, das bestätigen alle Biographen, vom strammen Unitaristen zum Föderalisten gewandelt. Es ist mehr als wahrscheinlich, daß Erlebnisse wie dieser Abend, den er beschreibt, Marksteine in solcher Wandlung waren.

Aber natürlich hat sich der Wiederaufbau ganz anders vollzogen. Er hat sich vollzogen weg von den Idealen der Selbständigkeit, der Eigenständigkeit, der Kompetenz in einem überschaubaren Lebensbereich. Wir wissen's alle, werte Zuhörer und Landsleute, daß es kein Zurück zum einsamen Freibauern gibt, und so hat es der Landsmann Hoegner auch sicherlich nicht gemeint. Was er meinte, war die bewußte und gewollte Entwicklungsrichtung; eine Richtung, die wegführt von den glitzernden Täuschungen eines Zivilisationsmodells, das dem Untergang entgegengeht.

Und angesichts solchen Untergangs hat unser Land einige, wenn auch bescheidene Vorteile.

Es hat eine geringe Bevölkerungsdichte – das wird nicht gering zu veranschlagen sein.

Es hat eine Tradition skeptischer Nüchternheit gegenüber großmäuligen Versprechungen – und die sollte vor allem denen gegenüber belebt werden, die sich als die Champions unserer weißblauen Staatlichkeit aufspielen. Wenn's hart auf hart geht, Landsleute, wissen's die da droben nicht besser. Das ist beweisbar.

Es hat eine Sozialstruktur, die es immer noch erlaubt, daß die Leute miteinander reden – auch wenn vieles von der alten Egalität verschwunden ist.

Es hat nie an Weltverbesserer geglaubt (höchstens an solche, die nicht nach vorn, sondern nach hinten wollten – aber das Kapitel haben wir gründlich besprochen).

Aber denken wir auch an unser geistiges Erbe, liebe Zuhörer! Denken wir an den Philosophen Franz von Baader und seine mystische Liebe zur Materie, denken wir an den Entwurf des gelehrten Andreas Schmeller, der versuchte, eine bayerische Sozialgeschichte zu schreiben, ehe es das Werkzeug dazu gab, und dann wenigstens ein Mundartwörterbuch schrieb, in dem er vieles von seinem Programm unterbrachte. Denken wir an die standfesten Liberalen, die lieber gegen den Bismarckschen Anschluß stimmten, als den Traum von 1848 an die Talmi-Lösung von 1870 auszuliefern.

Denken wir – ich spreche das Ärgernis bewußt aus, Andächtige! – an die Revolutionäre von 1918, die den Versuch unternahmen, auf der Grundlage eines ethischen Prinzips Bayern wieder zum Subjekt seiner eigenen Geschichte zu machen!

Da stecken Konflikte in diesem Erbe, gewiß; schwere Konflikte. Aber wir werden es unbedingt verfehlen, wenn wir nicht alle diese Konflikte aufnehmen, wenn wir, zum Beispiel, Teile des Erbes einfach als unbayerisch erklären wollen. Das ist der sicherste Weg, war der sicherste Weg in die Provinzialität, in die Erstarrung.

Und dann, so sage ich euch, können wir hinausschreiten,

hinaus ins Blachfeld unserer immer trüber werdenden Geschichte. Dann können wir den Gebeinen zurufen, die da herumliegen, folgend dem Beispiel des gehorsamen Propheten: Erhebt euch! Erhebt euch aus dem Grab der Untertänigkeit, aus dem Grab des lebenzerstörenden Fortschritts, aus dem Gefängnis der engen Gier und der Zukunftslosigkeit – werdet wieder ein lebendiges Volk!

Und dann, meine Lieben, wird die Zukunftslosigkeit der Zukunft weichen. Dann wird unser Land wieder bewohnbar werden. Nicht mehr das zornige Psalmwort vom Herrn, der unser spottet, wird die Stunde regieren, sondern jenes andere Wort des Psalmisten:

ET EXULTABUNT OSSA HUMILIATA –
UND FROHLOCKEN WIRD DAS ERNIEDRIGTE GEBEIN:

Ja, andächtige Sünder, verstockte Zuhörer – Amen. (Das heißt: SO SEI ES.)

Nachwort

Die Erstausgabe dieses Buches schloß mit folgendem Nachwort:

»Der nachdenkliche Leser wird bemerkt haben, daß der Name Franz Josef Strauß in diesem Buch nicht vorkommt.

Er wird aber vielleicht auch bemerkt haben, daß dies völlig unnötig ist. Er ist ein Produkt der Zustände, die wir geschildert haben, und ragt an keinem Punkt über sie hinaus. Seine Aufblasung zur Jahrhundertfigur können wir unseren norddeutschen Vettern – Feinden wie Freunden – überlassen.«

Der nachdenkliche Leser wird nun bemerkt haben, daß wir dies in der Neubearbeitung nicht beibehalten – aus gutem Grund. Die Aussage des ersten Nachworts ist zwar nach wie vor richtig; aber es wäre eine umständliche Methode gewesen, den Großen Vorsitzenden sozusagen ständig zu umschleichen, wenn sein Aufstieg und sein Wirken, aber auch sein Verglimmen die konkretesten Beispiele für das liefern, was unsere bayerische Gegenwart mit der bayrischen Geschichte verbindet.

Die Neuausgabe wurde nicht nur bedeutend erweitert, sondern auch vollständig durchgesehen. Besonderen Dank schulde ich in diesem Zusammenhang dem seinerzeitigen Rezensenten in der *Stuttgarter Zeitung*, der auf einige Irrtümer aufmerksam machte. Sie bedeuteten zwar nichts für den Gang des Arguments, sollten aber diese Neuausgabe nicht mehr verunzieren.

München, im März 1996. Der Verfasser.

Literatur

A. Allgemeines über Bayern

DOEBERL, MICHAEL – Entwicklungsgeschichte Bayerns. 3 Bde. München 1906ff.

HUBENSTEINER, BENNO – Bayerische Geschichte. München 1977.

RIEZLER, SIEGMUND – Geschichte Bayerns. 8 Bde. Gotha 1889.

SPINDLER, MAX (Hrsg.) – Handbuch der Bayerischen Geschichte. 4 Bde. in 6 Büchern. München 1967-75.

B. Sonstige verwendete Literatur

ANON. – Es fehlt ganz wo anders! – Zur süddeutschen Kriegführung. München 1866.

ANON. – Die bayerische Heerführung und der Chef des Generalstabes Generalleutnant v. d. Tann vor den Geschworenen. München 1866.

AY, KARL-LUDWIG – Die Entstehung einer Revolution. Die Volksstimmung in Bayern während des 1. Weltkriegs. Berlin 1968.

v. BARTON, IRMGARD (GEN. v. STEDMAN)- »Die preußische Gesandtschaft in München als Instrument der Reichspolitik in Bayern von den Anfängen der Reichsgründung bis zu Bismarcks Entlassung.« München 1967. In: Miscellanea Bavarica Monacensia

BAUDRILLARD, JEAN – A l'ombre des majorités silencieuses ou la fin du social. Paris 1978.

BLOCH, ERNST – Die Lehren von der Materie. Frankfurt 1977.

v. BÖHM, GOTTFRIED – König Ludwig II. König von Bayern. Berlin 1924.

BRONNER, FRANZ XAVER – Ein Mönchsleben aus der empfindsamen Zeit (2 Bde.). Stuttgart 1912.

CHAUNU, PIERRE – La civilisation de l'Europe classique. Paris 1966.

DOEBERL, LUDWIG – Maximilian von Montgelas und das Prinzip der Staatssouveränität. München 1925.

DOEBERL, MICHAEL – Bayern und Deutschland. Bayern und die Bismarckische Reichsgründung. München/Berlin 1925.
DORST, TANKRED – Die Münchener Räterepuhlik. Zeugnisse und Dokumente. Frankfurt 1966.
FEUCHTWANGER, LION – Erfolg. Drei Jahre Geschichte einer Provinz. Berlin 1931.
(GAETSCHENBERGER, STEPHAN) – Prinz Karl und die bayerische Kriegführung. Kissingen 1866.
GLOTZ, PETER – Die deutsche Rechte. Eine Streitschrift. Stuttgart 1989.
GLUCKSMANN, ANDRÉ – Les maitres penseurs. Paris 1977.
GUMBEL, ERNST JULIUS – »Der Prozeß gegen Hitler und Ludendorff.« In: Politische Prozesse 1914-1932 (Hrsg. v. KREILLER, KURT). Berlin 1978.
HARDEN, GARRETT – The Tragedy of the Commons. (In:) Science 162, Ss. 1243-48. 1968
HASSENCAMP, OLIVER – Das Recht auf den andern. Roman. München/Zürich 1965.
HELMERT, HEINZ – »Der preußische Generalstab in der Kriegsvorbereitung gegen Frankreich.« In: Die großpreußisch-militärische Reichsgründung 1871. Berlin 1971.
HERTLING, GEORG Frh. v. – »Politische Parteibildung und soziale Schichtung.« In: Hochland. München 1905.
HESSE, HORST- »Behördeninterne Information über die Volksstimmung zur Zeit des liberalultramontanen Parteikampfes 1868-1919.« In: Zeitschr. f. bayer. Landesgesch. 34. München 1971.
HILLMAYR, HEINRICH – »Hitlers Putsch und die Hintermänner.« In: Bayern – Land & Leute; MS. d. Bayer. Rundfunks 1978.
HOEGNER, WILHELM – Flucht vor Hitler. München 1977.
HOFMILLER, JOSEPH – Revolutionstagebuch 1918/19. Leipzig 1938.
HUNDT, WIGULAEUS – Bayrisch Stammenbuch – Theil 1: Von den abgestorbenen Fürsten etc. Ingolstadt 1598.
JANSEN, REINHARD – Georg von Vollmar. Düsseldorf 1958.
JANSSEN, KARL-HEINZ – Macht und Verblendung. Kriegszielpolitik der deutschen Bundesstaaten 1914-1918. Göttingen 1963.
KARL, JOSEPH – Die Schreckensherrschaft in München und Spartakus im bayrischen Oberland. München 1919.
KRAUTKRÄMER, ELMAR – Georg Friedrich Kolb. Meisenheim/Glan 1959.
LOHMEIER, GEORG – Joseph Baumgartner. München 1974.
LUTZ, HEINRICH – »Karl V. und Bayern.« In: Zeitschr. f. bayr. Landesgesch. 22. München 1959.
MAYER, ANTON (Hrsg.: AMERY, CARL) – Dortmals. Ein Leben in Bayern vor 100 Jahren. München 1975.
MAYER, ANTON – Die Liturgie in der europäischen Geistesgeschichte. Aufsätze (Hrsg. EMMANUEL v. SEVERUS O.S.B.). Darmstadt 1971.

MEADOWS, DENNIS & DONELLA – Limits to Growth. Newyork 1972
MENDELSSOHN-BARTHOLDY, K. – »Die Verwaltung König Ottos in Griechenland.« In: Preußische Jahrbücher 14. (?) 1864.
MINTZEL, ALF – Geschichte der CSU – ein Überblick. Opladen 1977.
MITCHELL, ALLAN – Revolution in Bavaria 1918-1919. Princeton/New Jersey 1965.
MÜHSAM, ERICH – Von Eisner bis Leviné – die Entstehung der bayerischen Räterepublik. Berlin 1929.
NÖLL v. d. NAHMER, ROBERT – Bismarcks Reptilienfonds. Aus den Geheimakten Preußens und des Deutschen Reiches. Mainz 1968.
OW, J. (?) v. – Aufzeichnungen eines Junkers am Hofe zu Athen. Wien/Leipzig 1864.
PHILIPPI, HANS – König Ludwig II. und der Welfenfonds. In: Zeitschr. f. bayer. Landesgesch. 33. München 1970.
PICHLMAYR, HEDWIG – Zur Struktur der Bayerischen Zentrumspartei in der »Ära Heim« (1887-1907). Ungedr. MS (Zulassungsarbeit). München 1978.
POCCI, FRANZ Gr.v. – Sämtliche Kasperl-Komödien, 3 Bde. München 1910.
PÖRNBACHER, KARL – Von Passionsspielen und Passionsumzügen; in: Schönere Heimat 67/1. München 1978.
RALL, HANS – »Bayern und Bismarcks Lösung der deutschen Frage.« In: Zeitschr. f. bayr. Landesgesch. 22. München 1959.
RALL, HANS – »Bismarcks Reichsgründung und die Geldwünsche aus Bayern.« In: Zeitschr. f. bayr. Landesgesch. 22. München 1959.
RALL, HANS – »König Ludwig II. und Bismarcks Ringen um Bayern 1870/71.« In: Schriftenreihe zur bayr. Landesgesch. 67. München 1973.
RANKL, HELMUT – »Gesellschaftlicher Ort und strafrichterliche Behandlung von Rumor, Empörung, Aufruhr und Ketzerei in Bayern um 1925«; in: Zeitschr. f. bayr. Landesgesch. 38/2. München 1975.
RATHENAU, WALTER – Die Organisation der Rohstoffversorgung. Berlin 1916.
RATHENAU, WALTER – Schriften und Reden. Auswahl und Nachwort von H. W. RICHTER. Frankfurt 1964.
REISCHL, GEORG AUGUST – 1000jähriges Sandizell. München 1950.
RENNER, HERMANN – Georg Heim, der Bauerndoktor. München 1960.
ROEDER, ELMAR (Hrsg.) – Wider Kaiser und Reich. Reden der verfassungstreuen Patrioten usw. (Reprint). München 1977.
SAILER, ANTON – »Der Schnörkel Cuvilliés« In: Gott hat mich benachteiligt, Hrg. SKASA-WEISS, EUGEN. Bergisch Gladbach 1967.
SAND, HERMANN – Warum die Bayern anders sind. München 1973.
SCHÄRL, WALTER – Die Zusammensetzung der bayerischen Beamtenschaft von 1806 bis 1918. München 1955.

SCHIEL, HUBERT – Johann Michael Sailer, Leben und Briefe. Regensburg 1948.
SIEGERT, MAX – Aus Münchens schwerster Zeit. München 1928.
(SIMPLICISSIMUS) – Gegen das Zentrum. Broschüre, München, o. J.
WAHL, FRITZ – »Rätezeit in München.« In: Gegenwart. Frankfurt 1956.
WEBER, ROLF – »Ultramontanismus und Demokratie in Süddeutschland 1866 bis 1870.« In: Die Großpreußisch-militärische Reichsgründung 1871, Bd. I. Berlin 1971.
WEIS, EBERHARD – Montgelas 1759-1799. München 1971.
(WEISHAUPT, ADAM) – Allg. Deutsche Biographie, Bd. 41, S. 539ff. Leipzig 1896.
WIEDEMANN, THEODOR – Die Maxlrainer. München 1856.
ZIMMERMANN, FRITZ – »Unbekannte Quellen zur Geschichte des Bauernkrieges.« In: Zeitschr. f. bayr. Landesgesch. 27. München 1964.

Register